RETURN from Darkness
흑암의 귀환자

FANTASY FRONTIER SPIRIT
이성현 판타지 장편 소설

흑암의 귀환자 7

이성현 판타지 장편 소설

초판 1쇄 찍은 날 § 2015년 4월 2일
초판 1쇄 펴낸 날 § 2015년 4월 9일

지은이 § 이성현
펴낸이 § 서경석

편집부장 § 권태완
편집책임 § 박가연

펴낸곳 § 도서출판 청어람
등록번호 § 제387-1999-000006호
등록일자 § 1999. 5. 31
어람번호 § 제1-2092호

주소 § 경기도 부천시 원미구 부일로 483번길 40 서경B/D 3F (우) 420-822
전화 § 032-656-4452 팩스 § 032-656-4453
http://www.chungeoram.com
E-mail § chungeorambook@daum.net

ISBN 979-11-04-90183-6 04810
ISBN 978-89-251-3635-6 (세트)

RETURN from Darkness

흑암의
귀환자

7 | 선택된 운명

[완결]

CONTENTS

Chapter 50
커져만 가는 어둠

흑암의 귀환자

1

엘레힘 신성력 1328년 8월 8일.

"후우……."

의자에 앉은 사내는 길게 한숨을 내쉬면서 숙였던 고개를
들어 올렸다.

눈동자를 왼쪽에서 오른쪽으로 천천히 움직이자 처참한
몰골의 시체들이 시야 안에 들어왔다가 사라졌다.

팔걸이에 얹은 오른손에 끈적끈적한 피의 감촉이 전해지
자 사내는 손을 들어 얼굴 가까이 가져갔다. 마지막까지 저항
하던 남자의 피였고, 그 남자의 육체는 현재 '그'의 것이 되

어버렸다.

의자 오른편에는 전투가 끝나기 직전까지 그가 머물렀던 마르코의 시체가 쓰러져 있었다.

"이렇게 강력한 빛의 힘을 지니고 있었을 줄이야. 하지만 육체는 정말로 맘에 드는군."

부하들을 이끌고 마르코를 습격한 오르갈트 추기경과의 전투는 처절하게 전개되었다.

결국 이틀에 걸친 혈전의 결과는 마르코의 육체에 머무르고 있던 제이블란트의 승리로 마무리되었다. 그리고 그 승리의 대가로 제이블란트는 마르코 대신 오르갈트의 육체로 건너갔다.

"어둠의 힘에 대한 적응도 빠르고… 마치 나를 위해 태어난 육체 같군. 마르코라는 인간을 미끼로 쓴 대가치곤 과분하다고 느껴질 정도야."

봉인에서 풀려난 제이블란트가 이제까지 마르코의 의식을 꺼뜨리지 않았던 이유는 의외로 간단했다.

강한 힘을 지녔음에도 명백히 허술해 보이는 마르코를 향해 많은 이의 공격이 퍼부어지길 기대했다. 그리고 그들 중 지금의 마르코보다 나은 육체가 나타나길 기다렸다. 이전 데몬 공작 에르카이저를 지배하려다가 실패한 이후 얻은 교훈에 따른 방침이었다.

그렇게 8개월 넘는 시간 동안 인내한 결과 제이블란트는 빛의 힘과 어둠의 힘 두 개를 동시에 지닌 오르갈트와 대결을 펼쳤고, 그의 몸이 자신에게 있어서 최적의 육체라는 걸 직감했다.

"하지만 방심해서는 안 되겠지."

죽기 직전 오르갈트가 보여줬던 미소가 제이블란트는 내내 마음에 걸렸다.

포기의 의미인지, 아니면 죽음을 각오하면서까지 비책을 숨기고 있는지는 결국 밝혀내지 못했다.

혹시나 하는 생각에 제이블란트는 새로운 육체 안에 억눌러 놨던 빛의 힘에 주목했다. 어둠을 더욱 강하게 증폭시키는 역할을 하면서도 정해진 범위 밖으로 벗어나지 않는 빛에 그는 만족한 표정을 지었다.

그러나 과거 자신을 봉인했던 인간의 이름을 떠올리자 제이블란트의 표정이 험악하게 변했다.

"카일……."

자신과 똑같이 어둠의 힘을 지닌 인간이면서 자신을 20년 넘게 봉인했던 그만은 절대 용서할 수 없었다.

"페이서, 제럴드, 카트리나……."

제이블란트는 카일과 함께 자신에게 맞섰던 이들의 이름을 하나씩 떠올리며 눈썹 사이를 좁혔다.

"있으나 마나 했던 어둠의 후예들……."

자신이 봉인되는 걸 막지 못했던 어둠의 후예에 대해서는 실망감을 표출했다. 제이블란트는 미소 혹은 냉정한 표정만 지었던 오르갈트의 얼굴로 다양한 감정을 드러냈다.

그러나 이내 무표정한 얼굴로 돌아가더니 앞으로 할 일에 대해 생각했다.

마르코가 세력권을 넓히긴 했지만 제이블란트에겐 그저 조그만 땅덩어리에 불과했다. 그보다는 이전과 똑같이 자신을 막으려 달려드는 카일을 쓰러뜨리는 일이 급선무였다.

"지난번에는 그의 어둠에 어둠으로만 맞섰지. 하지만 지금은 어떨까?"

제이블란트는 오른손을 아래로 내리더니, 이전까지 하찮은 육체 역할을 했던 마르코의 머리를 움켜쥐었다.

2

엘레힘 신성력 1328년 8월 20일.

원래 소유자였던 크레아 공주가 세브로아 성을 떠난 지 2주 가까이 지난 지금, 세브로아 성은 두 세력에 의해 양분되었다.

성을 절반으로 나누는 검은 선이 수평으로 지면에 길게 그어져 있었고 그 선 아래의 남쪽을 실버윙즈가, 선 위의 북쪽을 마족 5군단이 점령한 기묘한 형태의 분할이 이뤄졌다. 비밀리에 동맹을 맺고 있던 실버윙즈와 마족 사이라 해도 제럴드의 갑작스러운 난입 때문에 분위기가 그리 좋다고는 볼 수 없었다. 무엇보다 상층부끼리 맺은 동맹과 별개로, 인간 측 병사들은 이전까지만 하더라도 적으로 맞서던 마족들을 선 하나를 두고 가까이서 마주 봐야 한다는 사실에 적잖은 반감을 표출했다.

팽팽한 긴장감이 감도는 세브로아 성 중앙에 위치한 탑에는 오늘로 예정된 회의를 위해 각 세력의 수장들이 모여들었다.

거대한 원탁을 사이에 두고 마족 측에선 5공작 중 안젤리카와 헤리온이 참석했다. 인간 측에선 페이서와 제럴드, 그리고 바로 전날 도착한 보르니아 왕국 소속의 아르고스가 마족들을 마주 보는 위치에 자리를 잡았다.

그리고 그 두 세력 사이에 카일이 있었다. 현 상황에선 인간과 마족 어느 한쪽에도 함부로 들어설 수 없다는 걸 인지하고 홀로 고독한 위치를 택했다.

"……."

페이서는 자신의 오른편에 거리를 두고 앉아 있는 카일을 말없이 응시했다.

카일을 돕기 위해 다급히 세브로아 성에 도착했지만, 2주가 되도록 카일과 말 한마디 제대로 나누지 못한 터였다. 카일의 내면에 뭔가 변화가 있음을 직감했고, 결과적으로 카일

쪽에서 섣부른 접근을 거부하는 분위기를 풍겼던 터라 오늘에서야 카일을 만날 수 있었다.

그들 말고 참석이 예정된 자들의 자리는 아직 세 곳이 비어 있었다.

엘레힘 교단의 정황을 살피고 온다던 에르카이저는 늦는다고 미리 통보했고, 언제나 단독으로 움직이던 디케이드의 자리는 당연히 비어 있었다. 그러나 엘레힘 교단의 대표로 지정된 오르갈트 추기경까지 아직 도착하지 않은 건 의외였다.

"에르카이저 공이 생각보다 늦는군."

가라앉은 분위기 속에서 유일하게 여유로운 헤리온은 제럴드를 바라보곤 가볍게 웃었다.

"그때 자네가 구사한 공간이동마법은 참으로 인상적이었어. 인간은 항상 내 예상을 넘어서는 모습만을 보여주더군."

페이서가 소규모 병력이긴 해도 실버윙즈 단원들을 대동할 수 있었던 이유는 제럴드의 마법 덕분이었다.

크레아 공주와의 결전 당시 브레스를 뿜을 준비를 하던 헤리온은 성벽 근처에서 거대한 마나의 흐름을 느끼고 공격을 중단했다. 그는 제럴드가 200명에 달하는 인간을 '혼자만의' 마나로 이동시키는 걸 보고 적잖게 감탄했고, 성안으로 진입하려는 계획을 바꿔 실버윙즈가 어디까지 할 수 있는지 지켜봤다. 비록 크레아 공주를 생포하진 못했지만 탑 지하에 매장된 마나 코어가 폭발할 가능성을 염두에 둔다면 제럴드의 판단은 적절했다.

"그런데 지난번에도 느꼈지만 자네의 몸에 머무르고 있는 또 하나의 마나는 그 공주와 달리… 아, 도착했군."

헤리온은 하던 말을 멈추고 막사 입구 쪽으로 시선을 돌렸다.

3미터에 달하는 거대한 몸집이 막사 안으로 들어오자 페이서와 아르고스는 반사적으로 움찔했다. 동맹을 맺긴 했어도 20여 년 전 피 말리게 싸웠던 데몬 공작 에르카이저를 반갑게 맞이할 수는 없는 법이니까.

"예상치 못한 동행을 만나 시간이 좀 걸렸다."

그의 거대한 덩치 뒤에 가려져 있던 남성이 옆으로 걸어 나오며 고개를 숙여 인사했다.

엘레힘 교단의 법의를 걸치고 있었지만, 오늘 오기로 약속했던 오르갈트 추기경은 아니었다.

"엘레힘 교단 소속 오르갈트 추기경님의 부관, 고든입니다."

자기소개를 마친 고든은 굳은 표정으로 들고 온 나무 상자를 탁자 위에 조심스럽게 내려놨다.

상자 입구를 봉하고 있던 소형 마법진을 해제하자 입구의 틈 사이로 빛이 흘러나와 막사 안을 밝게 비췄다.

위이잉.

검집 안에 잠들어 있던 카일의 엘트리안이 상자 안의 빛과 공명하며 검은 기운을 검집 밖으로 흘리기 시작했다.

3

완전히 개봉된 상자에서 찬란한 빛이 뿜어져 나왔다.

카일은 상자 안의 물건에 계속 반응하는 엘트리안을 진정시키기 위해 검자루를 강하게 움켜쥐었다. 그러나 페이서는 자신도 모르게 자리에서 일어서더니 상자 안으로 오른손을 뻗었다.

"이것은… 아."

페이서는 손을 급히 거두더니 얼굴을 붉히며 도로 앉았다. 이전 오르갈트가 성검 레디언스를 보여주었을 때의 반응과 흡사했다.

"괜찮습니다. 이것은 페이서 님, 당신을 위한 것입니다."

"네? 정말입니까?"

페이서가 망설이자 고든은 상자를 향해 손을 내밀며 그의 것임을 다시 한 번 확인시켜 줬다.

페이서는 아까와는 반대로 두근거리는 가슴을 진정시키며 아주 천천히 손을 상자 안으로 뻗었다.

페이서의 오른손이 무언가를 움켜쥐자 상자 밖으로 뿜어져 나오던 빛이 사그라지더니 이내 모습을 감췄다.

"성검 레디언스?"

페이서는 오른손에 쥔 검을 멍하니 바라보더니 높이 들어 올렸다.

과거 청년이었던 그의 전성기를 상징하는 검이자, 제이블란트를 봉인했던 자물쇠가 다시 손안에 들어오자 순간 눈물이 왈칵 흘러나올 뻔했다.

그러나 감동도 잠시, 이전과 뭔가 다르다는 걸 알아챈 페이서의 두 눈이 크게 떠졌다.

"아냐, 뭔가 달라. 이전에 내가 썼던 성검보다 훨씬 더……."

자연스럽게 빛의 힘을 순환시키는 점은 이전에 사용했던 성검 레디언스와 확연하게 달랐다.

"놀라실 필요는 없습니다. 이제까지 교단에서 제공했던 복사품이 아닌, 진품입니다."

"아아, 그래서… 그랬군요."

페이서만이 느낀 미묘한 차이점을 고든은 간단하게 설명했다.

진짜 성검 레디언스를 얻게 된 페이서는 검자루를 쥔 손을 좌우로 비틀면서 검신 전체를 찬찬히 훑어봤다. 다시 봐도 예전에 자신이 썼던 성검의 외양과 똑같았다. 내면은 이전보다 뛰어나다는 걸 굳이 확인할 필요도 없었다.

예전 같았으면 단순히 기뻐했겠지만, 이내 페이서의 표정이 심각하게 변했다.

"이전 전쟁에서 제공하지 않았던 진짜 '성검'을 지금에 와서 내놓았다는 이야기는, 그만큼 상황이 안 좋다는 이야기 아닙니까?"

"그건……."

"내가 대신 이야기하도록 하지."

페이서와 고든 사이의 대화에 끼어든 에르카이저는 고뇌하는 얼굴로 천천히 일주일 전의 기억을 되살렸다.

"2주 전, 오르갈트는 마르코가 숨어 있는 거처를 발견해 습격했다. 그리고 실패했지. 현재 제이블란트… 님은 그의 육체에 머무르고 있다."

엘레힘 교단의 움직임을 감시하던 에르카이저는 오르갈트가 마르코를 쫓아 떠났다는 첩보를 뒤늦게 받고 서둘러 저택으로 떠났다.

그리고 저택에서 멀리 떨어진 수풀 속에서 오르갈트의 육체를 완전히 차지해 버린 제이블란트를 감지하고 두려움에 떨었다.

"마르코 때와 달리 지금의 제이블란트 님은 오르갈트의 영혼까지 완전히 집어삼킨 걸로 사료된다. 그리고 카일, 너에게 봉인당했을 당시보다 더 강한 어둠을 품고 계셨다."

에르카이저는 여전히 제이블란트에 대해 경칭을 쓰고 있었지만, 그것은 예전에 모시던 분에 대한 예의라기보단 끝이 보이지 않는 두려움 때문이었다.

당연하다면 당연하달까, 제이블란트가 더 강한 힘을 얻게 되었다는 이야기에 막사 안의 공기는 무겁기만 했다. 카일만이 씨익 미소를 지었지만, 표정과는 달리 탁자 위에 올려놓은 깍지 낀 손가락 끝이 미세하게 떨렸다.

"추기경께선 절 돌려보내며 이렇게 말씀하셨습니다. 자신의 선택이 최선이 아닌 최악으로 끝났다면, 그걸 차악으로 바꾸도록 노력해 달라면서……."

고든은 말끝을 흐리더니 성호를 그으며 기도문을 짧게 읊었다. 그리고 자신의 할 일은 여기까지라면서 막사 밖으로 나갔다.

모두가 뭔가 할 말을 찾지 못하고 침묵을 지키는 와중에 카일은 불만스러운 얼굴로 탁자를 손가락 끝으로 툭툭 두들겼다. 자신들과 전혀 상관없이 오르갈트 단독으로 벌인 일의 책임을 페이서에게 떠넘긴 듯한 기분을 지우기 힘들어서였다.

'결국 오르갈트의 뒤치다꺼리를 우리가 해야 하는 입장이 되어버렸군. 그런데 이해가 안 가. 교단에서도 사리 분별력 하나만큼은 확실했다고 느껴졌던 그가 왜…….'

이렇게 무모한 계획을 중단하지 않고 실행했는지에 대해 의구심이 커져 갔다.

카일은 여러 방향으로 생각을 전개했지만, 결국 당사자인 오르갈트에게 물어보지 않고선 추측조차 힘들었다. 그러나 그 오르갈트는 제이블란트의 육체가 되어버렸고 다시 만날 수 없게 되었다.

카일에게 2차례에 걸쳐 교단에 들어오라며 자신을 설득했던 오르갈트는 적도 아니고, 그렇다고 아군은 더더욱 아닌 묘한 위치의 사내였다.

그런 그가 이토록 허무한 죽음으로 끝나는 것은 전혀 예상 밖이었다. 만약 2번에 걸친 그의 제안을 받아들였다면 어떻게 되었을까 하는 추측이 떠올랐지만, 아무런 의미조차 가질 수 없는 망상에 불과했다.

4

인간과 마족 간의 회의가 끝난 뒤, 카일은 탑에서 내려와 자신의 막사 쪽으로 걸음을 옮겼다.

카일은 인간, 그리고 마족 그 어느 쪽에도 속하지 않았다는 의미로 일부러 성을 반으로 나눈 경계선에 막사를 설치했다.

그 막사를 향해 걸어가던 카일은 세 명의 여성과 마주쳤다.

"……."

익숙한 얼굴이 셋이나 있었지만 반가움보다는 난감해하며 뒤통수를 긁적거렸다.

"오래간만이에요."

"응, 그렇지."

세브로아 성의 현 분위기상 공식적인 장소 외에서 옛 동료와 만나기 않기로 결심했건만, 이렇게 찾아오는 것까진 막을 수 없었다.

그런 카일의 마음을 읽은 카트리나는 이전처럼 그의 품에 뛰어들지 않고 거리를 두었다. 10개월이라는 시간이 만들어 버린 두 사람 사이의 간격을 느끼면서.

"분위기가 바뀌었군요."

"너야말로 예전과는 달라진 느낌인데?"

카트리나는 카일의 어둠이 더 강해졌음을 느끼고 안쓰러워했다.

반면 카일의 눈에 비춰진 카트리나는 함께 공감할 수 있는 이들을 만나서 그런지 이전보단 괜찮아 보였다.

"카일."

리에트가 큰 눈을 깜박거리더니 슬그머니 카일 옆으로 다가갔다. 하지만 이전처럼 팔에 매달리지 않고 카트리나처럼 그와 거리를 두었다.

"보고 싶었어."

"응, 나도. 잘 지냈지?"

"응."

익숙하다고 느낀 '두 여성'과 함께 있어서였을까. 짧게 말하는 버릇은 여전했지만, 아무것도 모르던 아이에서 이제는 세상 물정에 조금 눈을 뜬 소녀 같은 느낌을 풍겼다.

말 대신 서로 시선을 주고받으며 고개를 끄덕인 카일은 크레아 공주 '였던' 여성을 바라봤다.

"크레아… 라고 부르기로 했었지. 실버윙즈는 지낼 만해?"

"모두 저에게 잘 대해주신답니다. 하지만 제가 저지른 짓을 생각한다면 이렇게 좋은 대접을 받아도 될지 부끄러울 따름입니다."

크레아는 공주였을 때와 마찬가지로 공손한 태도였지만 특유의 당당한 느낌은 더 이상 찾아볼 수 없었다. 빛의 용사로 불리며 모르드 왕국의 전쟁을 이끌었던 이야기는 과거가 되어버렸다. 그리고 현재는 제이블란트의 봉인이 풀리도록 놔뒀다는 오점에 괴로워하며 하루하루를 보냈다.

그래서인지 카일을 바라보는 크레아의 시선은 전보다 애처로워 보였다.

"만약 당신이 절 실버윙즈로 보내지 않았다면 전 모든 걸 포기했을지도 몰라요. 그래서 정말 보고 싶었어요."

"흐음, 그래도 그런 눈빛으로 날 보진 말라고. 누가 보면 오해하겠어."

"아… 미안합니다."

"미안할 것까진 없고."

자신을 바라보는 세 여성이 품고 있는 감정을 느끼면서도, 그 감정이 어디에서 근원했는지를 알고 있는 카일은 기뻐할 수 없었다. 뭣보다 각기 다른 세 여성에게 같은 운명이 드리워졌다는 사실에 마음이 무거워지기만 했다.

그래서 예전처럼 가벼운 농담으로 분위기를 바꿔보려고 했지만 어둑해진 성안처럼 쉽게 바뀌지 않았다. 카트리나 혼자만이 엷게 미소 지을 뿐이었다.

"카트리나."

결국 그가 받아들일 수 있는 감정은 딱 한 명분밖에 되지 못했다.

"지금 당장은 네 곁으로 돌아갈 수 없어."

"알고 있어요."

"그러니 전쟁이 끝날 때까지 기다리자. 예전에 네가 했던 말 기억하고 있지? 전쟁이 끝나면 네 말대로 하겠어."

"네? 아……."

그때의 두 남녀는 서로의 입장 차이를 끝내 좁히지 못하고 각자의 길을 걸어갔다.

그리고 극적으로 다시 만나고, 또 헤어지기를 반복했다.

계속 변화하는 현재 속에서 한 치 앞의 미래조차 내다보기 힘들었다. 그럼에도 카일의 마음 한켠에는 카트리나와 함께하고 싶다는 바람이 항상 존재했다.

"예전처럼 20년이나 기다리게 만들지는 않겠어. 무슨 말인지 알겠지?"

"네……."

여전히 둘 사이의 거리는 좁혀지지 않았지만 카트리나는 눈을 감으며 고개를 끄덕거렸다.

'실험체라는 운명에서 반드시 벗어나게 하겠어. 나도, 너도, 너희들도.'

진정한 과거를 알게 된 이후, 카일은 실험체라는 단어가 지니는 괴로움을 뼈저리게 실감했다.

이젠 어설픈 동정이 아닌 진실된 공감으로 그녀를 대할 수 있었다.

"참, 카트리나. 부탁이 있어. 제이콥스 님과 레오나 경에게 텔릭 경의 일은 어쩔 수 없었다고… 이야기 대신 전해줄 수 있겠지?"

"아, 오히려 제가 먼저 제이콥스 님의 전언을 전달해야겠네요. 전장에서 일어난 일이니 부담 가지지 말라고 하셨답니다."

"레오나 경은?"

"당신을 미워하진 않을 거예요. 하지만 마음을 가다듬으려면 시간이 필요하겠죠."

"어쩔 수 없지, 그건."

레오나를 키워준 양부는 빛의 하수인으로 최후를 맞이했고, 낳아준 친부는 마족이 되어 증오와 분노를 온 세상에 토해냈다. 하지만 그 어떤 해결책도 없는 판국이니 카트리나 말대로 시간이 흐르면서 레오나의 가슴속 상처가 아물기를 바라는 수밖에 없었다.

"그러면 이만."

카일은 왼손을 들어 작별 인사를 한 뒤 막사 쪽으로 몸을 돌렸다. 하고 싶은 이야기는 아직 많이 남았지만, 아무런 부담 없이 다시 만날 날을 기다리기로 결정했다.

"카일."

리에트의 목소리에 카일은 걸음을 멈췄다.

"살아야 해, 꼭."

"응, 너도."

등을 보인 채로 카일은 고개를 끄덕거렸다.

안타까움과 아쉬움, 미련과 집착을 떨쳐 내기 위해선 그녀들을 바라볼 수 없었다. 막사 안에 들어가지 않고 입구에 서 있던 카일은 등 뒤에서 느껴지던 빛의 기운이 멀어지자 뒤를 돌아보았다.

그녀들이 사라진 세브로아 성은 평소와 다를 바 없었다. 성을 남북으로 나누는 경계선 근처에서 경비를 서고 있는 인간과 마족 병사들 간의 침묵은 계속 이어졌다.

"이야기는 끝났나?"

그 침묵을 깨뜨린 건 카일의 머리 위에서 들린 익숙한 목소리였다.

안젤리카는 천천히 날갯짓하며 지상으로 내려왔다. 순간 그녀들과의 이야기를 타인이 들었다는 생각에 카일의 얼굴이 살짝 일그러졌지만, 이야기하는 내내 끼어들지 않은 안젤리카 나름대로의 배려를 눈치채고 표정을 풀었다. 냉정히 생각하면, 실버윙즈의 주요 인사와 이야기를 나누는 카일을 그냥 보고만 있을 수는 없는 노릇일 테니.

"위에서 지켜보고 있었어?"

"무슨 이야기를 나누는지는 엿듣지 않았다. 너나 그 여자나 애절한 표정을 짓고 있어서 도리가 아니라고 생각했다."

'애절한' 이란 표현에 카일은 씁쓸하게 웃으며 시선을 아래로 내렸다. 자신에게 결코 호의적이지 않은 안젤리카의 눈에도 그렇게 보일 정도였다면 당사자들은 오죽했을까.

카일은 경계선 너머 남쪽을 응시했다. 막사 위에 꽂힌 실버윙즈의 깃발이 이젠 익숙하지 않고 낯설게만 느껴졌다. 카일 스스로 내린 결정으로 마족과 함께 싸우는 쪽을 택했지만, 이전엔 없던 동료들과의 거리감에 신경이 안 쓰일 리 없었다.

거기에 덧붙여 제이블란트의 완전한 각성은 가라앉은 분위기를 더욱 무겁게 만들었다. 오르갈트의 죽음에서 시작된 예상 못한 변수는 그의 앞에 험난한 길로 자리 잡았다.

"아, 그 고든이라는 녀석 아직 멀리가진 않았겠지?"

오르갈트가 왜 그런 선택을 했는지 물어보고 싶었지만 당사자가 죽고 사라졌다.

그렇다면 그 당사자의 부하에게라도 물어봐야지 그냥 보낼 수는 없었다.

5

안젤리카의 등을 빌려 하늘 위로 솟아오른 카일은 세브로아 성 서쪽에 넓게 펼쳐진 평원 위를 망원경으로 둘러봤다. 그렇게 수십여 분을 상공에서 보낸 카일은 망원경의 동그란 시야에 홀로 걸어가는 남자를 발견하곤 급히 지상으로 내려갔다.

휘이잉!

급강하한 안젤리카의 날개가 빠르게 펄럭이자 먼지바람이 뿌옇게 피어올랐다. 그럼에도 고든은 아무 일도 없었다는 듯 가던 방향으로 계속 걸어갔고, 서둘러 안젤리카의 등에서 내린 카일은 그를 불러 세웠다.

"어이, 멈추라고!"

"저에게 무슨 용건이 남았습니까?"

반말로 나오는 카일에게 존댓말로 대꾸하는 태도는 상관이었던 오르갈트와 흡사했다.

"용건? 그래, 용건이야 남아 있지."

카일은 왼쪽으로 빙 둘러서 걸어가더니 고든의 앞을 가로막았다.

"너를 상대로 할 말은 아닐지 몰라도, 하긴 해야겠어. 난 오르갈트 추기경이 성자(聖者)처럼 자신을 희생할 인간으로 보이진 않았어."

엘레힘 교단 내에서 실력자로 통했던 오르갈트.

그러나 그는 어디까지나 유능한 자였을 뿐, 카트리나처럼 타인을 위해 헌신한다는 이미지와는 거리가 멀었다. 하지만 마지막에 그가 보여준 행보는 타인의 눈에는 제이블란트를 막기 위한 희생으로 비춰질 수밖에 없었다.

"솔직히 말하면 저도 그렇게 생각합니다."

고든은 자신의 상관처럼 마음속 본심을 숨기는 미소를 보여주진 않았다.

아니, 정확히 말하면 뭘 숨기고자 하는 의도조차 없었다.

"그래서 전 그분의 그런 결정에 마지막까지 반대했습니다. 진짜 성검을 당신들에게 건넬 의향이라면 차라리 그걸 미끼로 당신들과의 동맹을 제안하는 쪽이 낫다고 그분께 말해보기도 했습니다."

"나도 그렇게 나오는 쪽이 그답다고 생각해. 그런데 그렇게 하지 않았지. 오르갈트의 진짜 의도는 뭐야?"

"그걸 제가 알고 있을 거 같습니까?"

고든의 반문에 카일은 턱을 매만지며 생각에 잠겼지만, 애당초 당장 파악될 성질의 의도라면 이렇게 고든을 직접 찾아올 필요 자체가 없었다.

"저는 '몰래 빼돌려 놨던 진짜 성검을 페이서에게 전해라' 라는 그분의 마지막 명령에 따른 것뿐입니다. 앞으로 세상이 어떻게 될지에 대해서는 신경 쓰고 싶지도 않고 관여하고 싶지도 않습니다. 제 능력으로 어찌할 수 있는 부분도 아니고."

"그가 사라진 교단은 알맹이 없는 껍질에 불과한데도 그대로 보고만 있을 작정이야?"

"착각하지 마십시오. 제가 충성을 바친 대상은 추기경님이었지 교단은 아닙니다. 그분이 없는 교단은 저에게 아무런 가치도 없습니다."

고든은 고개를 들어 하늘을 잠시 바라봤다.

그리고 남동쪽을 잠시 응시하다가 고개를 가로저었다. 각기 다른 대상을 떠올리며 시선을 바꾼 고든은 미련을 완전히 떨쳐 내진 못한 듯했다.

"그분이 만약 제이블란트를 쓰러뜨렸다면… 아닙니다. 아무 의미도 없는 망상에 불과하겠군요."

최선과 최악 중 후자가 되어버린 현재에 고든은 허망한 마음을 안고 가던 길을 다시 걸어갔다.

멀어져 가는 고든의 뒷모습을 바라보며 카일은 아쉬움을 감추지 못했다. 오르갈트의 진정한 의도에 대해서도 궁금했지만, 또한 빛의 실험체에 대해서도 물어보고 싶은 것이 많았기 때문이다. 그에 대해 당연히 알고 있을 거라 여긴 오르갈트와 나중에라도 모종의 거래를 통해 줄 것은 주고, 받을 것은 받고 싶었지만 때는 이미 늦었다.

"안젤리카, 3일 뒤 다시 진군을 시작한다고 했지?"

"그렇다."

"그러면 계획을 조금 수정할 수는 없을까?"

방금 전 고든이 바라봤던 남동쪽을 향해 카일이 몸을 돌렸다.

풀리지 않는 의문을 해결해 줄 '그'가 이미 죽은 이상, 그가 몸담았던 엘레힘 교단의 성지(聖地)를 직접 찾아가 보는 수밖에 없었다.

6

엘레힘 신성력 1328년 9월 5일.

우거진 숲 한가운데에 자리 잡은 엘레힘 교단의 중심부, 성지(聖地)는 교단이 창설된 이후 수백 년 동안 그 누구의 침입도 허용하지 않았다.

신앙심에 모든 걸 맡기고 험난한 길을 걸어온 교인들에게만 출입이 허용되었던 성지의 입구는 경비병 하나 없이 뻥 뚫려 있었고, 땅바닥에 떨어진 거대한 십자가 위엔 녹이 잔뜩 슬어 있었다.

"여기가… 성지라고?"

5,000의 마족 병력을 이끌고 성지에 도착한 카일은 교단의 성당기사단이 한 명도 보이지 않음에 고개를 갸웃거렸다.

엘레힘 교단을 상징하는 백색 건물 표면에는 여기저기 금이 잔뜩 가 있으며, 성수로 채워져야 할 분수대는 완전히 말라붙었다. 오물 하나 없이 청결함을 유지했던 거리 위엔 각종 쓰레기들이 여기저기 쌓여 있었고 그 위를 먼지바람이 휙 훑고 지나갔다.

"혹시 다른 곳으로 온 건 아니겠지?"

"솔직히 나도 그렇게 여기고 싶다. 하지만 성지의 위치는 여기가 맞다."

그와 동행한 안젤리카 역시 예상외의 광경에 적잖게 당황했다.

"그래도 명색이 교단의 심장이나 다름없는 곳이니 격렬한 저항을 예상했는데… 뭔가 맥이 빠지는군."

20여 년 전, 교단의 성직자들이 행패를 부릴 때마다 처절하게 응징했던 카일은 '이렇게 된 이상 성지로 쳐들어가 버릴까?'라고 말하며 동료들의 간담을 서늘하게 만든 적이 있었다.

그리고 과거의 말이 현실이 된 지금, 성지를 둘러보는 카일의 마음은 허탈하기만 했다.

'오르갈트 하나 죽었다고 이렇게까지 교단이 몰락할 줄이야. 두 눈으로 봐도 믿기질 않는군.'

그의 죽음 이전에도 교단의 위세가 예전 같지 않다는 소식을 카일도 여러 번 접하긴 했었다.

하지만 엘레힘 교단의 실세나 다름없었던 오르갈트의 죽음은 교단 하층부에 충격적으로 다가왔다. 쓸데없는 회의로 시간 낭비만 계속하던 상층부와 달리 교단 하층부에 있어서 오르갈트의 존재는 유일한 희망이나 다름없었기 때문이다.

그의 사망 이후 한 달도 안 되는 시간 동안, 교단을 떠난 성직자는 수를 헤아리기 힘들 정도였다. 그나마 처음에는 탈퇴서를 제출하기도 했지만 나중에는 그런 것도 없이 각자 운영하고 있던 성당을 버리고 줄행랑을 쳤다.

그들은 오르갈트 이전 제이블란트가 머물렀던 마르코의 잔혹함을 떠올리며 '교단'이라는 이름은 오직 해가 될 뿐이라는 걸 깨달았다. 그리고 그 마르코와 맞서다가 오르갈트가 사망하고, 새로운 제이블란트의 육체가 되었다는 소식을 접하고 희망을 완전히 버렸다.

'어쩌면 내가 했을지도 모르는 일을… 제이블란트가 해버린 셈이로군.'

소유할 수 없는 빛의 힘은 어둠 입장에서 존재할 가치가 없는 법.

오르갈트의 육체 안에 머무르고 있는 빛의 힘만으로도 어둠의 힘을 증폭시키기 충분했던 제이블란트는 마르코 때보다 더 잔혹하게 엘레힘 교단을 밀어붙였다. 그의 지배하에 놓인 영토에선 교단의 성당이 오물로 가득한 쓰레기장으로 바뀌었고, 미처 도망가지 못한 성직자들의 잘린 머리가 성이나 마을 입구에 대롱대롱 매달렸다.

인간 측에선 널리 퍼진 사실이고, 카일도 익히 들어 알고 있었다. 하지만 그렇다 하더라도 이렇게까지 몰락한 교단의 모습을 성지에서 보게 될 줄은 전혀 예상하지 못했다.

'이렇게 당당히 성지 안으로 들어갈 수 있을 줄은 상상도 못했는데……'

카일은 그 누구의 저지도 받지 않고 성지의 정중앙을 향해 걸어갔다. 그의 뒤를 따라 행진하는 마족 병사들은 황폐화된 거리를 두리번거렸다. 20여 년 전 그들을 끈질기게 괴롭혔고, 얼마 전까지만 하더라도 인간 세력의 한 축을 담당했던 엘레힘 교단에 마족 병사들은 당연히 증오를 품었다. 성지로 향한다는 명령을 받은 병사들은 기회만 된다면 성지를 완전히 짓밟아 오랫동안 쌓인 분노를 풀 작정이었지만, 몰락해 버린 적의 심장부를 보니 허탈할 뿐이었다.

"언제 매복한 병력이 나타날지 모른다! 모두 긴장을 풀지 마라!"

지휘관들은 방심하지 말라며 연신 고함을 지르며 병사들을 다그쳤지만, 그들 역시 허탈한 분위기에서 벗어나지 못했다.

그렇게 계속 서쪽으로 전진하던 마족 병력은 거대한 성당 주위를 완전히 포위했다. 성지의 상징이기도 한 대성당(大聖堂)에 혹시 모를 병력이 숨어 있기를 기대하면서.

*　　　*　　　*

끼이익.

대성당의 문을 연 카일 역시 마족 병사들과 같은 기대를 품었지만, 거의 텅텅 빈 거나 다름없는 대성당 안을 보고 피식 웃을 수밖에 없었다.

"…이에 우리는 항상 그분의 말씀에 귀를 기울여야 하며……"

거액을 들여 건설한 성지의 대성당 안에서는 교황이 직접 집도하는 미사가 한창 진행 중이었다.

1,000명의 신도를 수용할 수 있는 거대한 넓이에 비해 교황의 미사에 참석한 인원은 채 20명도 되지 않았다. 그것도 늙거나 병이 들어서 멀리 도망칠 수 없는 사제들이나 어려서 세상 물정에 어두운 복사들이 대부분이었다. 일반 신도로서 미사에 참여한 자는 정확히 한 손으로 셀 수 있을 정도였다.

"하아……"

카일은 맥이 빠져 미사를 방해할 마음조차 생기지 않았다.

오히려 뒤따라온 병사들을 뒤로 물리고 우스꽝스러우면서도 처량하게 변한 '신성한 의식'이 진행되는 걸 잠자코 지켜보기만 했다. 여기저기 깨진 스테인드글라스 안으로 들어온 빛은 산만하게 성당 안을 밝혔고, 복사들이 부르는 성가에는 그 어떤 신성함도 느껴지지 않았다.

"그러면, 각자 돌아가 그분의 말씀을 전파합시다."

교황이 성호를 그으며 기도를 마치자, 다섯 명밖에 안 되는 일반 신도들이 자리에 일어나 카일이 서 있는 정문 쪽으로 천천히 걸어갔다. 인간인 카일은 그렇다 치더라도 마족이 분명한 안젤리카를 보고도 그들은 놀라지 않았다. 정확히는 놀랄 기운도 없이 모든 걸 체념한 표정이었다.

미사를 마친 사제들은 카일과 안젤리카를 보고 순간 놀랐지만, 이내 아무런 일도 없었다는 듯 청소 도구를 들고 성당 안을 쓸기 시작했다. 카일은 붉은 카펫 위를 걸어가더니 교황이 앉아 있는 탁상 앞에 멈춰 섰다.

"그대는……."

"카일이다. 이름은 알고 있겠지?"

"카일? 아아, 카일이라… 그렇군. 자네가 흑염의 카일이란 말인가."

50대 중반의 남성인 교황 헤르도는 눈을 깜박이며 카일을 바라봤다. 한 달 전까지만 하더라도 갈색 머리 사이에 새치가 서너 개 섞여 있는 수준이었지만, 오르갈트의 죽음 이후 교황의 머리는 완전히 하얗게 변해 버렸다.

"그대로부터 어둠이 느껴지긴 하지만 괴물이나 악마의 형상과는 너무나 거리가 멀지 않은가… 역시 소문은 믿을 게 못되는군."

적의나 선의가 아닌 순수한 호기심으로 카일을 관찰하던 교황은 그의 어깨 너머로 삐죽 나와 있는 검자루를 보고 눈을 지그시 감았다.

"내 목숨을 거두러 왔는가?"

"그럴까도 생각해 봤는데… 이미 죽은 거나 다름없더군. 너를 포함해 성지 그 자체가."

단지 숨이 붙어 있을 뿐, 대성당 내 성직자들로부터는 그 어떤 활기도 느껴지지 않았다. 그들은 자신들의 수장인 교황을 '너'라는 단어로 지칭하는 카일을 그저 한 번 쓱 바라보더니 다시 청소에 전념했다.

"어차피 그분의 종으로 평생 살기로 한 몸, 자네의 손으로 그분의 곁에 갈 수 있다면 나쁘지 않겠지."

5년 전 교황으로 선출된 헤르도는 추기경들의 꼭두각시로서 살아왔다.

하지만 스스로에게 누군가를 이끌 능력이 없다는 걸 잘 알고 있었기에, 오르갈트를 중심으로 움직이는 교단의 행보에 불만을 표하지 않았다. 그리고 그 오르갈트가 사라진 지금, 교황은 교단의 몰락마저도 순순히 받아들였다.

쾅!

카일은 탁상을 두 손으로 강하게 내려치며 교황을 노려봤다.

"혼자 비극의 주인공마냥 굴지 말라고. 꼴사나워."

모든 걸 포기한 것처럼 말하던 교황은 막상 카일이 강하게 나오자 움찔거리며 부들부들 떨기 시작했다.

"그것보다 물어보고 싶은 게 있어. 남들이 들어서 좋을 내용은 아니니 같잖은 네 수하들을 물리는 편이 좋을걸?"

카일의 협박에 교황은 손을 휘저으며 사제들에게 성당 밖으로 나가라고 지시했다. 자신들의 수장이 어떤 위험에 처할지도 모르는 상황에서 거리낌 없이 나가는 사제들의 뒷모습에 카일은 혀를 찼다.

그렇게 카일과 안젤리카, 그리고 교황 단 세 명만이 남은 성당 안에 침묵이 감돌았다.

'이딴 집단 때문에 그녀가 20년 동안이나 고통받아야 했다니… 젠장!'

카트리나를 떠올리는 카일의 가슴속에서 분노가 치밀어 올랐다. 비록 남은 거 하나 없이 몰락한 성지라 해도 흑염의 힘으로 완전히 잿더미로 만들고 싶어졌다.

"빛의… 실험체에 대해 알고 있는 걸 다 말해봐."

그러나 그는 감정을 억누르며 천천히 입을 열었다. 절대 자신의 입으로 말하고 싶지 않은 단어였지만, 어쩔 수 없었다.

"설마 교단의 수장이면서 하나도 모른다는 변명 따위 할 생각은 아니겠지?"

교황이 진짜로 모든 걸 포기했다면 삶의 대한 욕구마저도 버렸어야 했다.

그러나 지금 그의 눈앞의 교황은 버젓이 살아 있다. 그렇다면 상대가 가진 유일한 욕구를 미끼 삼아 원하는 바를 밝혀내는 수밖에 없었다.

결국 교황은 길게 숨을 들이쉬더니 빛의 실험체에 대해 설명하기 시작했다.

선대 교황의 지시 아래 오랜 기간 동안 묻혀졌던 연구의 진행, 제이블란트를 봉인하기 위해 창조된 카트리나, 그리고 완전한 봉인이 이뤄지지 않은 상황 아래 다시 진행된 연구…….

하지만 이미 카일이 알고 있는 내용 이상의 것은 나오지 않았다.

특히 카일이 반드시 알아내고자 했던, 빛의 실험체가 아닌 다른 방법으로 제이블란트를 완전히 봉인할 수 있냐는 질문에 교황은 고개를 가로저었다.

"정말 그거 말고 다른 방법은 없어?"

"없다네. 성스러운 희생의 역할을 단 한 명이 맡고, 그로 인해 모두가 구원받을 수 있는 방법 외에 더 좋은 건 떠오르지 않는구먼."

"뭐?"

순간 카일은 양손으로 교황의 멱살을 붙들더니 위로 휙 들어 올렸다.

"뚫린 입이라고 아무 말이나 내뱉지 마."

"크… 크윽! 케엑!"

"그렇게 성스럽다면 역할이라면 네가 희생당하지 그래?"

쿵!

카일은 교황을 벽에 밀어붙이며 마구 다그쳤다. 스스로를 비극의 주인공이라 여기는 교황을 진짜 '비극의 주인공'으로 만들 기세였다.

"네 말대로 다른 방법이 없다면… 없다면! 또다시 내가 봉인의 자물쇠가 되겠어! 20년 후 다시 내가 석화에서 풀려나도 계속 반복하겠어! 몇 번이든, 몇십 번이든!"

"카일! 진정해라!"

안젤리카의 만류에도 카일은 교황을 당장에라도 죽일 듯한 눈초리로 노려봤다.

멱살을 움켜쥔 카일의 손에 힘이 들어가더니 교황의 얼굴에 핏기가 사라지더니 입에서 거품이 흘러내렸다.

"너는 그 카트리나라는 인간 여성과 약속하지 않았는가? 그 약속을 지키기 위해서라도 이 인간을 이렇게 죽여서는 안된다! 심문을 하든가 해야……."

"약… 속?"

순간 카일은 교황의 멱살을 움켜쥐고 있던 손에 힘을 풀었다.

아래로 떨어진 교황은 기절해 버렸고, 카일의 날이 선 시선이 이번에는 안젤리카를 향했다.

"미안하다. 엿들을 수밖에 없었다."

안젤리카의 변명에 카일은 눈을 감고 분노를 천천히 다스렸다.

만약 조금이라도 늦게 손의 힘을 뺐다면, 아직도 캐낼 게 많은 교황은 더 이상 입을 열 수 없는 몸이 되어버렸을지도 모른다. 카일은 자신의 냉정하지 않은 행동을 탓하면서 천천히 눈을 떴다.

"뒷일은 너에게 맡기겠다. 난 좀… 진정해야겠어."

"괜찮은가?"

카일은 안젤리카의 우려를 뒤로하고 대성당 밖으로 걸어 나왔다. 대성당 입구에서 상황을 지켜보던 마족 병사들은 카일의 기세에 눌려 황급히 옆으로 비켜섰다. 그의 뒤를 쫓아가려던 안젤리카는 고개를 가로저으며 포기하고선 병사들을 불러 대성당 안을 샅샅이 수색하기 시작했다.

Chapter 51
불타는 성지

흑암의 귀환자

1

엘레힘 신성력 1328년 9월 10일.

카일과 안젤리카가 이끄는 마족 5군단이 성지를 점령한 지
5일이 지났다.

대성당 지하 신전에 숨겨져 있던 연구 자료를 모두 꺼낸 마
족들은 동행한 마법사들에게 해석을 부탁했다. 고대 신성문
자를 읽을 줄 아는 장교들은 밤낮을 가리지 않고 연구 자료를
일일이 손으로 베껴 쓰면서 만약을 대비했다.

치열한 전투 대신 고요함만이 감도는 성지 안을 5,000여 명
의 마족 병사가 순찰을 돌며 감시했지만, 별다른 일은 발생하

지 않았다. 증오의 대상으로 여겨왔던 교단이 반항할 기력조차 없이 몰락해 버리자 마족 병사들은 분노할 기회를 잃어버리고 하루하루를 허망하게 보냈다.

이는 카일 역시 마찬가지였다.

"……."

말라붙은 분수대에 걸터앉은 카일은 팔짱을 끼고서 정면을 응시했다.

엘레힘 교단의 상징인 거대한 십자가가 왼쪽으로 기울어진 채로 방치되어 있었다. 십자가 표면을 덮던 은박은 반 이상이 벗겨져 나갔고, 아래로 녹물이 뚝뚝 떨어졌다. 교단의 현 상황을 고스란히 나타내는 최적의 상징이었다.

"이게 바로 널 핍박하던 교단의 모습이야. 너무나 허망하지? 카트리나……."

카일은 멀리 떨어져 있는 그녀의 이름을 나지막하게 불렀다.

성지에 도착하기 전까지만 해도 카트리나가 겪었던 고난과 수모를 그대로 돌려줄 작정이었다. 하지만 알아서 몰락해 버린 성지는 그런 복수심마저 충족시킬 수 없는 공간이 되어 버렸다. 결국 카일이 얻을 수 있는 것은 혹시라도 있을지 모르는, 빛의 실험체를 대체할 수 있는 봉인 방법뿐이었다.

그러나 그걸 찾는 과정마저도 너무나 허무했다. 성지에 도착한 다음 날, 카일은 다시 교황을 찾아갔다. 우리에게 협조

하는 대신 원하는 조건을 들어주겠다는 제의를 했고, 도를 넘어서는 제안이 나올 경우 진짜 공포가 뭔지 보여주겠다는 결심을 품었다.

그러나 거의 바닥나 버린 식량만 보충해 준다면 그걸로 충분하다는 대답이 돌아왔다. 허세를 부리기는커녕 자신의 처지를 알고 저자세로 나온 교황을 상대로 카일은 그 어떤 분노도 느껴지지 않았다.

"하, 하하……"

다시 생각해도 웃음밖에 나오지 않는 처량한 구걸이었다.

이전부터 교단의 기세가 밀리긴 했지만, 이렇게 한 달밖에 안 되는 시간 만에 무너져 버린 교단의 현실이 아직도 믿기지 않았다.

"카일 님, 여기 계셨군요."

"코르티인가. 무슨 일이지?"

카일은 고개를 살짝 옆으로 돌려 부관 코르티를 바라본 뒤 다시 정면을 응시했다.

"추기경 오르갈트의 비밀 연구소를 막 발견했다고 합니다."

"비밀 연구소?"

그의 축 처져 있던 어깨가 살짝 움찔했다.

2

쾅!

굳게 잠겨 있던 문을 발로 걷어차 버린 카일 앞에 짙은 먼지가 확 피어올랐다.

손바닥으로 먼지를 날려 보내며 안으로 들어간 카일은 탁자 위 반쯤 타다 만 촛대에 불을 붙였다.

"생각보다 넓군."

어두컴컴한 연구소 안이 밝게 비춰지며 벽 전체를 둘러싼 책장이 모습을 드러냈다.

촛대가 놓여 있던 탁자 위에는 정체를 알 수 없는 시약을 담은 유리병들이 가지런히 정렬되어 있었다. 책장 위에 손을 뻗어 슥 그어보니 손가락 끝에 먼지가 잔뜩 묻어 나왔다.

지하 3층에 위치한 연구소 안에 이상이 없음을 카일이 확인하자, 마족 마법사들이 안으로 들어와 수색을 시작했다. 그들은 책장을 빼곡히 채운 책들을 한 권씩 뽑아내 내용을 확인했다.

카일은 탁자 위에 놓인 책들을 훑어봤지만, 표지에 적힌 책 제목조차 읽기 힘들었다. 교단에서 쓰는 신성문자나 고대어로 된 서적이나 문서가 대부분이었기 때문이다.

"흐음?"

마지막으로 고른 책이 인간의 글씨로 써져 있자 카일은 페이지를 휘리릭 넘겨 맨 처음 목차를 살펴봤다.

"이건 책이 아니라……."

손때가 잔뜩 묻은 허름한 일기장이었다.

책 표지와 뒷면을 확인했지만 누구의 이름도 적혀 있지 않
았다. 그러나 이 연구소의 주인이 누구였는지를 감안한다면
짐작되는 이는 딱 한 명뿐이었다.

*　　　*　　　*

1325년 7월 20일.

…예상과 달리 봉인의 매개체였던 카일이 사라졌음에도 봉인은 계
속 유지되었다. 불안한 점이 몇 군데 보였지만 우려할 수준은 아니었
다. 한 가지 아쉬운 점은, 그가 정확히 20년 만에 석화에 풀려날 줄
미리 알았다면 그에게 미행이라도 붙였을 텐데……

'내가 석화에서 풀려난 지 얼마 안 된 시점이잖아.'

그때만 하더라도 다시 전쟁이 일어나고, 제이블란트의 봉
인이 다시 풀릴 줄은 전혀 예상하지 못했다.

어느새 3년 전의 과거가 되어버린 일을 다른 이의 일기장
에서 확인하자 카일의 기분이 묘해졌다. 또한 이 시점부터 일
기장의 주인이 자신에 주목했음에 역시 묘한 기분을 느꼈다.

1326년 4월 30일.

…그토록 짙은 어둠을 안고 있음에도 '인간'으로 남아 있는 그가 너무나 신비했다. 내가 추구하는 '완벽한 존재'와는 여러모로 방향이 달랐고, 결국 내 곁에 두는 건 실패했지만 흥미가 샘솟는 건 어찌할 수 없었다. 만약 다음에 다시 만날 기회가 생긴다면 어떻게 해서든 그와 손을 잡고 싶다. 하지만 내 직감은 불가능하다고…….

카일은 한 번도 아닌 두 번이나 자신에게 손을 내밀었던 오르갈트가 여전히 껄끄럽게만 느껴졌다. 적도 아군도 아닌 그의 속내를 알고 싶은 마음에 일기장을 펼쳤지만, 애매한 표현의 문장만으로는 파악하기 어려웠다. 그때 보여줬던 아쉬워하는 표정이 진심이었음은 알아냈지만.

그리고 또 한 가지 이날의 일기를 읽음으로써 카일이 확신한 것은, 일기장의 주인이 오르갈트가 분명하다는 것이었다.

1327년 9월 23일.

…아르키어스 평원에서의 전투 결과는 예상 밖이었다. 솔직히 믿기 힘들었지만, 고든이 직접 보고한 내용이니 믿을 수밖에 없었다. 하필이면 그 장소에서 페이서가 빛의 힘에 다시 눈을 뜨리라고 누가 예상했겠는가. 하지만 한 가지는 확실했다. 카일이 소유한, 끝이 보이지 않는 어둠으로 인해 과거의 빛의 용사가 다시 빛을 찾았음이 분명했다. 그동안 추구하던 '완벽한 존재'에 대한 해답이 점차 가까워지는 것이 느껴졌다. 그러나 지금은 제럴드의 경고가 사실인지 아닌

지 파악하는 게 급선무다. 만약 사실이라면…….

'제럴드가… 그래, 그랬구나.'

카일은 일기장을 덮더니 두 눈을 지그시 감았다.

제이블란트의 봉인을 풀기 위한 에르카이저의 움직임을 오르갈트가 어떻게 알고 막아냈는지에 대한 의문이 순식간에 풀렸다. 홀로 은밀하게 행동하며 세력 판도에 영향을 주는 제 럴드의 성향은 20여 년 전이나 지금이나 마찬가지였다.

'세브로아 성에서 그렇게 행동한 이유도 나중엔 알게 되겠 지?'

이전 동료들과 제대로 이야기할 기회도 없이 성지로 떠난 카일로선 크레아 공주를 그냥 보내줬던 제럴드의 선택을 여 전히 이해할 수 없었다. 지금처럼 뒤늦게나마 그의 의도를 알 게 되길 바랄 뿐이었다.

다시 눈을 뜬 카일은 일기장의 남은 부분을 빠르게 읽어 내 려갔다. 동행한 마법사들이 책장 안의 서적과 문서를 분류하 고 이송하느라 제법 시끌벅적했지만 일기장에 완전히 집중한 카일의 귀에는 아무것도 들리지 않았다.

1328년 7월 20일.

…마르코가 모르드 왕국 안에 숨어 있다는 정보를 입수한 어제부 터 잠이 오지 않는다. 내 인생에 있어서 가장 큰 오점을 내 손으로 처

리할 수 있다는 기대감 때문일까, 아니면 나답지 않게 무모한 시도라는 두려움 때문일까……. 만약 카일과 손을 잡을 수 있었다면 이렇게 떨리지도 않았을 것이다. 내가 페이서의 자리에 대신 있었다면 하는 망상도 품어봤지만, 그것 역시 나답지 않은 짓이기에 절로 웃음이 나왔다. 하지만 실패하더라도 '완벽한 존재'로 향하는 길로 이어질 거라 믿어 의심치 않는다. 술을 꺼내 마셔봤지만 여전히 졸리지 않고…….

"완벽한 존재?"

카일은 오르갈트의 일기장에서 몇 번이나 반복된 표현을 자신도 모르게 중얼거렸다.

그것이 과연 뭘 뜻하는지 궁금해진 카일은 페이지를 계속 넘겼지만 7월 20일자 일기를 끝으로 공백만이 이어졌다.

"이런……."

'완벽한 존재'에 대한 의문점을 풀기 위해 일기 맨 앞으로 돌아간 카일은 당혹한 표정을 지었다.

일기의 앞부분이, 정확히는 1325년 이전 분량이 뜯겨진 상태였다. 덮은 일기장의 아랫부분을 살펴보자 일기장 전체의 1/4 정도가 없어졌음을 뒤늦게 알아챘다.

"어이, 혹시 이 일기장의 앞부분을……."

우우웅.

등에 걸쳐 멘 엘트리안이 무언가에 반응해 공명하자 카일은 반사적으로 눈을 감았다.

어둠으로 뒤덮인 시야 저 멀리서 반짝이는 빛이 모습을 드러냈다. 처음엔 하나였던 빛이 하나둘씩 늘어나더니 네 개가 되었다.

'성지 안에 이렇게 강한 빛의 힘을 지닌 성직자는 없을 텐데? 어떻게 된 일이지?'

카일은 다급히 문 쪽으로 달려갔다가 급히 멈췄다. 그리고 마법사 중 한 명에게 일기장을 휙 던졌다.

"이거 잊어버리지 말고 꼭 가지고 있도록!"

말을 마치자마자 카일은 빠른 걸음으로 복도를 가로질러 지상으로 통하는 계단을 허겁지겁 올라갔다. 지하 연구소 위의 오르갈트의 저택 주변에는 안젤리카와 그녀의 부하들이 대기 중이었다.

"카일, 수색 작업은 벌써 다 끝났나?"

"지금 당장 위로 날아 성지 주변을 정찰해 봐!"

카일은 오른손으로 하늘을 가리키며 거칠게 호흡했다.

"무슨 일이지?"

"이렇게 강한 빛의 힘은… 그래, 빛의 하수인들이 분명해!"

"뭐라고? 정말인가?"

"그래! 난 대성당 쪽으로 갈 테니 너는 빛의 하수인들이 어디까지 왔는지 확인해 줘!"

카일은 숨 돌릴 틈도 없이 나무에 묶어놨던 말 위에 올라

탔다.

"이랴!"

안젤리카가 뭔가 대답하려고 했지만, 카일은 무시하고 말고삐를 강하게 내려쳤다. 그를 태운 말이 앞발을 들어 올리며 히히힝 하고 울더니 대성당 쪽을 향해 달리기 시작했다. 연이어 말고삐를 내려치는 소리와 함께 말의 속도가 더욱 빨라졌다.

먼저 출발한 카일 다음으로 안젤리카가 땅을 박차고 위로 뛰어올랐다. 천마의 날개를 펄럭이며 하늘을 향해 올라가던 그녀는 성지 전체가 시야에 들어오는 고도에서 멈췄다.

작은 원을 그리며 북쪽과 동쪽, 그리고 남쪽을 꼼꼼히 살펴본 안젤리카의 시선이 서쪽에 고정되었다. 성지로 통하는 입구 건너편 멀리서 빛의 하수인으로 보이는 네 명이 달려오는 중이었다.

삐이익! 삑!

하늘 높이 떠 있는 안젤리카가 작은 뿔피리를 길게 한 번, 짧게 한 번 불었다. 지상에 남아 있던 그녀의 부하들은 즉시 전투 준비를 하라는 신호를 듣고 빠르게 산개했다. 안젤리카 본인은 빛의 하수인들이 접근 중인 서쪽을 향해 빠른 속도로 날아갔다.

3

엘레힘 교단에게 있어서 빛의 힘이란 항상 그들의 편이였다.

신에게 선택받아 빛의 힘에 눈을 뜬 자들이 성지로 모여들었고, 자연스레 엘레힘이란 이름 아래 하나로 뭉쳤다.

그러나 지금 성지를 둘러싼 빛은 결코 교단을 위한 힘이 아니었다.

화르륵.

성지 북쪽에서 시작된 불길이 바람을 타고 남쪽으로 퍼져 갔다. 철저한 복수를 위해 마족 병사들이 들고 왔던, 그러나 정작 쓰지 못했던 기름통을 불길이 휘감았다. 퇴색한 백색의 건물들이 일제히 붉은 화염에 휩싸였고, 성지 곳곳에 설치된 십자가가 업화 속에 불타올랐다.

"모두 대피해라! 빛의 하수인들을 상대하지 말고 후퇴해라!"

"서적과 문서를 담은 수레를 보호하며 이동해라!"

마족 병사들은 빛의 하수인들에 맞서기보다 성지를 서서히 잠식해 가는 불길을 피하는 쪽을 택했다. 그들에게 성지를 지켜야 하는 이유 따위는 눈곱만큼도 없었고, 오히려 불타오르는 성지를 보며 속 시원한 표정을 지었다. 대신 불길에 휩싸이기 전에 빛의 실험체에 대한 연구 자료를 급히 옮길 시간은 필요했다.

파아앗!

마구 피어오르는 불길을 한 줄기 빛이 가르며 성지 정중앙을 향해 날아갔다. 반쯤 깨지지 않고 남아 있던 스테인드글라스 대부분이 박살 나면서 유리 파편이 대성당 안으로 마구 흩어졌다.

"엘레힘 교단 따위……."

성지를 침공한 네 명 중 한 명의 사내가 홀로 대성당을 향해 천천히 걸어갔다. 사내의 안구는 양쪽 모두 텅 비어 있었고, 그 아래로 핏줄기가 계속 흘러내렸다.

"없어져야 해……."

다시 한 번 강렬한 빛이 사내를 중심으로 퍼져 나갔다. 그러나 재빨리 달려온 카일이 대검 엘트리안을 휘두르며 빛을 막아냈다.

"크윽!"

카일은 엘트리안으로 빛을 막아내면서 뒤를 돌아보았다. 대성당 안에서 급히 서적들을 챙겨 밖으로 나오던 마법사들과 시선이 마주쳤다. 갑작스런 빛 때문에 당황한 마법사들은 대성당 안으로 도로 들어가지도 못하고, 달려 도망치지도 않고 제자리에 서 있었다.

"빨리 피해!"

인간의 언어를 알고 있는 마법사들은 카일의 외침에 정신을 번쩍 차리고 황급히 후퇴했다. 마법사들이 멀리 도망가는 걸 확인한 카일은 엘트리안을 지면을 향해 내려꽂았다.

콰콰쾅!

카일이 바라보는 방향으로 흑염이 폭발하며 정체불명의 사내를 휩쓸었다. 어느덧 성지의 1/4정도를 불태운 불길보다 더 거센 흑염이 카일의 시야 대부분을 차지했다.

하지만 카일은 방심하지 않고 엘트리안을 양손으로 쥐었다. 당장에라도 저 흑염 안으로 돌진해 끝장내고 싶었지만, 사내가 지닌 빛이 조금도 약해지지 않았기에 서두르지 않고 침착하게 기다렸다.

흑염이 가라앉고, 그 한복판에 있던 사내는 비틀거리며 카일 쪽으로 걸어왔다.

폭발로 인해 뜯겨 나간 살점이 빠르게 재생되었고, 흘러나온 피가 연기로 변해 증발했다. 그러나 빛의 하수인이 되기 전 잃어버린 두 눈은 여전히 텅 비어 있었다.

"어둠의 힘… 이라니……."

빛의 하수인이 되어버린 그의 머리속에는 죽기 직전까지의 기억이 산산조각 나 파편으로만 존재했다. 그 파편 중 어둠의 소유자에 대한 기억을 찾은 사내의 텅 빈 안구 아래로 피가 철철 흘러내렸다.

"너는… 카… 카일. 어둠의 힘을… 지닌 자……."

한편 카일은 사내의 외양을 찬찬히 살펴보더니 눈썹 사이를 좁혔다.

텅 빈 안구와 뚝뚝 끊기는 말투는 생소했지만 그가 기억하고 있는 누군가와 매우 흡사했다.

죽었다고 알고 있었지만, 오히려 죽었기에 이렇게 빛의 하수인으로 나타날 수 있었다.

"마르코?"

암흑의 화신 제이블란트를 묶어뒀던 봉인의 해제.

그리고 오르갈트의 육체를 통한 제이블란트의 완벽한 부활.

카일은 마르코의 어설픈 욕망이 만들어낸 현 상황에 분노하며 인상을 찌푸렸다.

"모두 없애주겠어… 성지에 있는 이들 모두……."

파아앗!

또 한 번 강렬한 빛이 마르코의 선신에서 뿜어져 나왔다.

"크윽!"

카일은 엘트리안에서 흘러나온 어둠의 기운으로 정면을 막았지만, 충격을 이기지 못하고 선 채로 쭉 밀려 나갔다. 하마터면 놓칠 뻔했던 엘트리안을 고쳐 잡는 순간, 손바닥에서 느껴지는 통증에 표정이 일그러졌다. 양손의 굳은살이 뜯겨 나가며 장갑 안쪽이 피로 흥건했다.

"이것밖에… 안 되는가? 네 힘은… 훨씬 더… 강할 텐데……."

마르코의 텅 빈 안구에선 계속해서 피가 흘러내렸다. 한 달

전, 죽기 직전의 오르갈트가 제이블란트에게 날린 일격의 결과였다.

"날… 얕보지 마라……"

캉! 카앙!

갑자기 앞으로 돌진한 마르코의 검이 카일의 엘트리안과 격돌했다.

빛과 어둠이 두 개의 검이 그리는 궤적을 따라 서로 뒤섞였다. 검과 검이 부딪힐 때마다 회색의 잔상이 두 사람 앞을 가로막았다. 이전 텔릭과의 대결처럼 마르코는 살아 있을 때 미처 발휘하지 못했던 잠재력을 남김없이 발휘했다.

반면 카일 쪽에선 그의 힘의 원천인 분노와 증오를 억눌러야 했다. 데미트리가 호시탐탐 자신의 육체를 노리고 있는 이상, 블랙아웃 모드로 돌입하는 것만은 피해야 했기에.

그런 와중에도 카일은 수시로 뒤를 돌아보며 대성당을 살폈다. 지하에 아직 남아 있는 서적들을 옮기느라 남아 있는 마법사들을 보호해야 했다.

'젠장, 신경 쓸 게 너무 많아!'

카일은 방어에 치중하면서 마르코의 공격 방향을 다른 쪽으로 유도했다. 그러나 마르코는 대성당에서 시선을 떼지 않았고, 결국 대성당과 마르코 사이에서 공격을 막아내는 수밖에 없었다.

"하앗!"

캉! 카앙!

빛과 어둠의 기운이 서로 한 치도 밀리지 않고 맞서는 가운데, 카일은 마르코의 목을 노려보며 엘트리안을 찔러 넣었다. 마르코는 반사적으로 검을 옆으로 휘두르며 엘트리안을 쳐냈지만, 이를 예측한 카일은 검자루를 움켜쥔 손목을 비틀며 그의 옆구리를 노렸다.

"윽!"

카일의 엘트리안과 마르코의 검이 서로 수평을 이루며 상대방을 찔렀다. 카일이 걸치고 있던 칠흑의 갑옷 왼쪽 어깨 부분이 박살 나버렸고, 마르코의 왼쪽 옆구리를 엘트리안이 깊숙이 베고 지나갔다.

"나는… 강해져야 해……."

마르코는 카일의 왼쪽 어깨에 검을 찔러 넣은 채 힘을 빼지 않았다. 카일 역시 밀리지 않기 위해 손에 움켜쥔 엘트리안을 조금씩 오른쪽으로 밀어붙였다.

"아니… 강해졌어… 강해졌다고! 그러니……."

엘트리안에 베인 상처 주위를 빛이 감싸며 급속도로 재생이 이뤄졌다. 하지만 여전히 뽑히지 않은 엘트리안의 검끝 아래로 피가 줄줄 흘러내렸다.

"망할 아버지 따위보다… 약할 리 없어……."

재생과 출혈이 반복되는 와중에도 마르코의 말은 계속 이어졌다.

페이서와 카일이 주역이었던 아르키어스 평원 전투에서 마르코는 철저한 조연이었다. 게다가 페이즈 3에 들어선 카일이 했던 말은 결코 잊을 수 없는 굴욕이었다.

그래서일까, 제이블란트의 명령에만 따르는 빛의 하수인이 되어버렸음에도 마르코의 집념은 여전히 살아 있었다.

*   *   *

쿠웅!

안젤리카가 공중에서 던진 스피어가 지상에 박히는 순간, 거센 바람이 휘몰아치며 불길을 꺼뜨렸다. 사방이 불길에 포위되었던 병사들은 잿더미와 연기가 뒤섞인 바람을 헤치며 남쪽으로 후퇴했다.

성지 전역으로 퍼져 가고 있는 불길은 하늘 높이 떠 있는 안젤리카에게까진 닿지 않았다. 그러나 그녀의 얼굴은 땀으로 범벅된 지 오래였다.

"하앗!"

안젤리카는 오른팔을 어깨 위로 휙 들어 올리며 와이어를 잡아당겼다. 지상에 박혔던 스피어를 회수한 그녀는 아까보다 더 남쪽을 향해 스피어를 조준했다.

"윽… 힘이…….."

그녀의 오른팔에 힘이 쭉 빠지면서 쥐고 있던 스피어가 지상을 향해 떨어졌다.

"헉, 헉······."

안젤리카는 빛의 하수인들을 견제하기 위해 수십 번 넘게 스피어를 날렸다. 거기에다 병사들을 위한 퇴로 확보까지 지휘하다 보니 지치지 않을 수 없었다. 부들부들 떠는 오른팔에 다시 힘을 줬지만 수십 번 넘게 스피어를 던진 탓에 감각이 마비되었다.

투구의 턱 부분에 고인 땀방울이 아래로 뚝뚝 떨어졌고, 그걸 따라 고개를 숙인 안젤리카의 시야에는 활활 타오르는 지상만이 보였다. 제대로 싸워보지도 못하고 불길에 병사들이 전멸당할 위기가 조금씩 다가오는 중이었다.

대성당 쪽은 카일의 분전으로 아직까진 무사했지만, 북쪽과 동쪽에서 접근 중인 빛의 하수인들이 문제였다. 그들은 거센 불길에도 아랑곳하지 않고 병사들과의 거리를 좁혔다.

'어차피 쓰지도 못했는데··· 성지 밖으로 옮기라고 지시 안 한 내 탓이야.'

성지를 불태우기 위해 가지고 왔던 기름통들이 병사들의 목을 조이게 되자 안젤리카는 스스로의 부족함을 자책했다.

지상에선 마법사들의 냉기마법으로 병사들 주위를 보호했지만, 안전한 퇴로를 확보하기엔 부족했다. 결국 아까처럼 안젤리카가 바람의 힘으로 불길을 꺼뜨리는 수밖에 없었다.

"하아앗!"

새 스피어를 꺼낸 안젤리카가 남은 힘을 짜내며 바람의 힘을 오른손에 응축시켰다. 푸른빛에 휩싸인 스피어가 바람을 가르며 지상을 향해 날아갔다.

쿠웅!

4

쨍그렁!

스테인드글라스를 뚫고 밀려 나간 마르코가 대성당 안에서 나뒹굴었다.

콰앙!

그를 쫓아 뛰어든 카일이 흑염의 기운을 폭발시키자 대성당의 벽과 천장이 와르르 무너져 내렸다. 마법사들이 모두 피신한 걸 확인한 카일에게 더 이상 대성당을 지킬 이유는 없었다.

"나는… 쓰러지지 않아……."

자신의 머리 위에 쏟아진 벽돌들을 헤치고 마르코가 일어섰다. 다른 빛의 하수인들보다 불완전한 상태였던 마르코의 빛은 시간이 지날수록 서서히 약해졌고, 카일은 거세게 그를 밀어붙였다. 그럼에도 특유의 끈질긴 재생력만큼은 마르코의 몸을 몇 번이나 원상태로 복구시켰다.

"대답해라… 나는… 강한가?"

마르코는 반 토막 난 검을 주워들고 카일을 향해 겨누었다.

승부는 이미 결정 난 거나 마찬가지였다. 단지 블랙아웃 모드로 들어서길 거부하는 카일의 선택 때문에 마르코의 육체가 파괴되고 복구되는 지겨운 반복이 이어질 뿐이었다.

"넌… 누구보다 잘… 알 거다. 저주받을 그 인간을… 내가 뛰어넘었음을!"

아버지를 언급하는 마르코의 입에선 증오가 담긴 수식어가 계속 튀어나왔다.

"그렇지 않다면… 난 죽을 수 없다…….."

인간은 자신이 지닌 힘이 커질수록 뭔가 이루고자 하는 욕구가 커지게 마련이다.

하지만 힘과 욕구는 정확히 비례하지 않는다. 카일은 소유한 힘에 비해 터무니없이 욕구가 적은, 보기 드문 케이스였다.

반면 마르코는 카일과 정반대였다. 아버지를 뛰어넘어야 한다는 강박관념에 사로잡힌 그는 소유한 힘 이상의 것을 항상 바랐다. 그리고 그것을 부정당할 때마다 증오와 분노를 마음속에 담아두었다.

자신을 제치고 새로운 빛의 용사로 지명된 크레아.

성당기사단장 그 이상의 자리를 주지 않았던 오르갈트.

아버지보다 못하다는 평가를 내린 카일.

그리고 그를 이렇게 만들어 버린 아버지 마르키아.

집념만이 남아버린 그가 기억하는 이는 오직 이 네 명뿐이었다.

"카일… 나는… 난… 강한가?"

마르코는 끈질길 정도로 아버지와의 비교에서 우위임을 확인받고 싶었다.

그러나 카일 입장에선 재생을 반복하며 살아나는 마르코가 지겨울 따름이었다. 아버지를 이기고픈 아들의 집념 따위에 조금도 흥미를 느끼지 못했고, 짜증만 났다.

"말 한번 진짜 많군."

카일은 칠흑의 갑옷 주위를 휘감고 있던 어둠의 기운을 거두어들이더니, 쥐고 있던 엘트리안에 쏟아부었다. 이렇게 된 이상, 일격으로 마르코를 쓰러뜨리는 방법밖에 남지 않았다.

"그걸 증명하고 싶으면 날 쓰러뜨려 보라고, 애송이!"

"애송… 이?"

카일의 도발에 마르코는 검자루를 콱 움켜쥐었다. 반쯤 남아 있던 검신이 박살 나더니 뿜어져 나온 빛이 그 자리를 대신 차지했다.

자세를 낮춘 카일이 높이 뛰어오르며 마르코를 향해 돌격했고, 어둠과 빛으로 이뤄진 검이 맞부딪히는 순간, 강렬한 충격파가 일대를 뒤덮었다.

콰쾅!

마르코가 서 있던 지면이 아래로 푹 꺼지더니 큼직한 금이 지면을 가르며 사방으로 뻗어 나갔다. 회색 연기가 짙게 피어오르며 두 사람의 시야를 가렸지만 승패는 확실했다. 마르코의 오른손은 여전히 검자루를 움켜쥐고 있었지만, 그의 몸과 분리되어 땅바닥에 떨어져 있었다.

"검이… 무기가……."

어깨 아래 오른팔이 통째로 잘려 나간 마르코는 왼손으로 또 다른 검을 뽑아 들었다. 그와 동시에 카일의 엘트리안이 아래에서 위로 직선을 그리며 크게 휘둘러졌다. 잘려 나간 마르코의 왼팔이 핏방울과 함께 그의 머리 위로 솟아올랐고, 이번에야말로 끝낼 수 있다는 확신에 카일의 입술 왼쪽이 살짝 치켜 올라갔다.

「내 도움이 필요하지 않은가?」

하지만 귓가에 울리는 목소리에 카일은 엘트리안을 떨어뜨렸다.

제멋대로 폭주하지 않도록 억제하며 사용했던 어둠의 기운이 카일의 움직임을 억누르기 시작했다.

"크윽… 젠장!"

카일은 땅바닥에 떨어뜨린 엘트리안에 손을 뻗었지만, 거의 닿을락 말락 한 거리를 놔두고 부들부들 떨기만 했다. 이전보다 더디긴 했지만 마르코의 양쪽 팔이 재생되기 시작하자 카일의 마음은 초조해져만 갔다.

「빛과 어둠의 싸움이 이런 식으로 시시하게 끝나면 곤란해.」

데미트리는 더욱 강한 어둠을 완성시키기 위해 카일이 빛의 힘을 지닌 자와 가능한 한 오래 싸우길 바랐다. 아직 블랙아웃 모드에 돌입하지 않은 상태에서 카일의 승리로 끝나는 전투는 데미트리가 바라는 결말이 아니었다.

엘트리안을 움켜쥐는 대신 천천히 몸을 일으킨 카일은 양팔을 앞으로 뻗더니 마르코의 어깨를 강하게 움켜쥐었다. 빛과 어둠이 뒤섞인 회색 연기가 피어오르며 마르코의 얼굴이 고통으로 일그러졌다. 그러나 강제로 블랙아웃 모드에 돌입하기 직전인 카일의 표정 역시 잔뜩 일그러졌다.

「그래, 그렇게 빛에 맞서라. 그러면 너의 어둠은 더욱더 강해지고…….」

삐이익!

갑자기 들린 뿔피리 소리에 카일은 시선을 위로 향했다. 멀리서 직선을 그리며 날아오는 '무언가'를 발견한 카일은 왼쪽으로 미끄러지듯 자세를 낮췄다.

퍼억!

마르코의 등을 꿰뚫은 스피어가 비스듬히 바닥에 박혔다.

마르코의 복부에서 뿜어져 나온 피가 카일의 얼굴을 뒤덮었고, 순간 카일은 정신을 번쩍 차리며 어둠의 기운에서 벗어날 수 있었다.

"어? 나는 왜… 여기에?"

원래의 목소리로 돌아간 마르코는 배를 뚫고 나온 스피어를 보고 당황했다. 죽어서 빛의 하수인이 된 자들이 또 한 번의 죽음을 맞이하기 직전 보여주던 모습이었다.

"카일? 네가 왜 여기 있는 거지?"

마르코는 반사적으로 카일에게 달려들었지만, 땅바닥 깊숙이 박힌 스피어에 고정되어 움직일 수 없었다. 그리고 그사이 카일은 데미트리의 유혹에서 벗어나 숨을 천천히 골랐다.

"휴우, 나중에 그녀에게 고마워해야겠어."

"무, 무슨 짓이냐? 설마 나를……."

제이블란트에게 육체를 빼앗기기 전까지의 과거만을 기억하고 있는 마르코는 자신의 목을 향해 엘트리안을 겨눈 카일의 행동을 이해할 수 없었다.

그러나 카일이 그에게 설명할 이유 따윈 하나도 없었다. 텔릭 때처럼 기다리거나 망설일 필요는 더더욱 없었다.

"끝이다."

비명조차 지르지 못한 마르코의 목이 바닥에 데구루루 굴렀다. 팔꿈치 아래까지 재생되었던 그의 양팔에 힘이 쭉 빠지면서 어깨까지 축 처졌다.

"정말 위험했어."

시기를 놓쳤다고 판단해서인지 데미트리의 목소리는 더이상 들리지 않았다. 그러나 또다시 이런 상황에 처한다면 끈질기게 나타날 거라는 예상에 한숨을 길게 내쉬었다.

"그래, 이제 대답해 주도록 하지, 마르코."

카일은 두 눈을 뜬 채로 최후를 맞이한 마르코의 머리를 향해 자세를 낮췄다.

"네 아버지보다 강한지 아닌지는 모르겠지만, 훨씬 어리석었어."

최소한 그의 아버지는 자신의 주제를 알고 성당기사단장에 머무르는 선택을 했다. 제이블란트를 완벽히 지배하지도 못했으면서 어둠의 힘을 얻었다고 착각한 아들의 말로는 추하기보다 어리석기만 했다.

몸을 일으킨 카일은 주변을 둘러보았다. 완전히 박살이 난 대성당 주위를 불길이 감쌌다. 여기저기 대성당의 부서진 잔해가 쌓여 있었고, 그 잔해 속에서 누군가의 얼굴과 두 팔이 삐죽 튀어나와 있었다.

"나… 나를 구해주게나……."

불길을 헤치고 도망칠 용기가 없었던 교황이 힘겹게 카일을 불렀다.

교황은 남은 서적들을 급히 챙기던 마법사들에게 자신을 데리고 가달라고 하소연했지만 외면받았다. 결국 대성당 구석에

서 부들부들 떨고 있던 그의 머리 위로 천장이 무너져 내렸고,
운 좋게 목숨만은 건졌지만 완전히 피투성이가 되어버렸다.

"이런 식으로 허무하게… 죽을 수는 없……."

그러나 그의 목숨은 거기까지였다. 카일을 향해 뻗었던 두
손이 아래로 축 처지더니 고개가 푹 수그러졌다. 카일은 굳이
교황의 죽음을 확인하지 않고 등을 돌려 대성당 밖으로 걸어
나갔다.

화르륵.

카일이 뿜어내던 어둠의 기운이 사라지자 불길이 대성당
을 덮쳤다. 꼭두각시에 만족했던 교황과, 능력 이상으로 남들
에게 인정받기를 원했던 성당기사단장의 시체가 불속에서 서
서히 타들어갔다.

5

성지를 집어삼킨 불길은 마족 5군단이 모두 후퇴한 이후에
도 활활 불타올랐다.

자신들의 손이 아닌 다른 이의 손에, 그것도 빛의 힘을 지
닌 자들에 의해 불타오르는 성지의 모습은 마족 병사들에게
허망함만을 가져다주었다.

마르코를 제외한 나머지 빛의 하수인들은 서적과 문서들
이 담긴 수레를 모두 불태웠다. 그리고 대성당 지하와 오르갈

트의 저택 지하에 있던 연구소를 함몰시킨 뒤 미련도 없이 뒤돌아섰다. 취할 건 취하고 버릴 것은 버린다는 태도로, 이전과는 다른 행동 방식이었다.

마족 5군단 측 역시 마찬가지이긴 했지만, 이득보단 잃은 게 더 많았다. 혼란 속에 수많은 서적과 문서들이 잿더미로 변해 버렸고 만약을 대비해 작성해 놨던 필사본마저도 후퇴 도중 대부분 유실되었다.

"이런 결말을 원한 게 아니었는데, 결국 시간 낭비만 되어 버렸다."

카일은 허탈한 기분을 떨쳐 내지 못하고 고개를 가로저었다.

병사들의 안전을 고려한 안젤리카의 선택을 비난할 수는 없었다. 그래도 아쉽긴 마찬가지라 그의 시선은 불타고 있는 성지를 계속 향하고 있었다.

"일기장은……."

포기하는 수밖에 없었다. 이런 난리 속에서 일기장을 건네받은 마법사가 살아 있을 거라는 기대는 접었다.

"미안하다, 카일. 내가 더 신중하게 대처했다면 이런 일은 벌어지지 않았을 텐데……."

안젤리카 역시 아쉽기는 마찬가지였다.

그러나 카일은 평소와 달리 그녀를 비난하지 않았고, 그랬기에 그녀의 죄책감은 더욱 커졌다. 자멸해 버린 성지에 머무르면서 해이해진 경계심을 다시 잡을 수 있었지만, 이미 때는 늦었다.

"안젤리카, 피해는 어느 정도지?"

"다행히 대부분의 병사는 무사히 피난했다. 하지만 문서를 이송 중이던 수레 중 한 개만 급하게 빼낼 수 있었다."

"사방이 온통 불바다였는데, 그 정도만 해도 다행이겠지."

카일은 옆에 서 있던 안젤리카의 어깨를 향해 손을 내밀었다가 빠르게 거둬들였다. 그녀와 그 사이에 절대로 어울리지 않은 행동이었고, 앞으로도 있어서는 안 되는 '짓'이었다. 서로 앙금이 남아 있는 상태에서 어설픈 '전우애'가 끼어드는 건 차라리 없는 편이 났다.

'그나저나 앞으로 더욱 힘들어질 거 같아. 진짜 어둠의 힘을 쓰는 데 주의해야겠어. 특히 빛의 힘을 지닌 자와 싸우는 건 되도록 피해야 할지도 몰라.'

데미트리가 다시 유혹의 목소리로 나타난 시간은 짧았지만, 그의 의도만큼은 확실히 파악할 수 있었다.

카일의 몸 안에 머무르고 있는 어둠을 더 강화시키는 방법은 다름 아닌 빛의 힘을 지닌 자와의 대결이었다. 그리고 그빛의 힘을 지닌 자를 다른 이들의 도움 없이 혼자서 이기는 방법은 블랙아웃 모드로 들어가는 방법뿐이다.

정상적인 인간과 마족 간의 대결이 이어졌다면 카일이 빛과 싸울 일 자체가 없었다. 그러나 마르코에 이어 오르갈트까지 제이블란트의 육체가 되어버린 지금, 더 많이 나타날 빛의 하수인들은 싸우기 버거운 상대가 아니라 맞서서는 안 되는 상대가 되어버렸다.

"안젤리카, 다음부터 웬만하면……."

"웬만하면?"

"아니, 못 들은 걸로 해."

말을 먼저 꺼낸 카일이 그답지 않게 얼버무리자 안젤리카는 고개를 옆으로 돌려 카일을 쳐다봤다. 그녀가 알고 있는 카일은 혼자 틀어박혀 고심할 바에는 어떻게든 행동해서 해결하자는 쪽에 가까웠다. 그런 그가 한눈에 봐도 고심하고 있다는 건 여러모로 의미심장했다.

안젤리카는 여러 방향으로 카일이 뭘 말하려 했는지 추측했지만, 결국 추측 이상은 되지 못했다. '당분간 빛의 하수인과 싸우는 걸 피하겠다' 라는 말은 아예 떠올리지도 못했고.

결국 카일과 안젤리카는 서로 하고 싶은 말을 꺼내지 못한 채 화염에 휩싸인 성지를 바라보기만 했다. 그런 그들 뒤로 누군가가 조심스럽게 접근했다.

"혹시 아까 이걸 맡기시지 않았습니까?"

검게 그을린 로브 차림의 마법사는 카일 쪽으로 몸을 돌리더니 두 팔로 꼭 감싸고 있던 무언가를 건넸다.

"이거? 어……."

"맞습니까?"

"마, 맞아."

마법사로부터 일기장을 건네받은 카일은 놀란 눈으로 겉표지를 뚫어져라 살펴봤다.

"허, 포기하고 있으니 막상 손에 들어오잖아."

카일은 기대도 안 했던 오르갈트의 일기장을 회수하자 이번에는 안도의 한숨을 내쉬었다. 수많은 문서가 불탄 것보다 일기장을 잃어버린 걸 더 아쉬워했기 때문이다.

"다행이야, 이것마저 사라졌다면 진짜… 잠깐만."

여러 가지 일이 복잡하게 뒤엉킨 탓에 머리가 복잡하던 카일은 미처 깨닫지 못한 사실을 뒤늦게 떠올렸다.

빛의 하수인들이 마족 5군단을 토벌하러 온 것치곤 너무 빨리 물러섰고, 성지 그 자체를 없애기 위해 왔다고 보기엔 성지의 가치는 이미 바닥에 떨어진 지 오래였다.

결국 그들의 목적은 빛의 실험체에 대해 남아 있던 자료나 연구를 없애기 위함이라 판단할 수 있었다. 확실히 그들의 태도는 이전 마르코의 몸에 머무르던 제이블란트가 증오를 맘껏 발산하며 살육을 펼쳤던 것과 확연히 달랐다.

"친구들이… 위험하겠어!"

제이블란트의 다음 목표가 '빛의 실험체' 그 자체일 거라는 확신에 카일은 일기장을 강하게 움켜쥐었다.

Chapter **52**
증오의 결실

1

엘레힘 신성력 1328년 9월 30일.

성지를 지나 계속 동쪽으로 진군하던 마족 5군단은 모르드 왕국의 수도 케이브란스 성을 눈앞에 두었다.

과거 20여 년 전 전쟁에서 모르드 왕국은 인간 측의 심장이나 다름없었다. 빛의 용사 페이서를 필두로 많은 실력자가 모르드 왕국에서 배출되었고, 이는 인간 측의 승리로 이어졌다.

그런 모르드 왕국이 옛날과 정반대 위치에 놓였다. 제이블란트와 손을 잡은 모르드 왕국은 철저한 악(惡)의 입장에 서게 되었고, 이는 마족과 인간 양측의 공격을 받기에 이르렀다.

"……."

카일이 든 망원경의 동그란 시야 안에 모르드 왕국의 깃발이 펄럭거렸다.

페이서를 다시 일으켜 세우기로 결심했던 3년 전, 카일은 모르드 왕국의 멸망을 타인의 도움 없이 홀로 이루리라 결심했다. 마족을 또 한 번 쓰러뜨린다 한들 여전히 인간 편에 서 있을 모르드 왕국을 멸망시키기 위해 자신의 손 하나만 더럽히면 된다고 생각했기 때문이다. 빛의 용사로 다시 부활한 페이서의 손을 더럽힐 필요 없이.

그러나 지금은 인간에게든 마족에게든 모르드 왕국은 악의 축 그 자체였다. 제이블란트의 육체가 마르코에서 오르갈트로 바뀐 이후에도 모르드 왕국의 방침은 변하지 않았고, 이는 카일이 기대하지도 않은 행운이었다.

"마치 석상 같군."

케이브란스 성 밖에는 빛의 하수인들이 두 명씩 짝을 지어 동서남북 네 방향에 각각 배치되었다. 마족 5군단이 도착한 일주일 전부터 오늘까지 빛의 하수인들은 성벽 바로 근처에서 묵묵히 서 있기만 했다. 오직 제이블란트의 명령만을 따르는 그들이 이렇게 수비적으로 나온다는 이야기는 여러 방향으로 해석할 여지를 남겼다.

'나뿐만 아니라 다른 마족 군단과 실버윙즈까지 합류할 예정인데도 모르드 왕국 쪽에선 수비적으로만 나오고 있어. 아니, 애초에 성안에 틀어박혀 나올 생각도 안 하니 수비고 공격이고 아무것도 없었지. 안젤리카가 멀리 떨어진 곳까지 직접 둘러봤지만 매복한 병력은 없었고. 제이블란트가 이곳을 포기했나? 아니면…….'

직접 이곳에 나타날 가능성 등을 고려해 봤지만 어느 하나 확실하다는 느낌은 없었다.

'보고만 있다니 속이 타들어가는군. 빨리 저 저주받을 성을 불태워 버리고 싶어.'

예정대로라면 이곳에 도착한 날부터 케이브란스 성 공략에 들어갔어야 했다. 하지만 다른 마족 군단이 합류하기까지 3일을 기다렸고, 그 후 아직도 도착하지 않은 실버윙즈의 병력까지 기다리느라 4일을 소모했다.

그러나 그가 초조함을 떨쳐 내지 못한 이유는 지루한 기다림 때문만은 아니었다.

'그 녀석들이 합류한다면 무사하다는 이야기겠지. 너무나 불안해.'

마음 같아서는 당장에라도 실버윙즈를 찾아내 카트리나와 다른 동료들이 무사한지 두 눈으로 직접 확인하고 싶었다. 그러나 지금 카일의 입장상 감정대로 행동할 수는 없었다.

등에 걸쳐 멘 엘트리안의 검자루를 움켜쥐었다가 떼기를 반복했지만 시간은 좀처럼 흘러가지 않았다.

삐이익!

상공에서 들린 뿔피리 소리에 카일 뒤에 대기 중이던 병사들의 시선이 한곳으로 몰렸다. 천천히 날갯짓하며 지상에 착지한 안젤리카는 오른손으로 감은 눈 위를 어루만졌다. 상공에서 지상을 정찰하느라 혹사시킨 두 눈에서 미세한 통증이 느껴졌기 때문이다.

"카일, 멀리까지 나가봤지만 매복한 병력은 없었다."

"그래? 실버윙즈는?"

카일의 물음에 안젤리카는 두 눈을 감은 채로 북쪽을 가리켰다. 2시간 정도 지나면 도착할 거라는 설명을 덧붙인 그녀는 남쪽으로 몸을 돌렸다.

"그리고 또……."

순간 안젤리카는 황급히 입을 다물면서 말을 끊었다.

거의 두 달 가까이 함구해 달라는 '누군가' 의 부탁을 꾹 지켜왔고, 지금은 사실을 말해야 할 때였다. 하지만 말을 꺼내기 쉽지 않았다. 카일의 성격상 그동안 자신을 속였다는 걸 알고 가만히 있을 리는 없었기에.

"무슨 일이지?"

"…미리 말하지 않은 것부터 우선 사과하겠다. 하지만 네 동료의 부탁 때문에 함구할 수밖에 없었다."

"무슨 소리야? 네가 왜 사과부터 하는지, 내가 왜 화를 낼 거라 여기는지 모르겠군."

카일은 짜증을 내며 아까 안젤리카가 바라봤던 남쪽으로 시선을 돌렸다. 망원경을 들고 지평선 부근을 살펴보던 카일의 동그란 시야 안에 적지 않은 병력이 포착되었다.

"남쪽에서도? 4군단 병력… 은 아니로군."

마족이 아닌 인간의 군대가 들고 있는 깃발이 바람에 펄럭거렸다. 실버윙즈와 같이 움직이기로 한 보르니아 왕국군일 거라 여겼지만, 깃발에 그려진 문양을 보는 순간 카일이 아랫입술을 강하게 깨물었다.

"신생 모르드 왕국군?"

망원경을 아래로 내린 카일의 오른손에 힘이 확 들어갔다. 뭔가 깨지는 소리와 함께 우그러든 망원경이 그의 발 옆에 툭 떨어졌다. 거의 반사적으로 엘트리안의 검자루를 움켜쥔 카일은 검집에서 엘트리안을 반쯤 뽑다가 도중에 멈췄다.

"예상 밖의 적이 온 것치곤 너무 침착하게 보였는데, 혹시나 혼자만의 착각인가?"

"카일, 나는……."

"그러니까 아까 말하려다 만 것부터 설명해 주면 좋겠군."

여전히 검자루를 움켜쥔 채로 카일은 고개만 옆으로 돌려 안젤리카를 노려봤다. 둘 사이의 낌새가 심상치 않게 변하자 안젤리카의 직속 부하들이 그녀에게 다가오려고 했지만, 카일은 왼손을 뒤로 확 내밀며 제지했다.

"세브로아 서, 성을 점령한 이후 실버윙즈 측과 나는……."

안젤리카가 떨리는 목소리로 카일 몰래 진행되던 일을 천천히 설명했다.

다소 경직된 분위기에서 진행되던 공식 협상과 별도로, 제럴드와 안젤리카, 그리고 에르카이저 세 명만으로 진행된 비밀 회담의 내용은 카일로선 하나도 모르는 이야기였다. 마족과 신생 모르드 왕국과의 일시적인 동맹에 대해 듣던 카일은 표정을 찡그리며 이를 악물었다.

"그런 식으로 나 몰래 이야기가 진행되었다 이거로군. 나는 분명히 반대할 거라 여기고 말이야."

"그렇다."

"신생 모르드 왕국에 내민 조건은?"

"모르드 왕국을 점령할 시, 그 영토의 반을 신생 모르드 왕국 측에 주고 나머지는 우리 어둠의 후예 측이 가진다는 내용이었다."

스르릉.

검집에서 완전히 뽑힌 엘트리안으로부터 퍼져 나온 어둠의 기운이 카일 주변을 휘감았다.

"그 빌어먹을 모르드 왕국을 드디어 내 손으로 무너뜨릴 기회를 잡았는데… 뭐? 앞에 신생이라는 수식어 따위 붙여봤자 기존의 모르드 왕국과 하나도 다를 바 없어! 눈 가리고 아웅에 불과하다고!"

은인에게 보답은커녕 배신으로 화답한 모르드 왕국에게

단순한 '멸망' 은 너무나 자비로울 뿐이다.

카일은 페이서와 달리 모르드 왕국이 단순히 지도상에 사라지는 것만으로 만족할 생각은 없었다. '모르드' 라는 명칭 자체가 모두의 기억 속에 완전히 지워질 정도로, 포로 따위 단 한 명도 잡지 않고 수도 케이브란스 성을 철저하게 짓밟고 불태울 작정이었다. 모르드 왕국을 그 누구의 기억 속에서도, 역사상에서도 존재하지 않는 집단으로 만들고픈 욕망이 카일을 사로잡았다.

"카일, 네 심정은 충분히 이해간다."

"이해? 내가 단순히 비밀 협약을 숨겼다는 것만으로 이렇게 분노하고 있다고 착각하지 마라."

카일은 분노에 휩싸이긴 했지만 안젤리카의 목소리에 여전히 남아 있던 망설임을 놓치지 않았다.

"그걸로 끝이 아니지? 내 눈을 속이려 들지 마. 숨기고 있는 걸 다 토해내."

모든 걸 다 말한 듯한 안젤리카의 표정 너머에 아직까지도 숨겨진 비밀이 있다는 것에 카일은 매우 불쾌해했다.

하지만 안젤리카는 그것만큼은 말할 수 없었다. 비밀 회담 이후 알게 된 사건이었지만, 카일에게만은 절대 발설해서는 안 되는 이야기였다. 결국 그녀는 이런 일을 예상한 '남자' 의 말대로 따를 수밖에 없었다.

"제럴드라는 마법사가 부탁했다. 비밀 협약에 대해서도,

나머지 비밀에 대해서 당분간 함구해 달라고 나에게 직접 말했다."

"그 녀석이? 정말로?"

"그렇다."

안젤리카의 단호한 대답에 엘트리안에서 흘러나오던 어둠의 기운이 더 이상 퍼져 나가지 않았다.

"또 제럴드, 그 녀석이……."

카일은 고개를 가로저으며 엘트리안을 땅바닥에 깊숙이 꽂아 넣었다. 납득되지 않는 부분은 여전히 남았지만 안젤리카를 상대로 더 이상의 심적 소모는 무의미했다. 지난번 크레아 공주를 살려 보낸 것을 비롯해 제럴드의 숨겨진 의도가 궁금할 따름이었다.

"모, 모두 피해라!"

"절대 저 녹색 기운에 닿으면 안 된다!"

카일의 등 뒤에서 마족 지휘관들의 외침이 연이어 들렸다.

마족 병사들의 진형이 순식간에 두 개로 분리되면서 단 한 명의 사내를 상대로 길을 내주었다.

"디케이드까지?"

카일은 사내의 전신에서 흘러나오는 부의 기운만으로도 누구인지 알 수 있었다.

"이것도 제럴드가 말하지 말라고 했었나?"

"아, 아니다. 왜 디케이드 공이 여기에 나타난 거지?"

"뭐?"

안젤리카는 카일을 제치고 디케이드를 향해 빠르게 달려갔다.

카일과 달리 디케이드만큼은 그 누구의 제어도 받지 않는 불안요소였다. 게다가 모르드 왕국에 대한 증오가 그 누구보다 강한 그에게 신생 모르드 왕국과의 비밀 협약 따위 설명해 봤자 먹힐 턱이 없었다. 최악의 경우 일시적이나마 아군으로 참전한 신생 모르드 왕국군을 향해 돌격하는 일만큼은 막아야 했다.

"디케이드 공! 멈추십시오!"

급히 멈춰 선 안젤리카와 디케이드 간의 거리는 1미터 내외.

사방으로 퍼져 나간 부의 기운에 안젤리카는 바람의 기운으로 자신의 몸을 감싸 보호했다. 그와 마주 보는 것만으로도 이마에서 식은땀이 절로 흘러내렸다.

"날 막지 마라."

"지난번 하셨던 약속을 벌써 잊으셨습니까? 지금은 그 어느 때보다 신중하게 움직일 때입니다."

"내가 모르드 왕국의 최후를 멀리서 보고만 있을 거라 생각했나?"

"그, 그건⋯⋯."

"난 이 순간만을 위해 20년 넘게 참아왔다. 나야말로 너에게 말하겠다. 날 막아서지 마라."

디케이드가 다시 걷기 시작했고, 안젤리카는 그저 가만히 제자리를 지킬 뿐이었다.

"그리고… 내가 이렇게 제멋대로 행동하는 것도 이제 마지막일 거다."

"네?"

자신의 왼쪽을 스쳐 지나가는 디케이드의 말에 안젤리카가 고개를 옆으로 돌렸지만, 디케이드는 묵묵히 케이브란스 성을 향해 걸어갔다.

계속 정면만을 바라보고 걸어가던 디케이드의 시야에 어둠의 기운으로 뒤덮인 카일이 들어왔다.

"디케이드……."

모르드 왕국의 완전한 멸망만을 바라는 디케이드의 집념은 그 어느 때보다 강렬했다.

그렇기에 카일은 안젤리카처럼 그를 막을 생각은 없었다.

둘 사이의 거리가 가까워지면서 카일은 디케이드의 변화를 알아챘다. 그의 몸에서 흘러나오는 부의 기운은 예전에 비해 확실히 약해졌다. 하지만 텅 빈 왼쪽 안구 안의 녹색 안광은 그 어느 때보다 강하게 빛났다.

카일은 몸을 왼쪽으로 돌리며 한 걸음 뒤로 물러섰다. 그러자 디케이드는 의외라는 표정을 지으며 카일의 옆에 멈춰 섰다.

"날 막지 않을 생각인가?"

"단 한 가지만 대답해 준다면."

"뭔가?"

"네가 여기에 나타난 것도 그 녀석의 계산에 들어 있어?"

카일의 질문에 디케이드는 대답 대신 쓴웃음을 지었다.

디케이드는 미소를 머금은 채로 다시 걷기 시작했고, 카일은 대답을 듣지 못했음에도 그를 막지 않았다.

그렇게 디케이드는 홀로 케이브란스 성을 향해 다가갔다. 카일을 비롯한 마족 병력은 여전히 제자리를 지켰고, 특이하게도 성벽 근처에 있던 빛의 하수인 2명 역시 움직이지 않았다. 대신 디케이드가 다가오는 방향의 성벽 위로 병사들이 분주하게 움직였다.

콰앙!

폭발음과 함께 강렬한 불길이 디케이드를 휘감았다. 성문 위에 대기 중이던 마법사들이 연이어 마법을 시전하며 거대한 화염구를 성벽 아래로 날려 보냈다.

콰앙! 쾅!

화염구가 폭발하면서 지면이 뒤흔들렸고 그가 서 있던 자리가 새까맣게 타들어갔다.

하지만 불길 속에서도 디케이드는 전진을 멈추지 않았다. 녹색을 띤 부의 기운은 활활 타오르는 불길 속에서도 가라앉지 않았다. 가만히 서 있기만 하던 빛의 하수인들이 디케이드와의 거리가 좁혀지자 검을 뽑아 들었다.

"역시 이대로 지켜보긴 무리로군."

"카일! 너까지 가세하면 곤란하다! 아직 실버윙즈와 신생 모르드 왕국군이 합류하지 않은 상황에서……."

"안젤리카, 실버윙즈 쪽으로 날아가 먼저 시작했다고 알려 줘. 그 녀석들과 디케이드가 서로 휘말리는 것만큼은 막고 싶 거든. 신생 모르드 왕국군에겐 내 멋대로 먼저 시작했다고 말 하고."

카일은 안젤리카의 만류를 뒤로하고 앞으로 달려 나갔다. 디케이드에 이어 카일까지 성벽을 향해 다가오자 마법사들이 당황하기 시작했다. 하지만 카일의 목표는 성벽 위 마법사들 이 아닌 빛의 하수인들이었다.

엘트리안의 검끝을 지면에 닿도록 내린 상태에서 질주한 카일은 금세 디케이드를 따라잡았고, 높이 뛰어오르며 그의 머리 위를 훌쩍 넘어갔다.

"하아앗!"

콰콰쾅!

카일이 양손으로 움켜쥔 엘트리안이 지면에 꽂히는 순간, 대규모의 폭발과 함께 검은 연기가 사방으로 퍼져 나갔다. 디 케이드는 물론 빛의 하수인들까지 검은 연기에 가려지자 마 법사들은 어디를 공격해야 할지 갈피를 잡지 못했다.

카일은 엘트리안을 지면에서 뽑아내며 두 눈을 감았다. 어둠으로 점철된 시야에서 두 개의 빛이 강렬하게 존재감을 드러냈고, 다시 눈을 뜨자 빛이 있던 자리에 잔상이 남아 있었다.

캉! 카앙!

검은 연기 속에서 두 명의 빛의 하수인을 상대로 카일의 맹공이 펼쳐졌다.

카일은 일부러 블랙아웃 모드에 돌입하지 않고 흑염의 기운으로 둘을 상대했다. 어둠의 불꽃이 연달아 폭발하며 검은 연기가 가라앉기는커녕 더 광범위하게 퍼져 나갔다. 성벽 위 마법사들은 여전히 누가 어디에 있는지 고민하며 공격을 중단했고, 그사이 디케이드는 성벽 바로 근처까지 다가갔다.

2

부의 기운으로 녹아내린 성벽을 지나 성안으로 들어온 디케이드는 고개를 들어 시선을 위로 올렸다. 엘리제 3세가 있는 본성을 바라본 디케이드는 쓴웃음을 지으며 걷기 시작했다.

시커멓게 그을린 몸을 이끌고 한 걸음씩 나가는 그의 걸음은 매우 느렸다. 하지만 성안의 병사 누구도 그의 앞을 가로막지 못하고 멀리 비켜서기만 했다.

"뭣들 하느냐! 저, 저놈을 막아라!"

"막으라고 하셔도 어떻게 해야 할지⋯⋯."

지휘관의 외침에도 병사들은 계속 디케이드와의 거리를 벌렸고, 지휘관 본인 역시 뒷걸음질만 쳤다. 디케이드의 몸에서 뿜어져 나오는 부의 기운은 그 누구의 접근도 불허했다.

성벽 위 마법사들은 그가 성벽 밖에 있을 때처럼 무차별적으로 마법을 쓸 수 없었다. 게다가 디케이드보다 더 위험한 카일의 존재를 무시할 수 없었기에 바람의 마법으로 검은 연기를 날리는 데 주력했다.

수많은 모르드 왕국의 병사가 지켜보는 가운데 디케이드는 비틀거리며 앞으로 걸어갔다. 그가 지나간 자리엔 부의 기운으로 변색된 녹색의 피가 길게 이어졌다.

디케이드가 이동할 때마다 넓은 포위망이 조금씩 같이 이동했고, 빽빽한 병사들의 행렬은 케이브란스 성의 대광장까지 이어졌다.

"이곳으로⋯ 결국⋯ 다시 왔군."

대광장 중앙에 멈춰 선 디케이드는 두 눈을 감고 과거를 회상했다.

과거 마족과의 전쟁을 승리로 이끈 '케트란'이 선왕에게 직접 환대를 받는 장면이 뇌리를 스치고 지나갔다. 그다음은 반역자로 몰린 '케트란'이 사형대 앞에서 무릎을 꿇는 모습이었다.

과거 시민들의 환호와 박수 소리가 그의 귓가에 잠시 맴돌았다가 이내 야유와 욕설로 바뀌었다. 진실을 알려 하지 않고 그저 위에서 말하는 대로 이끌려 가기만 했던 시민들에 대한 분노가 다시금 그의 가슴속에서 피어올랐다.

"크윽……."

고통으로 일그러진 디케이드의 입에서 신음이 흘러나왔다.

이전과 달리 오른손만이 아닌 양손에 부의 기운을 끌어모은 디케이드는 한쪽 무릎을 꿇으며 자세를 천천히 낮췄다. 녹색을 띤 부의 기운이 지면으로 스며들면서 사라졌고, 지면에서 뽑아낸 양손에 더 이상 부의 기운은 남아 있지 않았다.

"페이서, 미안하게 되었군."

모든 힘을 소진한 디케이드가 북쪽을 향해 고개를 돌렸다.

자신보다 더 헌신적으로 모르드 왕국을 위해 싸웠지만, 그 모르드 왕국에 버림받고 몰락했던 금발의 청년을 떠올리며 가볍게 미소 지었다.

"모르드 왕국을 향한 자네의 복수는 이뤄지지 않을 거야. 내가 다 가로챘으니."

디케이드가 되기 이전 케트란으로 살아왔던 삶이 그의 머릿속에 한 장면씩 떠올랐다.

젊은 시절부터 전장에서 대부분의 시간을 보냈지만, 디케이드로 되살아나기 전까진 단 한 번도 후회하지 않았다.

전장과 모국을 오가는 바쁜 와중에도 그는 한 여성을 만나

가정을 꾸몄고, 세 명의 아이가 태어나며 사랑의 결실을 맺었다. 생과 사가 오가는 전장 속에서 발견했던 금발의 청년은 그의 기대대로 영웅이 되어 인간과 모르드 왕국의 승리를 이끌었다.

그러나 페이서가 모르드 왕국의 왕이 되고 그 뒤를 자신이 받쳐 주는 미래는 결국 영원히 오지 않았다.

"하, 하하, 하하하… 하…….."

하늘을 향해 고개를 쳐든 채로 디케이드의 오른쪽 눈이 천천히 감겼다. 광기 어린 웃음을 머금은 얼굴 그대로.

파바박!

바람을 가르는 소리와 함께 디케이드의 시체가 앞으로 푹 수그러졌다.

디케이드를 둘러싼 포위망에서 발사된 화살이 그의 등에 고슴도치처럼 마구 꽂혔다.

파바박!

또 한 번의 화살비가 이번에는 디케이드의 정면을 향해 퍼부어졌다. 가슴을 관통한 화살들이 등을 뚫고 나왔음에도 '진정한 죽음'을 맞이한 디케이드는 움직이지 않았다.

"주, 죽었나?"

아무 일도 일어나지 않자 병사들은 아주 천천히 디케이드에게 다가갔다. 창끝으로 시체를 쿡쿡 찔러봤지만 아무런 반응이 없었다.

"어, 정말 죽었나?"

혹시나 하는 마음에 몇 번이고 창으로 조심스럽게 찔러봤지만 반응이 없자 맨 앞으로 나섰던 병사가 털썩 주저앉았다. 긴장이 풀린 두 다리에 힘이 쭉 빠졌지만 드디어 지긋지긋한 공포에서 벗어났다는 안도감에 병사는 가슴을 쓸어내렸다.

"진짜 죽었어! 그렇다면… 그, 그래!"

디케이드에게 다가가는 것조차 꺼려하던 병사들은 공포에서 벗어나자, 그동안 억누르고 있던 욕망이 한순간에 터져 나왔다.

병사들은 너 나 할 것 없이 디케이드에게 달려들더니 그의 시체를 난도질하기 시작했다.

모르드 왕국만을 집요하게 노린, 디케이드에 대한 복수에 불타서가 아니었다. 디케이드의 시신 일부라도 가져오는 자에겐 거액의 포상금을 주겠다는 이야기를 그들은 잊지 않았다.

"으하하하! 난 이제 부자야! 부자라고!"

디케이드의 잘려 나간 오른손을 움켜쥔 병사의 입에서 행복에 가득한 함성이 울려 퍼졌다. 어떻게 해서든 포상금을 챙기기 위한 병사들의 집착에 디케이드의 두 다리는 발가락 하나하나까지 잘려 나갈 정도였다.

"이거 놔! 이건 내 거라고!"

"뒤에서 벌벌 떨고 있었던 주제에 뭐가 어째? 여기에 박힌 화살을 보라고! 내가 쏴서 맞췄으니 내 거 맞잖아!"

　디케이드의 왼손을 놓고 병사들 간에 실랑이가 이어졌다. 이미 시신의 일부를 챙긴 다른 병사들은 혹시라도 빼앗길까 봐 주변을 경계하면서 조심스레 뒤로 물러섰다. 병사들을 말려야 하는 지휘관들마저도 몸을 숙이더니 디케이드의 시체 중 일부를 몰래 집어 들고 등 뒤에 감췄다. 뒤늦게 상황을 파악한 시민들이 식칼을 쥐고 합세하면서 대광장은 혼란에 빠졌다.

　난도질당한 디케이드의 시체를 서로 뺏고 빼앗기는 각축전이 꼬리를 물고 계속 이어졌다. 그사이 돈밖에 보이지 않는 그들의 발밑에서 서서히 피어오른 녹색 안개가 어느새 대광장 전체를 뒤덮었다.

　"어? 뭐, 뭐야? 이거……."

　디케이드의 오른쪽 귀를 양손으로 꼭 쥐고 있던 병사는 어느새 무릎 위까지 차오른 녹색 안개를 보고 기겁했다.

　"으악!"

　쿵!

　안개에서 벗어나기 위해 달려가려던 병사가 갑자기 앞으로 쓰러지며 나뒹굴었다. 녹색 안개가 머금고 있던 부의 기운 때문에 완전히 썩어버린 다리는 그의 몸을 지탱해 줄 수 없었다.

　"으아아악!"

"사… 살려줘!"

하체가 완전히 부패해 버린 병사들과 시민들의 입에서 고통에 찬 비명 소리가 터져 나왔다.

거액을 쥐게 되었다는 기쁨도 잠시, 땅바닥에 쓰러진 그들은 자신의 머리 위로 점점 차오르는 녹색 안개 속에서 숨을 거두었다.

"내, 내 돈… 내 돈이……."

병사들은 죽기 직전까지 디케이드의 시체를 움켜쥐었지만, 아무런 소용이 없었다.

디케이드가 그토록 원했던 지옥은 그렇게 시작되었다.

3

끼이익.

마찰음과 함께 케이브란스 성의 정문이 열리면서 수많은 인파가 뛰쳐나왔다.

"으아아아!"

한시라도 빨리 도망치기 위해 사람들이 일제히 달려 나갔지만 평소 넓기만 했던 성문이 그들에게 너무나 비좁았다.

"비켜! 비키라고!"

병사들과 시민들이 쓰러지면서 서로 뒤엉켰고, 그런 그들 위를 다른 이들이 짓밟고 도망쳤다. 여기저기서 비명과 신음

소리가 이어졌지만 성문 앞의 혼잡함은 더욱 심해져만 갔다.

간신히 성문 밖으로 빠져나온 인간들은 이성을 잃고 무작정 앞으로 달리기만 했다. 멀리서 진을 치고 있는 마족 측에서 화살비가 우수수 쏟아지며 그들의 몸에 꽂혔다.

"안··· 돼······. 이럴 수는··· 없······."

피투성이가 된 채로 쓰러진 시민들은 자신들의 뒤를 천천히 따라오는 부의 기운에 따라잡혔다. 대지를 적신 붉은 피가 녹색 안개 속에 사라졌고, 시민들의 시체엔 살점 하나 남지 않았다.

"모두 후퇴하라! 모르드 왕국 측 병력과 상대하지 말고 무조건 후퇴해라!"

마족 병력을 지휘하던 안젤리카는 서둘러 후퇴를 결정했다. 뒤늦게 도착한 실버윙즈 측 역시 마찬가지였다.

"도대체 어떻게 된 거야······."

카일은 뜻밖의 전개에 납득하지 못하고 여전히 성벽 부근에 서 있었다.

그와 맞서던 빛의 하수인들은 이미 쓰러졌고, 부의 기운에 천천히 썩어 들어갔다. 카일 본인은 어둠의 기운으로 몸을 둘러싸 부의 기운에 저항하는 중이었다.

"디케이드의 힘이 막강하다 해도 이건 내 예상을 훨씬 넘어섰어. 케이브란스 성 안에서 도대체 무슨 일이 벌어진 거지?"

카일은 케이브란스 성이 지옥이 되었다는 건 충분히 실감했지만, 어떤 식으로 지옥이 되었는지 알고 싶었다. 그리고 무엇보다도 페이서를 오랫동안 고통에 빠뜨렸던 이들의 최후만큼은 직접 두 눈으로 확인해야 했다.

카일은 디케이드가 허물어뜨린 성벽을 바라보며 조심스럽게 걸음을 옮겼다. 그리고 거의 동시에 케이브란스 북쪽 성문을 통해 한 쌍의 남녀가 녹색 안개가 자욱하게 낀 성안으로 들어갔다.

*　　*　　*

"윽!"

어둠의 기운을 뚫고 들어오는 악취에 카일은 다급히 코를 틀어막았다.

그의 머리 위를 훌쩍 넘는 높이의 안개 속은 모든 것을 녹색으로 뒤덮었다. 계속 보고 있으니 케이브란스 성의 모습이 현실이 아닌 망상의 세계로 여겨질 정도로 머리가 혼란해졌다.

"정말 지독하군."

수많은 전장을 돌아다닌 카일 입에서 저절로 지독하다는 말이 튀어나왔다.

살점이 모두 썩어내려 뼈만 남아버린 시체들은 이전 데르콘 성에서 지겹게 본 적이 있긴 했다. 하지만 부의 기운을 나타내는 특유의 녹색과 아직까지도 코안에 머무르고 있는 악취 때문인지 카일의 표정은 그 어느 때보다 심각했다.

코는 물론 눈까지 가리고 걸어가고 싶은 충동을 억지로 참으며 카일은 발길을 옮겼다. 그러나 이번엔 카일의 발아래 부서진 뼈 특유의 소리가 퍼지며 그의 귀까지 괴롭혔다.

'데르콘 성 때보다 훨씬 심해. 뭔가 일어난 후와 일어나는 중은 확실히 다른… 이런, 그때의 기억은 웬만하면 다시 떠올리고 싶지 않은데.'

카일은 고개를 가로저으며 데르콘 성에서의 결코 유쾌하지 못했던 경험을 애써 거부했다.

그러면서도 혹시 그때처럼 지하로 피신한 사람들이 있을까 예상해 봤지만, 성 지하에 계획적으로 지하 통로를 건설한 데르콘 성과 달리 케이브란스 성에는 많은 이가 도망칠 만한 공간이 애초부터 없었다.

해골의 대부분은 북쪽에 있는 성문 쪽을 바라보며 쓰러져 있었다. 반대로 녹색 안개는 성 중심을 향할수록 더욱 짙어졌다. 지면 아래에서 뿜어져 나온 부의 기운이 녹색 안개를 계속 생성했고, 지면을 타고 길게 이어진 녹색의 선이 유독 눈에 띄었다.

그 선을 따라 하염없이 걸어간 카일의 걸음은 대광장 중앙까지 이어졌다.

"이건……."

수십여 개의 녹색 선이 대광장에서 시작되어 각자 다른 방향으로 지면을 타고 뻗어 나갔다.

'디케이드가 벌인 일이 분명해.'

카일은 거만한 태도로 자신을 맞이할 디케이드를 기대했지만, 정작 그의 모습은 어디에서도 찾을 수 없었다. 그가 쓰던 러스티 블레이드만이 대광장 중앙에 덩그러니 놓여 있을 뿐이었다.

카일은 자세를 낮추며 러스티 블레이드를 향해 손을 뻗었지만, 그것은 어둠의 기운에 반응하더니 순식간에 녹아내렸다. 주인을 잃어버린 검은 주인 외의 손길을 거부하며 녹색 안개 속으로 사라져 갔다.

카일은 고개를 들어 엘리제 3세가 있을, 아니면 이미 도망친 그녀에게 버림받았을지 모르는 본성 쪽을 바라봤다. 지면을 타고 퍼져 나간 녹색 안개에 서서히 침식당하는 본성은 카일이 그리던 케이브란스 성의 최후와는 다소 달랐다.

"이것이 디케이드가 원하던 복수……."

카일이 원하던 복수는 검은 불길에 휩싸여 타들어가는 케이브란스 성, 그리고 그 성과 함께 까맣게 타들어가는 모르드 왕국 잔당들의 최후였다. 그러나 모든 게 타들어간 잿더미 위에 언젠가는 풀이 돋아나고 새로운 터전이 되는 것만큼은 그가 막을 수 없는 영역이다.

반면 누군가가 죽었다는 표식으로 뼈를 '일부러' 남기면서 그 어떤 생명체도 머무를 수 없게 대지에 죽음만을 선사하는, 디케이드 특유의 복수에 비하면 터무니없이 부족하다고 느껴졌다.

모르드 왕국의 멸망 그 자체를 목적으로 살아온 디케이드.

그리고 모르드 왕국의 멸망은 어디까지나 부수적인 목표에 불과했던 카일.

집념의 차이가 만들어낸 '결과'에 카일은 디케이드에게 처음으로 졌다고 인정했다.

'이 정도 힘을 이끌어냈다면 다시 보긴 힘들겠지.'

카일은 디케이드가 더 이상 살아 있지 않음을 느꼈다. 만약 살아 있더라도 레오나와 그와의 재회는 없을 거라 여기고 두 눈을 지그시 감았다.

한동안 생각에 잠겼던 카일은 다시 눈을 뜨고 고개를 들었다. 이대로 녹색 안개에 뒤덮여 썩어 들어가는 케이브란스 성을 보는 것도 그렇게 나쁘지 않다고 생각했지만, 타인에게 복수를 모두 맡길 정도로 무르지 않았다.

페이서를 고통에 빠뜨렸던 모르드 왕국의 왕 엘리제 3세, 그리고 트레스발드 재상.

이 두 명의 최후는 반드시 두 눈으로 확인해야 했다. 만약 녹색 안개 속에서 이미 해골이 되었다면 그 해골이라도 불태워야 한다고 다짐했다.

"……!"

웬만한 생명체는 순식간에 녹여 버리는 녹색 안개 속에서 발걸음 소리가 들렸다.

하나가 아닌 두 명의 발걸음 소리에 카일은 사뭇 긴장했지만, 녹색 안개에 가려져 있던 빛을 보자마자 안도의 한숨을 내쉬었다. 상대 쪽에선 어둠의 기운을 가까이에서 확인하고 빛에 휘감긴 검을 아래로 내렸다.

"카일……."

"그래, 나야."

4

카일과 페이서, 그리고 코델리아는 짧은 재회를 뒤로하고 본성 안으로 들어갔다.

페이서는 코델리아와 함께 엘리제 3세가 있을지도 모르는 옥좌를 향해 올라갔고, 카일은 지하 감옥으로 내려갔다.

페이서를 비롯한 모르드 왕국의 유력 인사들을 반역으로 몰아붙인 트레스발드. 그런 그가 크레아 공주와 몰래 접촉하다가 반역 혐의로 투옥되었다는 이야기는 카일도 익히 아는 사실이었다.

'절대 먼저 죽지 마라. 트레스발드, 너는 그렇게 쉽게 죽어서는 안 돼.'

지하로 통하는 계단을 빠르게 내려가며 카일은 이를 악물었다. 엘리서스 성에서의 굴욕 정도로 만족할 카일이 아니었다. 그러나 그의 바람과는 반대로 이미 지하 감옥으로 향하는 계단 아래까지 내려온 녹색 안개가 자욱하게 깔려 있었다.

쾅!

지하 감옥의 입구를 발로 걷어찬 카일은 그대로 감옥 안으로 돌진하려다가 급히 멈춰 섰다.

"어? 잠깐. 여기는 왜……."

계단을 점령한 녹색 안개가 정작 감옥 안에선 보이지 않았다. 혹시 안개가 사라졌나 뒤를 돌아봤지만, 안개 자체는 여전히 짙게 깔려 있었고 투명한 벽에 가로막힌 듯 감옥 안으로 들어오지 못할 뿐이었다.

"이거 때문이었군."

탈옥을 방지하기 위해 설치된 마나의 장벽이 녹색 안개를 막고 있었다. 카일은 안으로 들어갈 수 있게 어둠의 기운으로 마나의 장벽 일부를 파괴한 뒤, 빈 부분을 어둠의 기운으로 감쌌다.

화르륵!

횃불에 불을 붙인 카일은 긴 통로를 사이에 두고 좌우로 이어진 감방 안을 살폈다.

그러나 카일이 찾고자 하는 트레스발드는 보이지 않고 텅 빈 감방만이 계속 이어졌다. 천장에서 떨어지는 물방울 소리와 카일의 발걸음 소리만이 들리는 감옥은 밖과는 다른 의미로 죽어 있었다.

"쿨럭!"

통로 가장 안쪽에서 기침 소리가 울려 퍼졌다.

카일은 왼손으로 횃불을 옮겨 쥐고 오른손으로는 검집에서 엘트리안을 꺼냈다.

스르릉.

횃불의 빛마저 모두 빨아들일 듯한 어둠을 칼날이 머금었다.

계속해서 들린 기침 소리를 따라 카일은 통로 가장 끝의 왼쪽 감방 안으로 들어갔고, 횃불을 앞으로 내밀어 누구인지 확인했다.

"넌… 아니로군."

처참한 몰골의 노인네가 보였지만 트레스발드는 아니었다.

반대편 감방으로 들어가 안을 살펴봤지만, 아까 그 노인 말고는 아무도 없었다.

"날 보고 그냥 갈 생각인가, 카일?"

순간 카일이 움찔하며 뒤를 돌아보았다.

어디서 들은 적이 있는 목소리였지만, 오랫동안 갇혀 있어서인지는 몰라도 목소리 자체가 상당히 가라앉아 있어 기억에서 끄집어내기 힘들었다.

"넌 누구지?"

"이런, 알아보지 못할 정도로 내가 망가졌나… 쿨럭! 감히 내 머리에 잿더미를 뿌렸던 일을 벌써 잊어버렸나?"

"트레스발드?"

카일은 엘리서스 성에 있었던 일을 언급하며 허탈하게 웃는 노인을 자세히 살펴봤다.

"네가 당당히 여기까지 온 걸 보니, 모르드 왕국은 끝장났나 보군. 진작 너와 페이서 그놈들을 처리했어야 했는데……."

말투와 태도는 영락없는 트레스발드였지만, 외모에서는 여전히 트레스발드를 연상하기 힘들었다.

인두에 지져진 고문 흔적은 얼굴뿐만 아니라 머리까지 이어졌다. 손톱과 발톱은 모조리 뽑혔고, 앙상해진 몸 여기저기엔 베이고 긁힌 자국이 수두룩했다. 풍성했던 백발은 온데간데없이 사라졌고 머리카락 몇 개만이 듬성듬성 솟아나 있을 뿐이었다.

"날 죽이러 왔나? 아니면 그 여자들을 찾으러? 그렇다면 너무 늦었다. 떠난 지 오래되었어."

"그 여자들?"

불안한 예감이 카일의 뇌리를 스치고 지나갔다.

"어디로 갔지?"

카일은 트레스발드의 멱살을 잡았지만 넝마나 다름없던

죄수복이 찢어지며 그 아래로 트레스발드가 풀썩 쓰러졌다.

"말해! 그 여자들은 누구지? 어디로 갔고?"

"하하하… 계속 갇혀 있기만 한 내가 알 턱이 있나?"

막상 말을 꺼낸 트레스발드는 아무것도 모른다는 듯 시치미를 뗐다. 카일은 이번엔 멱살이 아닌 트레스발드의 목을 양손으로 움켜쥐었다.

"크윽!"

하지만 신음을 내며 비틀거린 쪽은 카일이었다.

"으으윽……."

애써 블랙아웃 모드에 돌입하지 않기 위해 어둠의 기운을 억제해 온 카일에게 '그 여자들' 이란 말은 분노와 증오를 불러일으켰다.

"아니야, 그럴 리 없어. 하지만… 으으윽!"

최악의 예상과 최선의 기대가 그의 뇌리에 번갈아가며 떠올랐다 사라졌다. 인상을 찌푸리며 벽에 기댄 카일의 얼굴은 온통 식은땀투성이가 되어버렸다.

"헉, 허억……."

거칠게 호흡하며 양손을 벽에 댄 카일의 손가락에 힘이 들어가더니 벽돌이 산산조각 나 바닥에 떨어졌다. 애써 최악의 상황을 부정하며 어둠의 기운을 억누른 카일은 10분이 지난 후에야 길게 숨을 내쉬었다.

'그래, 페이서에게 물어보지도 않고 단정 짓기는 일러.'

카일은 천장을 응시하며 친구를 떠올렸다. 20여 년 동안의 기나긴 악연에 종지부를 찍으러 간 친구를 빨리 만나고픈 마음뿐이었다. 카일은 지끈거리는 왼쪽 머리를 움켜쥐더니 감방 밖으로 나왔다.

"날 죽이지 않고 가나?"

트레스발드의 말투에 섞인 비웃음에 카일은 매서운 눈초리로 뒤를 돌아봤다.

그를 어떻게 죽일지에 대해 온갖 방법이 떠올랐다. 하지만 그 어느 것도 카일의 마음을 충족시키진 못했다. 지독한 고문을 겪고도 살아남은 트레스발드에게 고통이란 이미 일상이나 마찬가지일 터. 이제까지 그가 겪어본 적이 없는 고통을 선사해야 했다.

아주 천천히 전신을 흑염으로 서서히 태워 버릴까 생각도 해봤지만, 트레스발드의 온몸에 자리 잡은 화상 자국을 보고 이내 포기했다. 정도의 차이만 있을 뿐, 이미 겪었던 고통 중 하나를 줘봤자 성에 차지 않았다.

그렇다고 단칼에 죽인다면 그의 고통을 덜어주는 혜택이 되어버린다.

"아."

카일은 지하 감옥 입구 쪽을 바라보더니 잊고 있었던 것을 깨달았다.

"생각해 보니 널 죽이고 싶은 사람은 나 혼자만이 아니었어. 아쉽긴 하지만, 그 남자에게 양보하도록 하지."

"그 남자? 무슨 소리지?"

"그러고 보니 넌 지금 밖의 상황이 어떻게 돌아가는지 모르겠군. 아니, 계속 갇혀 있기만 한 네가 알 턱이 있나?"

카일은 트레스발드의 말을 똑같이 따라하며 감옥 입구 쪽으로 걸어갔다. 카일이 앞으로 내민 오른손으로 마나의 장벽을 임시로 복구했던 어둠의 기운이 빨려 들어가자, 감옥 전체를 둘러싼 마나의 장벽에 서서히 균열이 퍼져 나갔다.

천장과 벽, 그리고 입구를 통해 녹색 안개가 고약한 악취와 함께 서서히 감옥 안을 잠식하기 시작했다.

"이, 이건 뭐지?"

트레스발드는 뭔가 분위기가 심상치 않게 변해감을 눈치채고 감방에 나와 카일을 바라봤다.

하지만 횃불을 가지고 간 카일 주변만 밝게 비춰질 뿐, 멀리 떨어진 트레스발드는 무슨 일이 일어나는지 알 수 없었다.

"으윽!"

하마터면 비명을 지를 뻔했던 트레스발드가 아랫입술을 깨물며 고통을 참았다. 천장에서 떨어진 '물방울'에 팔에 닿았을 뿐인데 겪어본 적이 없었던 고통이 엄습했다.

툭, 투둑.

계속해서 트레스발드의 머리 위에서 '물방울'이 떨어지자 그는 허겁지겁 카일 쪽으로 달려갔다. 그러자 이번에는 다리

를 움켜쥐고 나뒹굴었다. 어느새 발목까지 차오른 녹색 안개
는 트레스발드의 다리를 빠르게 부패시켰다. 살이 급속도로
썩어 들어가는 고통에 트레스발드의 인내심은 한계에 달했
다.

"으아아악!"

결국 그는 비명을 지르며 나뒹굴기 시작했다. 카일은 뒤를
슬쩍 돌아볼 뿐, 여전히 감옥 입구에 서 있었다.

"나… 나를 죽여줘! 지금 당장!"

거의 기어다가시피 카일에게 다가간 트레스발드는 그의
발을 향해 오른팔을 뻗었다. 그러나 살점이 모두 썩어서 녹아
내린 손에는 뼈만 남아 있을 뿐이었다.

"나, 나를 죽이고 싶었잖아? 그, 그러니까……."

트레스발드는 전신이 썩어가는 와중에도 일격에 죽여달라
고 애원했다.

그러나 카일은 입술 왼쪽 끝을 살짝 올리기만 할 뿐 아무런
말도 하지 않았다.

"카일! 카이이일! 으… 으아아악!"

5

페이서와 코델리아는 거대한 문을 앞에 두고 말없이 서 있
었다.

페이서는 두 팔을 앞으로 내밀어 문에 손을 댔지만, 밀지 않고 망설이고 있었다.

"휴우……."

그가 고개를 숙여 밑을 내려다보자 경비병들의 뼈들이 서로 뒤엉켜 있었다. 본성 입구에서 시작된 뼈와 해골의 행렬은 알현실 바로 앞까지 길게 이어졌다. 왕이 있는 본성 안은 안전할 거라는 병사들과 시녀들의 믿음은 이렇게 참혹한 결과로 끝이 났다.

페이서의 기억 속의 왕궁은 화려하고 모든 것이 빛나는 공간이었다. 20여 년 전, 젊은 청년이었던 그는 많은 이의 찬사와 환호성을 받으며 케이브란스 성 안의 왕궁으로 들어섰다. 그리고 그의 옆에는 공주였던 '엘리제'가 얼굴에 미소를 머금고 옥좌까지 이어지는 붉은 카펫 위를 같이 걸어갔다.

카펫 양쪽에 줄지어선 병사들과, 그 뒤에 대기하던 관리들이 박수로 청년과 공주를 맞이했고, 당시의 페이서는 모든 일이 잘될 거라 믿었다. 제이블란트의 봉인 이후 시작된 평화가 많은 이에게 행복을 가져다준 것처럼.

"…아니, 뭔가 달라."

하지만 페이서는 고개를 가로저으며 과거의 회상을 부정했다. 흐릿하게 변해 버린 20여 년 전의 기억은 어딘가 뒤틀려 있었다. 두 눈을 감고 다시 그때 일을 떠올려 봤지만 어긋났다는 감각만 더 강해졌을 뿐, 그 원인을 찾지 못했다.

"페이서, 더 이상 시간을 오래 끌면 곤란할 것 같아요."

"아, 그렇죠."

빛과 진혈의 힘으로 녹색 안개에 저항하고 있는 두 남녀와 달리, 엘리제 3세는 한 나라의 왕이라는 점을 제외하면 보통 인간과 다를 바 없다. 알현실 전체를 둘러싼 마나의 장벽이 아니었다면, 문 너머 있을 엘리제 3세는 이미 뼈만 남았을지도 모른다. 페이서는 트레스발드와는 다른 의미로 그녀가 허무하게 죽어서는 안 된다고 여겼다.

끼이익.

거대한 문이 열리면서 건너편에 자리 잡은 옥좌가 페이서의 시야에 들어왔다.

경비병과 시녀 한 명 없이 홀로 옥좌에 앉아 있는 엘리제 3세와 눈이 마주친 페이서는 뭐라 형용할 수 없는 기분에 휩싸였다. 자신을 버린 자들에 대한 분노는 케이브란스 성 안으로 들어온 후부터 더욱 복잡한 감정으로 변화했다.

분노와 슬픔.

안타까움과 위화감.

허무와 애절함.

여러 감정이 그의 가슴속에서 마구 뒤섞였지만, 반대로 그의 얼굴은 무표정 그 자체였다. 옥좌에 앉아 페이서를 응시하고 있는 엘리제 3세의 표정 역시 마찬가지였다.

"전 먼저 가보겠어요."

박쥐 떼로 변신한 코델리아는 복도의 깨진 창문을 통해 밖으로 나갔다. 20년을 넘는 시간 만에 재회한 두 남녀 사이에서 자신은 방해만 될 거라 여겼기 때문이다.

저벅저벅.

마나의 장벽을 지나 알현실 안으로 발을 디딘 페이서가 붉은 카펫 위를 걸어갔다.

석화에서 풀려난 카일을 만난 이후, 페이서는 이렇게 엘리제 3세와 대면할 날을 기다렸다. 다시 빛의 용사로 부활한 자신과 나락으로 떨어진 그녀와의 재회는 페이서가 원하던 구도 그 자체였다. 하지만 오랜 기다림이 현실로 바뀐 지금, 기쁨이나 성취감은 조금도 느낄 수 없었다.

옥좌로 이어지는 계단 앞에서 멈춰 선 페이서는 양손을 들어 올리더니 얼굴 가까이 가져갔다.

자신을 버린 모르드 왕국과 엘리제 3세를 향해 복수를 결심했지만, 역설적이게도 모르드 왕국민의 피 한 방울도 묻지 않은 손으로 이곳까지 오게 되었다.

"엘리……."

그녀를 바라보는 페이서의 얼굴은 여전히 무표정했지만, 입에서는 과거 연인의 애칭이 흘러나왔다. 반면 엘리제 3세는 여전히 입을 다물 뿐이었다.

디케이드와 달리 페이서가 모르드 왕국, 그리고 왕국의 수장인 엘리제 3세에게 지닌 감정은 애증에 가까웠다. 페이서는 엘리제 3세가 왜 자신을 버렸는지는 알고 있었다. 전쟁 속에서만 빛을 발하는 자신은 평화 속에선 가치를 상실했으니까.

그러나 그런 정치적인 이유 따윈 아무래도 상관없었다. 페이서는 고개를 들더니 성검 레디언스를 엘리제 3세를 향해 내밀었다.

"왜 저를 버렸습니까?"

짧으면서도 페이서의 심정을 온전히 담아낸 질문에 엘리제 3세는 두 눈을 지그시 감았다.

"대답해 주십시오. 당신은 왜 절 버린 것입니까?"

"대답하길 원하는가?"

두 남녀는 결혼 직전까지도 서로 존대했었다. 물론 그 결혼은 이뤄지지 않았고, 한 나라의 왕인 그녀 입장에서 페이서를 존대할 이유는 사라졌다.

"모르드 왕국의 왕이 되기 위해서……."

"전 그런 대답을 듣기 위해 여기까지 온 게 아닙니다!"

뻔한 질문에 이은 뻔한 대답에 페이서의 어조가 격하게 변했다. 엘리제 3세를 향해 내민 성검 레디언스의 검끝이 부들부들 떨리기 시작했다.

"이 왕국을 손에 거머쥐기 위해서… 나는 사랑했던 남자를 버려야 했고, 사랑하지도 않는 남자와 몸을 섞으며 후계자를 낳아야 했다."

하지만 끊겼다고 여겼던 그녀의 대답은 계속 이어졌다.

"아니, 모든 것은 나를 위해서였다. 나라 따위에 집착하지 않고선 버틸 수 없었다."

집착의 대상에 '따위' 라는 단어를 붙이는 엘리제 3세의 대답은 앞뒤가 맞지 않았다. 냉정한 어조와 달리 팔걸이에 걸친 그녀의 손끝이 성검 레디언스와 공명하듯 미세하게 경련했다.

"왜 그랬냐고? 너는… 당신은, 그 남자 생각밖에 하지 않았어."

엘리제 3세가 페이서를 지칭하는 호칭이 '너' 에서 '당신' 으로 바뀌었다.

"다시 돌아오지 못할지도 모르는… 대상만을 바라보는 당신은 이미 내 손 밖으로 벗어나 있었어."

20여 년 전, 세상을 구한 빛의 용사는 많은 이의 환대를 받으며 모국으로 귀환했다.

하지만 그는 평화를 위해 봉인의 자물쇠로서 스스로를 희생한 친구를 잊지 못하고 죄책감에 빠져 있었다.

그를 환영하기 위한 화려한 파티도, 약혼녀의 끊임없는 구애에도 그는 무거워진 마음을 안고 하루하루를 보냈다. 당시 공주였던 그녀는 그의 그런 뒷모습을 안타깝게 바라봤다.

그가 훌륭한 왕이 되지 못하더라도, 다른 이들의 도움 아래 왕국을 꾸려 나갈 수 있다고 그녀는 애써 위안하기도 했다.

하지만 과거에 얽매인 채로 전진하지 못하는 그는 더 이상 영웅이 아니었다. 평화와 함께 조용히 시작된 모르드 왕성 내 권력 암투에도 그는 여전히 제자리에 멈춰 서 있었다.

"내가 원한 당신은 이미 지나간 일만을 되돌아보는 그런 남자가 아니었다. 나는 한 나라의 공주로서 결단을 내려야 했다. 다른 이들의 꼭두각시에 머무를 당신의 뒷모습만을 계속 지켜볼 것인지, 아니면 내 손으로 왕위를 쟁탈할 것인지에 대해……."

"……."

페이서의 검끝은 더 이상 흔들리지 않았다.

분노에 가려져 있던 과거의 기억이 되살아나며 카일만을 생각하던 옛 모습이 뇌리에 떠올랐다. 죄책감과 책임에 짓눌려 있던 과거의 그는 빛의 힘을 서서히 잃어갔다. 그리고 허무하리만치 밑바닥으로 떨어졌다. 한 나라의 공주와 결혼한다는 사실이 뭘 의미하는지 모르던 어린 시절의 실수였다.

"결국 나는 후자를 택했다. 그렇게 당신을 버리면서까지 손에 움켜쥔 권력이었다. 이걸 쉽게 버릴 수는 없었… 어."

엘리제 3세 입장에서의 어쩔 수 없는 선택은, 페이서의 퇴출 이후에도 계속 이어진 권력 암투 속에서 집착으로 변모해 갔다. 가장 소중했던 것을 버리면서 얻은 권력마저도 잃어버린다면 그녀에게 남은 건 아무것도 없었다.

그렇게 시간이 흘러가면서 두 남녀는 서로 겹쳐질 수 없는 영역에 머물렀다. 행복한 결말 대신 비극을 맞이한 청년은 다시 빛의 용사가 되어 옛 약혼녀를 향해 검을 내밀었고, 사랑에 모든 걸 바쳤던 공주는 몰락하는 모르드 왕국의 여왕으로서 옥좌에 앉아 있었다.

"하지만 이 모든 것은… 결국 내 입장에서 한 이야기에 불과하겠지. 그 어떤 핑계를 대든 간에 난 당신을 버렸으니까."

변명에서 고백으로 바뀐 엘리제 3세의 이야기는 페이서의 침묵 속에서 계속 이어졌다.

그녀의 표정에는 안타까움이 섞여 있었지만 참회하진 않았다. 모든 게 막바지로 몰린 상황에서 죄를 뉘우치는 것이야 말로 위선이라 여겼기 때문이다.

"페이서, 그 검으로 날 죽여도 상관없다. 어차피 그 남자의 증오가 내 몸을 녹일 테니까……"

알현실을 보호하던 마나의 장벽이 부의 기운을 담은 녹색 안개에 저항하는 것도 한계에 달했다. 마나의 장벽에 균열이 이어지며 녹색 안개가 사방에서 알현실 안으로 스며들기 시작했다.

"그렇다 해도 난 절대 이 자리를 그 누구에게도 양보하지 않겠다. 내 핏줄이라 하여도."

자신과 너무나 닮았던 딸에게 엘리제 3세가 느낀 감정은 증오였다.

그러나 그런 그녀도 딱 한 번은 어렸던 딸에게 미소를 보여준 적이 있었다. 엘리제 3세는 옥좌 오른편 벽에 걸려 있는 장막을 바라보더니 다시 정면으로 시선을 돌렸다.

"엘리……."

"짐을 그런 이름으로 부르지 마라! 짐은… 모르드 왕국의 왕……."

알현실을 완전히 뒤덮은 녹색 안개가 페이서의 무릎을 지나 위로 차올랐다. 그가 지닌 빛의 힘은 부의 기운이 몸 안으로 들어오지 않게 억눌렀지만, 엘리제 3세는 하체부터 서서히 썩어 들어가는 자신의 운명을 고스란히 받아들였다.

"엘리제… 3… 세……."

벽에 걸려 있던 장막이 썩어 내리면서 감춰져 있던 벽화가 모습을 드러냈다.

젊었던 페이서와 아리따운 소녀였던 엘리제 공주가 같이 그려진 그림 위로 녹색 기운이 뒤덮이며 서서히 녹아버리더니 벽을 타고 아래로 흘러내렸다.

페이서는 뒤돌아서서 천천히 입구 쪽으로 걸음을 옮겼다. 돌아서기 직전 엘리제 3세의 미소가 시선 구석에 자리 잡았지만 그게 착각인지 아닌지 확인할 수는 없었다. 그녀가 끝까지 양보하지 않았던 옥좌 위에는 빛바랜 왕관이 놓여 있을 뿐이었다.

녹색 안개가 꽉 들어찬 왕궁 안을 걸어가며 페이서는 그녀와의 기억을 회상했다.

죽느냐 혹은 죽이느냐의 선택만이 존재하던 전쟁터 속에서 한 청년은 소녀를 만났다.

청년은 생사를 같이한 동료들에게서 느낀 감정과는 또 다른 '감정'을 그녀로부터 느꼈다.

그것이 '사랑'이라는 것을 알았을 때 그녀는 그 어떤 것보다 소중해져 있었다.

그녀가 있는 나라를 위해, 그리고 자신의 모국을 위해 청년은 빛의 힘으로 전장을 승리로 이끌었다.

그러나 두 남녀는 각자 다른 길을 택했고, 서로 등을 돌린 채 돌이킬 수 없는 반대편으로 멀어져만 갔다.

왕궁 밖으로 나온 페이서는 뒤를 돌아보았다.

녹색 안개가 왕궁 꼭대기까지 피어올랐고, 생명체를 모두 녹여 버린 부의 기운 속에서 왕궁이 서서히 무너져 내리기 시작했다. 결국 엘리제 3세는 모르드 왕국의 마지막 왕이 되어 버림으로써 페이서 대신 선택했던 권력을 가지고 저세상으로 떠나가 버렸다.

"엘리……."

그녀를 처음 만났을 때, 그녀가 귓가에 속삭였던 말을 떠올리는 페이서의 눈 아래로 눈물이 흘러내렸다.

'페이서 경, 앞으로 단둘이 있을 때에는… '엘리'라고 불러주세요.'

페이서는 절벽 위에서 홀로 서서 케이브란스 성이 '있던' 자리를 응시했다.

한때 대륙에서 가장 강한 영향력을 행사하던 나라의 수도는 녹색 안개 속에 서서히 침몰해 가는 낡은 배가 되어버렸다.

디케이드가 마지막 힘을 짜내 퍼뜨린 녹색 안개는 케이브란스 성을 완전히 집어삼키는 걸로 만족하지 않았다. 수십여 갈래로 나뉜 녹색 선이 지상을 타고 뻗어 나갔고, 모든 생명체를 썩히고 녹이는 부의 기운은 천천히 모르드 왕국을 죽음의 대지로 바꿔가고 있었다.

한때 모국이었던 나라의 종말을 묵묵히 지켜보는 페이서의 뒤에 누군가의 그림자가 드리워졌다. 검은 머리칼의 청년 카일은 손을 뻗어 페이서의 어깨 위에 얹으려다가 도중에 멈추고 팔을 거두었다.

"어때?"

"모르겠어."

여러 의미가 함축된 짧은 질문과 대답이 두 남자 사이에 오고갔다.

그들은 자신들의 의도와 다른 방향으로 전개된 모르드 왕국의 몰락을 말없이 쳐다봤다. 카일은 부의 기운에 썩어 들어가는 케이브란스 성을 흑염으로 뒤덮지 않았다. 한때 연인이었던 이의 최후를 자신의 검을 찔러 넣으며 완성시키고자 했던 페이서는 자신의 실책만을 깨달으며 복수를 이루지 못했다. 그러나 그들이 바랐던 몰락보다 더 잔혹하고 처절한 복수였다는 사실만큼은 공감하고 있었다.

"뭔가… 가슴속이 텅 빈 기분이야."

자신은 일방적인 피해자였다고 여겼던 20여 년간의 분노가 가라앉으면서 페이서는 두 눈을 감았다.

왜 그때 그녀를 봐주지 않았을까.

동료를 희생시켰다는 죄책감에 사로잡힌 나머지 현재를 보지 않았던 나는 왜 그토록 어리석었던가.

페이서는 때늦은 후회와 함께 이기적이었던 과거를 부끄러워했지만 아무것도 바뀌지 않았다.

"난 너무나 어리석었어. 그때도 그랬고, 지금도 마찬가지야. 내가 할 수 있는 건 그저 앞으로는 같은 일이 반복되지 않도록 노력하겠다는 결심뿐이라니… 정말로 나… 한심하지?"

젊었을 때의 치기라고 여기기엔 너무 많은 것이 바뀌었고, 어느 한쪽도 행복해지지 못했다.

페이서는 아랫입술을 깨문 채로 상념에 빠져 있었고, 그의 뒤에 서 있는 카일 역시 같은 표정이었지만 마음속은 그와 달랐다. 여전히 과거가 되어버린 일에 얽매어 있는 페이서와 달리 카일은 현재를 바라보고 있었다.

"카트리나와 리에트는?"

카일의 질문에 페이서의 어깨가 움찔거렸다.

"대충 짐작은 하고 있어."

카트리나, 리에트, 그리고 빛의 용사였던 '크레아'.

카일은 여기로 오기 전 빛의 실험체라는 운명을 지닌 세 여성 중 '크레아'를 직접 보고 무사함을 확인했다. 그러나 다른 두 여자의 행방을 물어보는 그의 질문에 크레아는 어두운 표정으로 침묵만을 지켰다.

"죽지는 않았겠지?"

"한 달 전 있었던 전투에서⋯ 기습을 예상치 못하고⋯⋯."

"결론만 말해."

"빛의 하수인들에 의해 포로가 되었어."

"포로⋯ 포로라."

카일은 아래로 내린 두 손을 살짝 폈다가 강하게 움켜쥐었다.

트레스발드와의 대화에서 어렴풋이 짐작하고 있었지만, 막상 진상을 듣게 되니 분노가 치밀어 오르는 걸 막을 수 없었다.

"나에게 알리지 말라고 한 사람은 아마 제럴드겠지?"

그러나 이미 예상하고 있어서일까, 지하 감옥에서처럼 어둠의 기운에 휩싸이진 않았다. 인내심을 최대한 발휘하면서 가슴속이 후벼 파지는 고통을 견뎌냈다.

"카일, 제럴드는 어디까지나 널 걱정해서……."

"알아. 안다고."

카일의 의식 너머에 숨어 있는 데미트리의 존재를 감안한다면, 블랙아웃 모드로 빠질 정도의 분노의 증오는 어떻게 해서든 피해야 한다. 나중에 그 사실을 알리더라도 제럴드나 페이서를 통해야 그나마 지금처럼 진정할 가능성이 생긴다.

"이렇게 된 이상 약속을 지킬 수밖에 없겠군."

카일은 카트리나와 했던 두 가지 약속 중 하나를 떠올리며 마음을 가라앉혔다.

그런 카일의 모습이 페이서의 눈에 안쓰럽게 비춰졌다.

"정말 미안하다. 그 말밖에 떠오르지 않아."

"무사하기만을 바라야겠지. 아니, 반드시 그래야 해."

카일은 최악의 가능성을 일부러 배제하면서 분노를 억제했다. 지금 이 자리에서 분노와 증오에 휩싸여 봤자 아무것도 해결되는 건 없다며 스스로를 계속 설득하면서.

"제럴드는?"

카일은 그 누구보다 먼저 자신을 찾아와 그동안의 자초지종을 설명해 줄 제럴드와 아직 만나지 못했다. 그가 사라진 이유를 알고 있는 페이서는 고개를 옆으로 돌리며 카일과 다른 방향을 응시했다.

*   *   *

"말도 안 돼……."

크레아 공주는 성벽과 함께 완전히 무너져 내린 케이브란스 성의 성문을 믿을 수 없다는 눈으로 쳐다봤다.

실버윙즈와 마족 군단, 그리고 자신의 군대까지 합친 병력이라면 케이브란스 성의 함락은 당연한 일이었다. 빛의 하수인이 여덟이나 맞섰지만, 성이 예상보다 늦게 점령되느냐 아니냐의 문제 정도였다.

하지만 언제 적으로 돌변할지 모르는 마족들을 우려해 크레아 공주는 예정보다 늦게 병력을 이끌고 도착했다. 모르드 왕국의 병사들과 마족 군단 간의 소모전을 느긋이 후방에서 지켜보면서 입성할 계획이었다.

"케이브란스 성이… 나의 성이!"

그러나 막상 케이브란스 성에 도착한 크레아 공주는 성 전체를 둘러싼 녹색 안개를 망연자실하게 바라보기만 했다.

디케이드가 전개한 부의 기운은 이전처럼 성 하나를 죽음의 대지로 만드는 것에 그치지 않고 성 밖까지 뻗어 나갔다. 이에 당황한 크레아 공주는 끌고 온 신생 모르드 왕국군의 대다수를 뒤로 물리고서 이제까지 그래왔던 것처럼 부의 기운이 지면 아래로 사라지기를 기다렸다. 그러나 단순히 수도 하나만 포기하고 다른 지역을 점령하려던 계획조차도 디케이드는 용납하지 않았다.

"이곳만 점령했다면… 모르드 왕국이 내 것이 되었을 텐데! 왜?"

그녀가 원한 것은 모르드 왕국의 영토와 왕위 그 자체였지 모르드 왕국의 소멸은 결코 아니었다. 실버윙즈와 마족 5군단과의 협약 과정에서 영토의 반을 내놔야 하는 굴욕을 겪으면서도 그녀는 자신이 모르드 왕국의 차기 왕이 될 것임을 믿어 의심치 않았다.

하지만 썩어 문드러져 가는 모르드 왕국은 그녀가 원하던 나라와는 거리가 멀었다.

"나, 나는 이런 꼴을 보기 위해 여기까지 온 게 아냐!"

더 이상 멀리서 지켜볼 수만 없었던 크레아 공주는 호위 병력을 이끌고 직접 케이브란스 성문 앞에 도달했다. 부의 기운으로부터 자신과 부하들을 보호하기 위해 마나의 장벽을 펼쳤지만, 그 밖에서 일어나는 부패와 소멸에 그녀는 털썩 무릎을 꿇었다.

크레아 공주의 수하들은 이곳에 있어봤자 아무 의미도 없다는 걸 깨닫고 그녀에게 돌아가자고 설득했다. 그러나 그녀는 수하들의 손을 매몰차게 쳐내며 케이브란스 성을 노려봤다. 마나의 장벽 밖에서 진행 중인 부패와 소멸을 어떻게 하면 멈출 수 있을까 궁리해 봤지만, 점점 더 짙어지는 부의 기운 한가운데로 파고들 용기가 나지 않았다.

"이대로 물러설 수는 없어. 어떻게든 방법이 있을… 그, 그래! 이건 그 망할 어머니의 계략이 분명해! 나에게 줄 수 없다면 없애 버리겠다는… 그런 계획인 거야! 그렇다고 내가 포기할 줄 알아?"

모르드 왕국에 대한 집념에 사로잡힌 그녀는 왼손의 손톱을 마구 물어뜯으며 두서없이 혼잣말을 되풀이했다. 손가락 사이를 타고 핏방울이 흘러내렸고, 충혈된 눈동자엔 실핏줄이 마구 서 있었다.

그런 그녀의 등 뒤에 마법진이 떠오르며 한 남자가 모습을 드러냈다.

"물어볼 것이 있습니다, 크레아 공주님."

"누, 누구냐?"

엄청난 양의 마나가 등 뒤에서 감지되자 크레아 공주는 화들짝 놀라며 뒤로 돌아서려고 했다.

하지만 크레아는 마치 몸이 얼어붙은 것처럼 움직일 수 없었다.

아니, '얼어붙은 것'이 아니었다. 그녀의 정수리를 움켜쥔 손에서 흘러나온 한기가 그녀의 양손과 발끝, 그리고 머리카락 끝부분부터 천천히 얼음에 가두었다.

"모두 뭣들 하느냐! 왜 이 무례한 남자를 막지 않고!"

크레아 공주는 목소리를 높이며 부하들을 불렀지만 아무런 대답도 없었다. 그 남자가 마나의 장벽 안에 나타난 순간

지면을 타고 뻗어 나간 냉기에 그녀가 이끌고 온 부하들은 차디찬 얼음 속에 갇힌 지 오래였다.

"제 목소리가 기억나지 않으신가 보군요, 크레아 공주님. 페이서와 함께 있는 마법사라면 기억하시겠습니까?"

"설마… 제럴드?"

"설마라는 말을 쓰시는 걸 보니, 제가 언젠가 이렇게 나타날 줄 아셨다는 의미로 해석해도 되겠습니까?"

"아, 아니다!"

속내를 들킨 크레아 공주는 당황하며 고개를 휘저으려고 했다. 하지만 목까지 파고든 냉기에 몸을 움직일 수가 없었다. 그런 그녀에게 꼬박꼬박 존댓말로 대응하는 제럴드의 목소리는 그 어느 때보다 차가웠다.

"예전 세브로아 성 때의 일 때문인가? 그때의 일을 덮어두자고 제안한 건 너였다!"

"그것 때문이 아닙니다. 공주님 본인께서 더 잘 아실 거라 생각하는데, 제가 틀렸습니까?"

"으, 으으……."

"작년 여름, 제 스승이신 제이스 님은 제 손이 닿지 않는 머나먼 곳으로 떠나셨습니다."

"……!"

짐작이 확신으로 바뀐 크레아 공주의 두 눈이 크게 떠졌다.

순간 그녀는 마음의 동요를 들키지 않기 위해 다급히 눈을 감았다. 그러나 곧 제럴드의 두 눈이 멀었다는 걸 기억해 내며 당황한 표정을 봤을 리 없다며 안심했다.

그러나 눈을 잃은 이후 마나의 감지에 그 누구보다 뛰어나게 된 제럴드는 크레아 공주 몸 안의 마나가 급격히 요동쳤음을 알아채고 미소를 지었다.

"그분이 돌아가신 직접적 원인은 마족과의 전투가 아니라, 전투 이후 누군가로부터 막대한 양의 마나를 빼앗긴 결과라고 판단했습니다."

"혹시나 해서 말해두는데, 나는 아니다!"

"저는 범인이 누구라고 아직 말하지도 않았습니다."

냉철한 판단력을 잃어버린 크레아 공주의 항변은 제럴드의 확신만 굳힐 따름이었다.

그럼에도 제럴드는 서두르지 않고 머릿속을 정리하면서 말을 이어갔다.

"쉘리나라는 마법사를 기억하십니까?"

"모른다!"

"당신은 그녀를 모를지 몰라도, 그녀는 당신을 잘 알고 있더군요. 또 다른 당신인 빛의 용사 '크레아'를 만나기 전까지 그녀는 모르드 왕국의 궁정 소속으로서 몰래 진행되던 연구에 참여한 적이 있었습니다. 타인으로부터 마나를 인위적으로 추출해, 다른 이에게 주입하는……."

"나는 아무것도 모른다!"

오직 모른다는 말만 반복하는 크레아 공주의 얼굴에 핏기가 완전히 사라졌다.

어머니 엘리제 3세와 많은 부분에서 닮았지만, 고난과 아픔 속에서 세월을 보낸 어머니와 달리 딸은 위기에 처하자 나약한 모습만을 드러냈다. 지난 세브로아 성에서처럼 극단적인 선택지조차 없는 그녀는 무기력하기만 했다.

"당신의 몸에서 스승님의 마나가 느껴졌는데도 말입니까?"

"나, 나는……."

계속 제럴드의 말을 부정하던 크레아 공주가 머뭇거리며 말끝을 흐렸다.

"역시 그랬군요."

제럴드는 더 이상 크레아 공주를 추궁할 필요성을 못 느꼈다. 하지만 여전히 할 말이 남아 있었다.

"옛날부터 저희는 각자 할 일을 나누어 맡았습니다. 용서는 페이서의 몫이었고, 응징은 카일의 역할, 그리고 폭로는 바로 제가 담당했죠."

"나, 나는 아니다! 아니야!"

"하지만 당신을 용서해 줄 페이서는 여기 없고, 당신을 응징할 카일 역시 없습니다. 제 본래의 역할인 폭로를 하고 싶어도 이 자리엔 당신과 저 단둘밖에 없으니 애초에 불가능합니다."

또다시 그녀의 부정이 시작되었지만, 제럴드의 귀에는 아무것도 들리지 않았다.

"그러니 전 용서 대신 응징을 택하겠습니다."

크레아 공주의 몸은 어느새 얼굴을 제외하고 모두 얼어붙었고, 부들부들 떠는 그녀의 입에서 차가운 입김이 흘러나왔다. 뺨을 타고 흐르는 눈물이 턱에 닿자마자 급속히 얼어붙어 가느다란 얼음이 되어버렸다.

"지, 지난번 협약 때는 모르드 왕국의 반을 양보하겠다고……."

"모르드 왕국 말입니까?"

제럴드는 상대가 누구이든 간에 한 번 한 약속은 어떻게든 지킨다고 알려졌다. 크레아 공주는 그 특유의 고지식한 점에 일말의 희망을 걸어보았다.

제럴드는 여전히 그녀의 머리 위에 오른손을 얹은 채로 살짝 앞으로 나오더니, 왼손을 내밀어 케이브란스 성이 있던 자리를 가리켰다.

"여기, 어디에 모르드 왕국이 있습니까?"

"아……."

완전히 무너져 내린 케이브란스 성과 왕궁.

부의 기운에 완전히 썩어 들어간 대지.

해골과 뼈다귀만이 수북하게 쌓인 죽음의 공간.

그녀가 손에 넣고 싶어 하던 모르드 왕국은 그 어디에도 존재하지 않았다.

할 말을 잃어버린 크레아 공주는 허망한 눈빛으로 정면을 응시했고, 그런 그녀의 얼굴 위를 얼음이 완전히 뒤덮었다.

그녀에게서 손을 땐 제럴드는 뒤로 한 발짝 물러섰다. 앞을 볼 수 없는 그의 시야는 온통 녹색으로 빛나는 부의 기운으로 뒤덮여 있었다.

"정말로… 길었어."

제럴드 입장에서 크레아 공주를 죽일 수 있는 기회는 수두룩하게 많았다. 세브로아 성에서의 격전 당시에도 마음만 먹었다면 지금보다 더 처절한 종말을 그녀에게 선사할 수도 있었다.

하지만 단순한 죽음만으로 복수를 완성시키고 싶지 않았다. 고통 속에서 몸부림치게 만드는 것으로도 속에 차지 않았다.

크레아 공주에게 있어서 가장 큰 응징은 무엇일까 고민한 끝에 그가 내린 결론은 모르드 왕국의 소멸 그 자체였다. 소유하고자 했던 존재가 눈앞에서 허무하게 사라지는 그때야말로 파멸의 순간으로서 최적이었고, 제럴드는 그때가 오기까지 참고 또 참았다.

그런 그에게 디케이드의 존재는 비었던 부분을 메워주는 마지막 퍼즐 조각이었다.

"스승님, 이제 편히 쉬십시오. 당신을 위한 복수는 지금 이곳에서 완성되었습니다."

어차피 진상 따위 남들에게 밝혀지지 않아도 상관없었다. 복수에 정당성을 부여하기보다 어떻게 해야 더욱 처절하게 응징할 수 있는지만이 중요했다.

그러나 절망에 빠진 크레아 공주의 마지막 표정을 볼 수 없다는 점이 아쉬움으로 남았다. 단지 그녀의 몸에서 격렬하게 요동친 마나로 감정을 읽었을 뿐이었다.

결국 진정한 복수를 이룬 이는 페이서도, 제럴드도 아닌 디케이드였다.

3년이라는 시간 동안 모르드 왕국 전역을 돌면서 성들을 초토화시킨 디케이드의 행보는 단순한 증오의 발산이 아니었다. 그는 짓밟은 곳마다 응축시킨 부의 기운을 땅속 깊숙이 박아놨고, 죽음과 맞바꾼 마지막 힘을 케이브란스 성에 퍼뜨렸다.

그렇게 모르드 왕국 전역에 잠들어 있던 부의 기운이 하나로 연결된 지금, 모르드 왕국은 풀 한 포기조차 자라날 수 없는 죽음의 대지로 변모하는 중이었다.

100년, 혹은 200년, 아니면 영원히 썩어 들어갈 모르드 왕국의 운명은 페이서나 제럴드와 달리 모든 걸 잃어버린 그만이 할 수 있는 복수였다.

"디케이드……."

지금으로부터 2주 전, 디케이드는 제럴드를 찾아왔다.

부의 기운이 급속도로 약해진 디케이드는 그동안 숨겨왔던 의도를 제럴드에게 설명했다. 그리고 자신의 계획에 맞춰 케이브란스 성으로 와달라는 말을 마지막으로 홀연히 떠났다.

왜 자신을 찾아왔냐는 제럴드의 질문에 디케이드는 빛을 남기고 저세상으로 가고 싶지 않다는 의외의 대답을 남겼다.

"아니, 케트란 장군……."

과거 마족과의 전쟁 당시 케트란 장군은 거침없고 저돌적인 성향 때문에 맹장(猛將)으로 알려져 있었다. 그러나 페이서가 등장하기 이전까지는 열세였던 모르드 왕국을 기발한 전략으로 지켜온 지장(智將)으로 불렸다.

그런 면모는 디케이드로 되살아난 이후에도 변함없었다. 모르드 왕국에 대한 증오에 휩싸인 그는 누가 보더라도 이성이 아닌 광기에 물든 자였다. 그렇게 자신을 포장한 그의 내면에는 철저하게 모르드 왕국을 짓밟을 계획이 진행 중이었다.

제럴드는 자신조차 짐작하지 못했던 디케이드의 계획에 '졌다'라는 표정을 지으며 뒤로 돌아섰다.

부의 기운을 계속 버텨왔던 마나의 장벽이 깨지자, 녹색 안개가 크레아 공주를 뒤덮은 얼음 안으로 스며들었다. 얼음 속에 갇힌 채로 크레아 공주의 몸이 천천히 썩어 들어가더니, 이내 뼈만 앙상하게 남은 몰골로 변해 버렸다.

모르드 왕국을 파멸시키기 위한 디케이드의 집념은 죽어
서까지도 복수를 양보하지 않았다.

7

시민들의 야유와 비아냥 속에서 단두대에 목이 잘리는 순
간, 그의 시야는 어둠으로 뒤덮였다.

다시 눈을 떴을 때엔 자신과 대적했던 마족 공작이 미소를
지으며 그를 맞이했고, 죽은 줄만 알았던 자신이 살아 있음에
꿈을 꾸는 줄 알았다.

하지만 목에 가져간 손끝에서 느껴지는 봉합 자국에 과거
의 죽음과 그 죽음에서 벗어난 현재 모두 사실이라는 걸 깨달
았다.

혼란에 빠진 그에게 마족 공작은 한 가지 제안을 했다. 인
간을 증오할 수 있다면 자신과 함께 싸워달라며.

비록 인간들에 의해 죽음을 맞이했지만, 그전까지 바로 그
인간들을 위해 싸웠던 남자는 쉽사리 결정을 내릴 수 없었다.
여전히 혼란스러운 감정을 품고서 그는 인간 세상을 떠돌았다.

그를 칭송했던 이들은 그의 억울한 죽음 이후 욕설과 비난
만을 내뱉었다. 그럼에도 희망의 끈을 놓지 않았던 그는 부인
과 자식들의 최후를 보고 이성을 잃어버렸다.

그때부터 그의 시야는 녹색으로 물들어 버렸다.

증오와 분노라는 두 가지 감정에 휩싸인 그는 모든 걸 부패시키는 부의 기운에 눈을 떴다. 그렇게 20년 동안 힘을 키워오던 그는 마족 편에 서서 인간들을 죽이기 시작했다.

계속되는 살육과 파괴 속에서 지치기도 했다. 하지만 그럴 때마다 가족의 마지막을 떠올리며 부의 기운에 모든 것을 맡겼다.

그렇게 전쟁이 진행되면서 과거 함께 싸웠던 이들을 다시 만났고, 적의 입장에 섰다가 같은 편이 되기도 했다.

그러나 그는 언제나 혼자였으며, 그 누구도 자신의 영역에 끼어드는 걸 용납하지 않았다.

그리고 또 한 번의 죽음을 맞이한 그의 시야는 예전처럼 어둠으로 뒤덮이는 듯싶었다.

「……」

어둠 속에 머무르고 있는 그는, 건너편에 빛이 있다는 사실에 두 눈을 의심했다.

빛과 어둠으로 양분된 공간 속에서 그는 앞으로 천천히 걸어갔다. 그리고 빛과 어둠의 경계선을 향해 손을 내밀었다.

그의 예상대로 그는 빛의 영역으로 넘어갈 수 없었다.

쓸쓸한 미소를 지우며 뒤돌아서려던 그의 시야 한구석에 누군가가 들어왔다.

빛의 영역에서 어둠을 향해 걸어오는 여성을 본 그의 눈시울이 뜨거워졌다. 눈을 질끈 감으며 눈물을 참으려던 그는 위화감을 느끼고 왼쪽 눈에 손을 가져갔다.

복수를 이루고 증오와 분노를 떨쳐 냈기 때문일까.

한쪽 눈으로만 보이던 일그러진 시야가 '인간'으로 죽기 전으로 되돌아가 있었다. 결국 그는 흐르는 눈물을 참지 못하고 고개를 옆으로 돌렸다.

그의 맞은편에 서 있는 여성은 옅은 미소를 지으며 양팔을 앞으로 뻗었다. 그러나 아까 그가 그랬던 것처럼 그녀의 두 팔은 빛의 영역을 벗어나지 못했다. 미소 대신 안타까운 표정을 지으며 그는 두 팔을 아래로 내렸다.

「여보…….」

그녀는 그를 불렀지만 상대는 여전히 고개를 옆으로 돌리고 있었다. 어린 남자아이 둘은 여성의 치맛자락을 붙든 채로 그를 말없이 바라보기만 했다. 전장에서 대부분의 시간을 보냈던 그의 얼굴은 아들들에게 낯설기만 했다.

「미안, 부끄러운 모습을 보였군.」

손등으로 눈물을 훔쳐 낸 그는 그녀를 마주 봤다.

두 남녀는 서로 그동안 쌓인 이야기를 털어놨다. 그러나 빛과 어둠의 경계선은 두 사람의 말조차 전달되는 것을 거부했다.

그녀는 안타까운 마음에 '보이지 않는 벽'을 두 손으로 두들겼다. 그녀는 계속 뭔가를 말했지만 그의 눈에는 입만 뻥긋거리는 것으로만 보일 따름이었다.

「미안하지만 난 그쪽으로 갈 수 없소.」

하지만 분위기만으로도 무슨 말을 하는지 파악할 수 있었다.

어둠 속에 머물고 있는 그가 웃고 있는 반면, 빛 속에 있는 부인은 슬픈 표정을 짓고 있었다.

「어쩔 수 없지. 복수를 택한 시점부터 나는 이렇게 될 운명이었으니…….」

복수라는 이름하에 그가 저지른 일을 신은 너무나 냉정하게 판단했다.

하지만 그는 아쉬워하지 않았다.

자신과 달리 부인과 두 아들은 빛의 축복이 내린 곳에서 영원히 살 수 있게 되었음에 만족했다. 어둠 속에 영원히 살아갈 운명 따위, 가족을 위한 복수에 비하면 아무것도 아니었다.

「자식들을 잘 부탁하오.」

여전히 미소를 머금은 채로 뒤로 돌아서던 남자는 순간 멈칫했다.

그의 자식 세 명 중 한 명의 모습이 보이지 않았다.

그는 경계선을 따라 빛의 영역을 샅샅이 훑어봤다. 그러나 당연히 건너편에 있어야할 딸의 모습은 보이지 않았다. 불안한 느낌에 이번에는 그는 자신이 속한 어둠의 영역을 둘러봤지만 자신 말고는 아무도 없었다.

「아, 설마…….」

다시 그녀와 자식들 앞으로 돌아온 그는 말끝을 흐렸다.

재회한 그녀의 얼굴은 예전에 봤던 '어떤 여성'과 똑같았다. 처음 만났을 때의 외모로 돌아간 그녀의 얼굴을 바라보면 바라볼수록 '그 여성'이 계속 떠올랐다.

「그래, 그랬군. 살아 있었구나.」

빛과 어둠이 아닌 제3의 선택지에 있는 딸을 떠올리며 그는 두 눈을 지그시 감았다.

증오와 분노로 덮어두었던 감정이 가슴속에서 피어오르며 눈물이 흘러내렸다.

「텔릭, 고맙네. 정말로… 고마워.」

자신의 딸을 구해주고 키워준 옛 부하에 대한 고마움에 그는 울먹거렸다.

아까처럼 눈물을 감추기 위해 옆으로 돌아서지 않았다. 참으로 오래간만에 느껴보는 고마움에 가슴이 벅차올랐다.

두 눈을 뜬 그는 자세를 낮춰 두 아들들과 눈높이를 맞췄다. 처음에는 낯설어하던 아들들도 뭔가 느꼈는지 그를 향해 자그마한 두 손을 앞으로 내밀었다. 그는 보이지 않는 벽을 사이에 두고 아들들과 손을 마주한 뒤 일어섰다.

「그러면, 행복하길…….」

뒤돌아선 그는 미소를 머금고서 어둠 속으로 사라졌다.

Chapter 53
노병을 위한 만가

1

　케이브란스 성을 덮친 녹색 안개는 한 달 만에 모르드 왕국 전역을 뒤덮었다.

　제이블란트라는 악을 선택한 윗선의 우둔한 결정을 아무런 생각 없이 따른 모르드 왕국민들은 갑자기 자신들을 덮친 부의 기운에 허무하게 죽어나갔다. 인구의 2/3이 그렇게 사라졌고 남은 1/3은 모르드 왕국을 떠나 다른 곳으로 피신했지만, 모국을 잃어버린 그들은 피난민에 불과했다. 제이블란트와 손을 잡았다는 이유만으로 그들은 어디에서도 환영받지 못하고 배척당해 떠도는 운명을 맞이했다.

　결국 20여 년 동안의 증오를 목숨과 맞바꾸면서 발산한 디케이드의 선택은 모르드 왕국의 멸망이란 결과로 이어졌다.

제이블란트를 따르던 인간 세력 중 주축이었던 모르드 왕국의 파멸은 제이블란트의 세력권의 축소로 이어질 거라 많은 이는 예상했다. 그러나 디케이드의 복수는 대륙의 세력 판도를 의외의 양상으로 바꿔 버렸다.

죽음의 대지로 변해 버린 모르드 왕국은 그 누구의 점령도 허용하지 않았고, 결과적으로 그 어떤 세력에도 속하지 않는 중립지역이 되어버렸다. 모르드 왕국을 쓰러뜨린 기세를 이어 제이블란트의 세력을 밀어붙이려던 마족과 인간 연합의 계획은 병력을 모르드 왕국에서 철수시키면서 중단되었고, 그 틈을 타 제이블란트는 빛의 하수인들을 계속 만들어내며 빼앗겼던 영토를 조금씩 수복했다.

어느 한쪽이 유리하다고 판단할 수 없는 전황이 이어지면서 카일은 속이 타들어갔다. 빛의 하수인들을 상대하기에 최적인 그가 이전처럼 블랙아웃 모드에 함부로 돌입할 수 없는 입장에 처하자 단독으로 움직이기에도 무리가 따랐다. 뭣보다 카트리나와 리에트가 포로로 잡힌 지금의 카일은 감정을 다스리는 것만으로도 하루하루를 보내기 버거울 정도였다.

*　　　*　　　*

엘레힘 신성력 1328년 11월 9일.

제이블란트의 봉인을 지키기 위해 건설되었던 크로이저 요새가 무너진 이후, 요새가 있던 자리는 원래의 이름인 '암흑의 대지'로 돌아갔다.

봉인에서 풀려난 제이블란트의 힘에 의해 지하 깊숙이 자리 잡았던 던전이 지상으로 솟아오르며 거대한 탑으로 변모했다. 탑 주위 지상을 뒤덮은 어둠 속에는 어둠의 힘에 이끌려 온 몬스터들이 도사리고 있었고, 날 수 있는 몬스터들은 뾰족한 돌기가 마구 솟아난 탑의 상층을 맴돌았다. 역설적이게도 탑 안을 지키는 자들은 어둠과 대척점에 선 빛의 하수인이었다.

탑의 최상층 바로 아래에는 오르갈트의 육체를 차지한 제이블란트가 머물렀고 그 위층에는 포로로 잡힌 카트리나와 리에트가 갇혀 있었다.

목과 양팔, 그리고 두 다리에 사슬로 연결된 족쇄가 채워졌다는 점을 제외한다면 두 여성은 의외로 정중한 대접을 받았다. 이곳으로 끌려온 지 두 달 가까이 되었지만 고문이나 심문은 하나도 없었고 매끼 제대로 된 식사도 제공되었다. 굳게 닫힌 문 너머에는 경비병들이 배치되었지만, 병사들은 방 안에서 그녀들이 무슨 이야기를 나누든 상관하지 않았다.

"보고 싶어."

리에트는 바닥에 주저앉은 채로 창문을 멍하니 바라봤다.

창문 사이에 들어선 쇠창살 너머로는 오직 어둠만이 보였지만 그녀의 시선은 여전히 창문에 고정된 그대로였다. 역설적이게도 리에트가 보고 싶어 하는 이를 나타내는 것은 어둠이었다.

"카트리나, 보고 싶어?"

"나도… 마찬가지야."

대상이 누구인지는 굳이 물어보고 대답할 필요가 없었다.

카트리나는 성호를 긋더니 깍지 낀 양손을 얼굴 가까이 가져갔다. 속삭이는 목소리로 기도문을 읊는 그녀의 옆에 리에트가 앉은 채로 몸을 기댔다.

두 달 전에 있었던 기습에 허를 찔린 실버윙즈는 혼란 그 자체였다. 카트리나는 혼전 속에서도 노병들과 실버윙즈를 대피시키기 위해 시간을 끌었고, 끝까지 같이 남아 있었던 리에트와 함께 포로가 되었다.

당시 오르갈트의 육체로 나타난 제이블란트 앞으로 끌려왔을 땐 모든 게 끝이라고 생각했었다.

"괜찮아?"

하지만 제이블란트는 카트리나와 리에트의 손가락 하나도 건드리지 않았다. 경비병들에게 탑의 맨 위층에 가두라는 지시와 함께 고문이나 심문은 없을 거라고 말했고, 두 달이나 지난 지금까지도 그 말을 지켰다.

그 누구도 아닌 암흑의 화신 제이블란트가.

"카트리나?"

"아… 미안하구나."

"괜찮아?"

리에트의 말에 뒤늦게 반응한 카트리나는 리에트의 머리를 자상하게 쓰다듬었다.

"괜찮단다."

"거짓말."

리에트의 억양 변화 없는 목소리에서 감정이 느껴지지 않았다. 하지만 밑에서 자신을 올려다보는 검은 눈동자는 카트리나의 마음속을 꿰뚫어 보는 듯했다.

"아직까지는… 괜찮단다."

자신에게 무슨 일이 생기면 반드시 구하러 와주겠다는 카일의 약속.

하지만 이런 식으로 일방적으로 구출을 바라는 입장은 그녀가 원하던 바가 결코 아니었다.

카일에 대한 감정 이전에, 같은 목적을 앞에 두고 같이 나가던 자신이 정작 중요한 순간에 걸림돌이 되었음에 카트리나의 표정은 어둡기만 했다.

'아무런 해도 입지 않은 너를 다시 만나게 된다면 카일은 매우 기뻐하겠지. 바로 그때, 최악의 결말을 그의 눈앞에서 선사해 준다면 어떨까?'

카트리나는 제이블란트가 자신과 리에트에게 일체의 해를 가하지 않는 이유를 떠올리며 두 눈을 지그시 감았다.

2

엘레힘 신성력 1328년 11월 15일.

"…그러면 아르고스 경과 경의 휘하 병력은 서부전선에 편성되었음을 알려 드립니다."

제럴드의 결정에 원탁 맞은편에 앉아 있던 아르고스는 고개를 끄덕거렸다.

제럴드 왼쪽에 앉아 있는 레오나는 앞이 보이지 않는 그를 대신해 회의록을 작성 중이었다. 인간과 마족 양측을 대표해 참석한 연합 세력의 수장들은 커다란 원탁에 둘러앉아 발언권이 주어졌을 때만 입을 열었다. 잉크에 적셔진 깃털 펜의 펜촉이 거친 종이 위를 지나가는 소리가 모두의 귓가에 들렸다.

막사 안에는 예상보다 많은 인원이 모였고, 회의에 참석하되 발언할 의사가 없는 카일은 홀로 선 채로 원탁 한가운데를 응시했다. 원탁 위에 펼쳐진 지도 위를 제럴드가 지휘봉으로 지적할 때마다 각 나라에서 파견된 병력의 배치가 결정되었다.

"…이견이 없으시다면 안젤리카 공과 공의 휘하 기사단 분들께는 남부전선을 담당해 주시기 바랍니다."

"알겠습니다."

시간이 흐를수록 제이블란트에게 유리해져 가는 전황을 뒤집기 위해 인간과 마족 연합은 극단의 조치를 취하기로 결정했다. 빛의 하수인들이 집중 배치된 죽음의 대지 서쪽에 많은 병력을 투입해 적의 시선을 끌고, 죽음의 대지로 변해 버린 구(舊) 모르드 왕국을 지나 남쪽에서 파고들 소수 정예 병력을 투입하는 양동작전이다.

여러 가지 요소를 감안해 구성된 계획이었지만, 무엇보다 더 이상 카일의 인내심을 기대하기 힘들다는 제럴드의 판단이 가장 크게 작용했다.

차라리 카트리나와 리에트를 인질로 뭔가 요구했다면 모를까, 그녀들을 그저 붙잡고 있을 뿐 아무런 요구도 제시하지 않는 제이블란트의 태도에 속이 타들어가는 것은 카일 쪽이었다.

제럴드는 제이블란트가 인질로 '뭔가' 일을 벌이기 전에 양동작전으로 승기를 결정짓겠다는 과감한 방법을 택했다. 계속 밀고 밀리는 전황만 계속되다가 돌연 그녀들의 잘린 머리가 사신을 통해 오기라도 한다면, 분노에 모든 것을 맡겨 버릴 카일이 어떻게 변할지 몰랐기에.

'견뎌야 해. 섣불리 분노에 휩쓸려서는 안 돼.'

카일 본인도 자신이 위험한 존재라는 점을 인식하고 감정을 꾹꾹 억눌렀다.

이전 같았으면 친구들에게 의지하거나 도움을 받았겠지만, 모두 여건이 좋지 않았다.

페이서는 모르드 왕국의 멸망 이후 죄책감을 안고 하루하루를 보냈다. 다행히 예전처럼 빛의 힘을 잃진 않았지만, 기세가 꺾인 것만은 분명했다.

제럴드의 경우는 공식적으로는 행방불명된 '크레아 공주'와 관련하여 한 달 가까이 여러 소문에 시달려야 했다. 다행히 신생 모르드 왕국이 와해되었기 망정이지 계속 존재했다면 국가 간의 대립까지 이어질 뻔했다.

그러나 가장 문제가 된 부분은 실버윙즈의 분열이었다. 카트리나를 따라 뭉친, 노병들로 구성된 초창기 멤버들은 당연히 그녀의 구출 쪽을 최우선으로 내세웠다. 반면 레이크가 주축이 된 젊은 용병단원들은 다른 입장에 섰기에 결국 실버윙즈는 두 집단으로 분리된 상황이었다.

"그러면 회의는 이것으로 마치겠습니다. 배치가 결정되지 않은 병력에 대해서는 추후 개별적으로 통보하겠습니다."

제럴드의 말이 끝나자 자리에서 일어난 참석자들은 두 개의 입구로 나뉘어 밖으로 나갔다. 동쪽으로는 인간 측 인사들이, 서쪽으로는 마족 지휘관들이 서로 등을 돌리고서 나가는 모습은 현 연합 세력의 분위기를 대변했다.

대부분의 참석자가 빠져나간 막사 안에는 카일과 제럴드, 그리고 페이서만이 남았다. 제럴드와 페이서는 카일을 바라봤지만, 카일은 등을 보이고서 말없이 서쪽 입구를 통해 나갔다. 먼저 밖으로 나가 대기하고 있던 안젤리카는 카일과 함께 마족 5군단이 머무르고 있는 진영으로 천천히 걸어갔다.

"여전히 분위기는 썩 좋지 않군."

카일의 혼잣말에 안젤리카는 회의가 진행되었던 막사 쪽을 흘낏 바라봤다.

"아무래도… 제이블란트가 봉인되더라도 전쟁은 계속 이어질 것 같은 분위기인데."

공통된 적을 앞에 두고도 인간과 마족 사이의 공기는 냉랭할 뿐이었다. 제이블란트가 살아 있는 생명체 모두를 집어삼킬지 모른다는 공포가 사라진다면, 차갑게 얼어붙은 공기는 이전처럼 인간과 마족 간의 전쟁으로 뜨겁게 불타오를 가능성이 높았다.

그러다 보니 다양한 종족이 뒤섞여 있는 마족이 아직까지 하나로 뭉쳐 있는 모습이 카일에게 다시금 신기하게 느껴졌다. 동시에 제이블란트의 봉인 이후 새롭게 마족 측에 참전한 레이우드 왕국의 속사정이 궁금해졌다.

"두서없이 꺼내는 말이긴 한데, 이전 전쟁 당시에 레이우드 왕국은 참전하지 않았던 걸로 기억하고 있어. 내가 석화되었던 동안에 무슨 일이 있었던 거지?"

카일의 왼쪽에서 들려오던 발굽 소리가 멈췄다.

전쟁이 발발하기 전 20년간 겪었던 수모를 떠올리는 안젤리카의 시선이 하늘을 향하고 있었다.

"카일, 네 말대로 레이우드 왕국은 과거 네가 활약하던 전쟁 당시에는 중립을 지켰다. 하지만 그 전쟁에서 승리한 인간들은 단지 우리가 인간이 아니라는 이유 하나만으로 여러 가지를 요구하기 시작했다."

"예상대로군."

"너희 인간들이 말하는 '마족'에게 다시는 침공당하지 않도록 보호해 주겠다며 공물을 요구한 나라도 있었다. 하지만 가장 견딜 수 없었던 것은… 우리 병사들을, 그것도 '마리'라는 단위로 요구했다. 가축이나 다름없이 취급받은 우리의 선택지는 결국 하나밖에 없었다."

승리한 자의 오만은 또다시 분쟁을 불러온다는 진리를 곱씹으며 안젤리카는 오른손을 불끈 쥐었다.

"너처럼 전쟁에 뛰어들어 어둠의 후예들을 마구 죽였던 인간들보다, 더 이상 전쟁이 일어나면 안 된다던 인간들의 요구가 나를 전장에 서게 만들었고, 어둠의 후예 측으로의 참가를 결정하게 이끌었다."

역사상 흔히 일어나는 일 중 하나라 치부할 수도 있었다. 하지만 그녀가 속한 레이우드 왕국 입장에선 오랫동안 지켜왔던 평화를 위해 전쟁에 뛰어들 수밖에 없는 운명에 처한 것이다.

"그런데 이런 말을 인간인 너에게 하니 묘한 기분이다. 그런 질문을 던진 너도 묘하고."

"확실히 그렇군."

워낙 마음이 복잡한 탓이었을까? 카일은 자신답지 않은 방금 전 질문에 절로 쓴웃음이 나왔다.

그런 그의 뒤로 수십여 명의 노병이 급히 뛰어왔다. 마족이 아닌 인간 병력이 제멋대로 서쪽으로 넘어오자 마족 경비병들은 급히 창을 고쳐 쥐었다. 하지만 노병들을 알아본 안젤리카는 손짓으로 마족 경비병들에게 물러서라 지시했다.

"자네, 여기 있었구먼."

실버윙즈의 지휘관 포르칸은 카일을 바라보며 안쓰러운 표정을 지었다.

그는 카일과의 접촉을 삼가달라는 제럴드의 만류에도 불구하고 카일을 만나러 마족 진영까지 넘어왔다.

"어르신들, 오래간만입니다."

오래간만에 보는 낯익은 얼굴들에 카일은 멋쩍은 미소를 지었다.

안젤리카는 가만히 노병들을 응시할 뿐, 별다른 대응 없이 침묵했다.

"카트리나 님에 대해서는… 정말로 미안하네. 다 내 탓이야."

"아닙니다. 어쩔 수 없는 상황이었겠지요."

"아닐세. 절대 일어나서는 안 되는 일이었어. 우리의 부족함 때문이었지."

포르칸은 고개를 숙이며 한숨을 길게 내쉬었다.

"카트리나에 대해서는 걱정 마십시오. 제가 어떻게든 구해낼 테니. 그것보단 어르신들 쪽이 걱정입니다."

이전까지 실버윙즈를 지휘했던 포르칸과 레이크는 두 개로 분열된 실버윙즈를 어떻게든 다시 하나로 합치려 궁리했지만, 결국 의견 차이를 좁히는 데 실패했다. 카일은 혹시라도 일이 잘 해결되었는지 물어보려고 했지만, 포르칸 옆에 항상 같이 있었던 레이크가 보이지 않는 것을 눈치채곤 입을 다물었다.

"자네가 아까 한 말 그대로, 이것 역시 어쩔 수 없는 일이겠지. 아까 회의 결과도 마찬가지고."

"남부전선이 아닌 서부전선으로 배치되신 게 역시 마음에 걸리시겠군요."

"그래, 자네 입장에선 섭섭할지 모르겠지만 우리는 카트리나 님을 따라 여기까지 모인 노인네들일세. 제럴드 님도 다 생각이 있어서 그랬겠지만 섭섭한 건 어쩔 수 없어. 지금이라도 바꿔달라고 요구하는 건 역시 무리겠지?"

모르드 왕국을 뒤덮은 녹색 안개는 보통 인간이라면 순식간에 녹여 버릴 정도로 강한 부의 기운을 품고 있다. 그런 탓

에 카일을 포함한 극소수의 실력자로 구성된 팀만이 남부전
선에 투입될 예정이었다. 카트리나 구출을 위해서라면 목숨
이라도 내던지겠다는 노병들을 배제한 채로.

"어르신들의 마음이야 이해는 가지만……."

카일이라고 해서 딱히 묘안이 있는 건 아니었다.

바로 그때, 마족 경비병들이 일제히 하늘을 가리키며 웅성
거리기 시작했다. 거대한 드래곤의 모습으로 등장한 헤리온
이 천천히 날갯짓을 하며 마족 측 본진 옆에 내려오고 있었
다.

순간 이제까지 떠올리지 못했던 발상이 카일의 뇌리를 스
치고 지나갔다.

"잠깐, 이거라면… 가능할지도 몰라. 안젤리카, 제럴드를
만나러 가도 되겠지?"

"지금 말인가?"

"아, 그리고 저기 내려오고 있는 헤리온 공에게 지휘막사
에서 기다리고 있겠다고 전해줘. 아니, 에르카이저도 있어야
할 것 같아."

3

"내 등에 병력을 태워 이송시키겠다고?"

헤리온은 전혀 예상치 못한 제안에 두 눈을 깜박거렸다.

헤리온의 맞은편에 앉아 있던 이들의 시선은 자연스레 그에게 쏠렸고, 어떤 대답이 나올지 기다리며 입을 다물었다.

"흐음, 확실히 드래곤으로 변신한 상태의 나라면 불가능한 일은 아니겠지. 생각해 보니 그리 획기적인 발상까지는 아니야. 오히려 내가 속한 어둠의 후예 쪽에서 나올 발상 같은데?"

헤리온은 에르카이저와 안젤리카를 번갈아가며 응시했다.

"그건 아마도 인간과 어둠의 후예 간의 입장 차이겠지요. 인간 입장에선 적이었지만, 어둠의 후예 측에서는 아군이긴 해도 감히 범접할 수 없는 존재로 인식했기 때문일 겁니다."

"그렇긴 하겠군."

제럴드의 대답에 헤리온은 납득하며 고개를 끄덕거렸다.

실질적으로 마족 군대를 이끄는 이는 데몬 공작 에르카이저였지만, 헤리온은 원한다면 그의 결정 따위 거부할 권한을 지니고 있었다. 사상 최강의 생명체인 드래곤으로 변신할 수 있는 헤리온의 존재는 같은 마족 공작 사이에서도 격이 달랐다. 지금은 사망한 디케이드가 에르카이저의 결정에 상관없이 행동했다고 치면, 헤리온은 결정 자체를 바꿀 수 있다는 점에서도 차이를 보였다.

"전 순간이동 마법을 쓰는 쪽으로 방향을 잡아보기도 했습니다만, 역시 무리라고 판단해 배제했습니다. 세브로아 성 지하에서 회수한 마나 코어는 다른 용도로 쓰기로 이미 결정되었고, 병력을 순간이동시키는 데 마나를 다 써버린다면 제이블란트와의 결전 때 전 짐밖에 되지 못할 겁니다. 하지만 그런 식이라면 추가 병력을 이끌고 가는 것도 불가능하진 않겠군요."

이번 작전이 단순한 섬멸전이 아니라 인질의 구출까지 포함되었다는 점을 감안한다면, 카트리나와 리에트를 수색하고 보호할 최소한의 병력은 필수적이다. 그래서 어떻게든 추가 병력을 남부전선에 투입할 수 있을까 고민하던 제럴드에게 카일의 갑작스런 제안은 너무나 반가웠다.

물론 헤리온이 받아들여야 하겠지만.

"차라리 나에게 공간이동마법을 부탁하지 그랬나?"

"엄청난 양의 마나를 소모하며 공간이동으로 다수의 병력을 데려간다는 방법과, 거기에 쓰일 마나를 전투에 직접 활용한다는 두 가지 선택지가 있자면 후자 쪽이 훨씬 효율적입니다."

"하긴, 나라고 마나를 무한정 소유한 것은 아니지."

"그런데 참으로 의외입니다. 당신이라면 감히 자신의 등 뒤에 누군가 올라탄다는 발상 따위 용납할 수 없다고 말할 줄 알았는데……."

"그래서 이 의견이 그대가 아니라 저 어둠의 실험체의 머릿속에서 나온 거로군."

혜리온 입장에선 '겁도 없이' 자신을 그저 아군으로만 인식한 카일이어서 나올 수 있는 생각이었다. 다르게 이야기하면 카일이 두 여성의 구출에 대해 그만큼 필사적이라는 의미였다.

"다른 생명체에 비하면 내가 탁월한 존재일지 모른다. 그러나 같잖은 자존심을 지키기 위해 실용적인 발상을 거부할 정도로 난 오만하지 않다."

"그렇다면 몇 명까지 가능하겠습니까?"

"내 힘이라면……."

혜리온은 잠시 눈을 감더니 머릿속으로 계산하기 시작했다.

"100명이 한계선이겠군. 더 태울 수도 있겠지만 무기와 갑옷 무게도 감안해야 하고, 무엇보다 속도를 내기 위해서는 그 이상은 곤란하다. 마법을 써서 중량을 낮추거나 하는 식의 응용도 가능하겠지만, 그런 식으로 하나하나 추가하다 보면 원래 목적과 어긋나게 될 거다."

"알겠습니다. 그 100명은 실버윙즈를 주축으로 구성하도록 하죠."

"하지만 고작 100명을 더 데리고 갈 뿐인데도 충분한가?"

"그 100명만으로 역사가 바뀐 적은 수도 없이 많습니다."

"인간의 역사 속에서, 말이겠지?"

혜리온은 가볍게 미소를 짓더니 자리에서 일어났다. 나머지 세세한 일은 제럴드에게 맡기겠다며 막사 밖으로 나갔고, 자신의 제안이 받아들여진 걸 확인한 카일 역시 나가려고 했다.

"카일, 괜찮겠습니까?"

"뭐가?"

제럴드의 물음에 카일은 멈춰 섰지만 이전처럼 그에게서 등을 돌린 채였다.

"전 당신이 너무나 걱정됩니다. 절대 있어서는 안 되고, 있을 리 없다고 생각하지만… 만약 두 여성에게 무슨 일이라도 생겼다면…….."

"보나마나 난 블랙아웃 모드로 돌입하겠지. 그리고 데미트리에게 육체를 빼앗길 테고. 오르갈트가 그랬던 것처럼. 하지만 말이야, 두 여자가 구출될 때까지 어두컴컴한 방구석에 홀로 처박혀 있으면 안 되겠냐는 부탁 따위는 꺼내지도 마."

카일은 제럴드가 할 말을 미리 예측한 듯, 아예 언급할 수 없도록 못을 박았다.

"그렇다면 어떻게 하겠습니까?"

제럴드는 병력의 손실을 감안하더라도 카일을 전투에서 완전히 배제하는 쪽이 위험부담을 줄일 수 있다고 여겼다. 하지만 '제어할 수 없는 변수'에서 '악의를 지닌 타인에 의해 제어될지 모르는 변수'로 변한 카일을 가두어놓을 수도 없는 노릇이었다.

결국 카일이 스스로 내리는 판단을 기다리는 수밖에 없었다.

"어떻게 하긴? 내 성격 잘 알잖아?"

"알겠습니다. 그렇다면 정해진 그대로 남부전선에 참가하십시오. 단, 조건이 있습니다."

제럴드는 로브의 소매 안쪽에서 무언가를 꺼내 원탁 위에 내려놨다.

"이 팔찌를 차십시오. 블랙아웃 모드로 돌입할 기미를 보인다면 그 팔찌가 어둠의 기운을 억누를 것입니다."

"알았어."

카일은 제럴드의 말이 떨어지기 무섭게 왼팔 소매를 걷어 올리더니 원탁 쪽으로 다가왔다. 그리고 조금의 망설임도 없이 손목에 팔찌를 찼다.

"그러면 나중에 보자."

카일이 막사 밖으로 나가자 포르칸은 황급히 자리에서 일어나 그를 뒤따라갔다. 드디어 카트리나를 구하러 갈 수 있다는 기쁨에 포르칸은 흥분을 감추지 못했다.

"정말 고맙네! 자네 덕분이야!"

"어르신들만 믿겠습니다."

"반드시 카트리나 님과 리에트 양을 구출해 낼 테니, 자네는 이제까지 그래왔던 것처럼 마음을 다스리게나. 제럴드 님의 그 팔찌가 있다 해도 만약이라는 게 있지 않나?"

"이거 말입니까?"

카일은 팔찌를 찬 왼쪽 손목 위로 소매를 내리면서 고개를 가로저었다.

"그다지 도움되진 않을 것 같습니다."

"무슨 소린가?"

"어둠의 기운을 이런 팔찌 하나로 막을 수 있었다면, 그 녀석이 저렇게 고심하지 않았겠죠."

"아, 그런……."

카일의 지적에 잠시나마 기대를 품었던 포르칸의 어깨가 아래로 축 처졌다.

"뭔가 다른 방법이 있을 거라 여기기로 했습니다. 솔직히 더 이상 머리를 복잡하게 만들기 싫어서요. 아까 말씀하신 대로 어르신들께서 그녀들을 구해낸다면 정말… 좋겠지만요."

그 말을 끝으로 카일은 마족이 주둔하고 있는 서쪽으로 발길을 돌렸다.

포르칸은 아무 일도 없었다는 듯 가버린 카일을 향해 오른손을 내밀었다가 움켜쥐면서 거두어들었다.

"옛날이나 지금이나… 자네는 너무 많은 걸 홀로 짊어지고 있구먼."

예전처럼 카일과 함께 모닥불에 둘러앉아 술잔을 기울이며 잠시나마 모든 걸 잊어버리고 싶었다. 그러나 포르칸은 카일과 반대 방향인, 실버윙즈가 주둔하고 있는 동쪽으로 갈 수밖에 없었다.

한숨을 길게 내쉬며 터벅터벅 걸어가는 포르칸의 뒷모습을 멀리서 지켜보는 이가 있었다. 그는 포르칸이 지휘막사를 지나 실버윙즈의 본진 안으로 들어간 걸 확인하고선 지휘막사 안으로 조심스럽게 들어갔다.

"제럴드 님, 잠시 이야기를 나눌 수 있겠습니까?"

4

엘레힘 신성력 1328년 11월 23일.

서부전선을 향해 대규모 병력이 떠난 지 6일째 되는 날.

헤리온을 타고 남부전선으로 투입될 100명의 결사대가 비장한 표정으로 지휘막사 앞에 서 있었다. 안젤리카의 직속 부하 10명을 제외하곤 실버윙즈의 병력으로 구성된 결사대는 처음 구상과는 달리 노병들과 젊은이들이 뒤섞여 있었다. 사실상 두 개로 분리되었던 실버윙즈를 다시 하나로 뭉치게 한 레이크의 사과 덕분이었다.

"정말로 거대하군요."

실버윙즈의 부지휘관인 레이크는 시야를 한가득 메운 헤리온을 보고 감탄을 금치 못했다. 예전 메르키어스 성에 상체를 걸치고 있던 드래곤 형태의 헤리온을 보긴 했지만, 이렇게 가까이에서 보는 것과는 차원이 달랐다.

레이크 옆에 나란히 선 포르칸 역시 마찬가지 심정이었다. 카트리나를 구한다는 신념 하나만 믿고 결사대에 들어왔지만, 과연 저 거대한 생물체 위에 타는 일에 대해 두려워하지 않을 수는 없었다.

"두렵나?"

"솔직히 말하면… 조금 후회되긴 합니다. 그렇다고 물러설 수는 없죠."

"나 역시 마찬가지라네. 자네 말고 다른 사람들도 다 똑같을 거야."

포르칸은 레이크의 왼쪽 어깨에 오른손을 올렸다. 어깨를 움켜쥔 포르칸의 손이나, 움켜쥐어진 레이크의 어깨 둘 다 미세하게 떨고 있었다.

"그것보단, 정말로 괜찮겠나? 이번 작전은 이전까지와 전혀 다르네. 적의 심장부로 돌격하는 일인만큼 그 누구도 살아 돌아올 수 있다고 장담할 수 없어. 나야 이미 살 만큼 산 몸이지만 자네와 젊은이들은 다르지 않나?"

결사대 전원은 쉽사리 접근조차 불가능했던 드래곤의 등에 올라타 평생 경험해 본 적이 없는 하늘을 난다는 두려움을 이겨내야 한다. 그 뒤에는 어둠이 모든 걸 지배하는 공간 속에서 죽음을 각오하고 싸워야 한다.

"그래서 지원자 중 죽어도 슬퍼할 가족 하나도 없는 이들만 추려서 왔습니다."

"자네는? 아버지가 계시지 않나?"

레이크는 순간 움찔했지만 이내 아무렇지 않다는 듯 미소를 지었다.

"정작 사람들을 모아놓고 제가 빠지면 말이 되겠습니까?"

"나도 마찬가지지만, 자네들은… 뭐, 지금 와서 말해봤자 아무런 소용 없겠지."

포르칸 역시 레이크처럼 가족 없이 홀로 살아가는 노병들만 추려서 데리고 왔다. 포르칸의 직속 부하였던 아스레인과 케이븐은 '단장님과 떨어질 수 없다'며 고집을 부린 결과 결사대에 합류할 수 있었다. 정작 포르칸은 손자와 며느리가 있었지만 지금 이 순간만큼은 가족이 없다고 여기며 두려움을 억눌렀다.

"오, 이야기가 끝났나 보군."

"모두 일렬로 모이십시오!"

레이크의 외침에 결사대 전원이 일렬종대로 모였고, 헤리온의 꼬리를 향해 천천히 걸어갔다.

그러나 막상 드래곤으로 변신한 헤리온에 올라타려고 하니 두려움 때문인지 좀처럼 위로 올라가지 못했다.

"흐음, 귀찮겠군."

헤리온의 묵직한 음성이 흘러나오는 순간, 결사대 전원이 허공으로 휙 떠올랐다.

"어, 어어? 이거 뭐야?"

"으아악!"

결사대 멤버들은 손과 발을 마구 휘저으며 비명을 터뜨렸지만, 헤리온은 코웃음을 치고선 결사대에 건 마법을 차분히 진행했다. 헤리온의 마법으로 떠오른 결사대 멤버들이 높이 솟아오르더니 그의 등 뒤에 천천히 안착했다.

"도대체 무슨 일이 일어난 거야?"

"머리가 지끈거리는구먼. 아이고……."

"그나저나 여기 생각보다 꽤 높은데? 아래를 내려다보는 것만으로도 아찔… 으, 으아악!"

헤리온이 살짝 등을 꿈틀거리자 화들짝 놀란 결사대원들은 난리법석을 피웠다. 카일과 안젤리카의 부하들만이 냉정을 지키며 말없이 안전장치를 밧줄에 연결했다.

찰카닥.

결사대원들이 헤리온의 등에 넓게 펼쳐진, 그물처럼 촘촘히 얽힌 밧줄을 강하게 움켜쥐면서 허리에 단 고리를 밧줄에 연결하는 소리가 연달아 이어졌다.

"어르신들, 다들 준비되셨습니까? 레이크! 네 부하들 준비 마쳤지?"

헤리온의 등이 아닌 머리 바로 위에 올라탄 카일은 아래에 있는 결사대원들을 향해 소리쳤고, 포르칸과 레이크가 다 끝났다는 수신호를 보내자 고개를 끄덕였다.

"자, 가보자고."

"알았다."

배를 땅바닥에 대고 있던 헤리온의 거대한 몸집이 천천히 일어서자 등에 매달려 있던 결사대원들의 입에서 또 한 번 아우성이 터져 나왔다. 부유마법으로 서서히 하늘을 향해 떠오르던 헤리온이 공중에 멈춰 서더니 두 날개를 확 펼쳤다.

*　　　*　　　*

서부전선과 남부전선으로 대부분의 병력이 떠난 본진에는 소수의 인원만이 남아 하늘을 바라보고 있었다. 그들 중 유달리 아쉬워하는 시선으로 헤리온의 뒷모습을 응시하는 여성이 있었다.

"하아……."

전력 외 인원으로 분류된 크레아는 깊게 한숨을 내쉬며 자신의 처지를 한탄했다.

마음 같아서는 크레아 자신도 어떻게든 전장에 뛰어들고 싶었다. 그러나 크레아의 특수한 입장을 고려해 제럴드는 여기서 대기해 달라고 부탁했고, 그녀는 고심 끝에 남아 있기로 결정했다.

"역시 아쉬워?"

"……."

같이 남은 쉘리나의 말에 크레아는 입을 다물었다.

"하지만 너마저 포로가 된다면 전황은 더욱 악화될 거야. 게다가 너를 필요로 하는 상황이 온다면 그것만으로도 정말 위험해."

"그렇겠죠."

크레아는 애써 아쉬움을 감추며 현 상황을 납득하려고 했다.

몇 년 전까지만 하더라도 그녀는 자신이 진짜 모르드 왕국의 크레아 공주라고 여겼고, 빛의 용사로 선택된 운명을 의심 없이 받아들였다.

그러나 시간이 흐르며 진실이 밝혀졌고, 그녀의 가치는 봉인의 자물쇠 그 이상도 이하도 아니라는 걸 깨닫고서 좌절했다. 그렇게 힘든 시기를 보내는 동안 만난 자신과 같은 운명을 지닌 '다른 두 여성'은 슬픔과 아픔을 공감할 수 있는 유일한 존재였다.

"그래도 만약, 만약에… 절 필요로 하게 된다면……"

크레아는 소매로 가려진 왼쪽 손목을 매만지며 말끝을 흐렸다.

5

휘이잉.

상공을 가르며 날아가는 헤리온의 주위로 강한 바람이 몰아쳤다.

헤리온이 구사한 마나의 장벽 덕분에 그의 등에 매달린 결사대원들은 바람을 맞지 않았지만, 빠른 속도로 하늘을 가로지르는 현 상황에 잔뜩 긴장한 표정이었다.

경직된 얼굴로 헤리온의 등에 바짝 달라붙어 있는 그들을 향해 카일이 다가왔다. 헤리온의 긴 목을 터벅터벅 걸어온 카일은 헤리온의 비늘 사이로 걸쳐져 있는 밧줄을 붙잡고 포르칸 앞에 도착했다.

"속은 괜찮습니까?"

"배를 타고 한 달 내내 멀미에 시달린 적이 있었는데, 그것에 비하면야…… 아니면 너무 긴장해서 그럴지도 모르겠군."

"전혀 긴장한 얼굴로 보이지는 않습니다만."

혹시라도 떨어질지 모른다는 두려움에 잔뜩 얼어 있는 다른 결사대원들과 달리 포르칸은 카일과 태연하게 말을 주고받았다.

"그런데 자네는 왜 이리 멀쩡한가?"

"그야 이 드래곤의 등에 몇 번 타본 적이 있으니까요. 안젤리카의 등에 타본 적도 있어서 그럭저럭 버틸 만합니다."

카일은 헤리온의 머리 왼쪽 옆에 바짝 다가와 날고 있는 안젤리카의 뒷모습을 바라보며 가볍게 웃었다.

"이제 한 시간 정도만 더 가면 되니 조금만 참으십시오."

"한 시간밖에 안 남았나? 정말 눈 깜짝할 사이에 시간이 확 지나갔구먼. 허허허……."

포르칸은 너털웃음을 터뜨리며 시선을 아래로 내렸다.

이젠 사라진 나라인 모르드 왕국의 땅 위로 녹색 안개가 자욱하게 꼈다. 모르드 왕국의 멸망 이후로 두 달 가까이 시간이 흘러갔지만, 디케이드가 남겨놓고 간 분노는 여전히 사그라질 줄 몰랐다.

"만약 이번 전투에서 우리가 이긴다면, 전쟁은 끝나겠지?"

"아마도요. 하지만 지금은 카트리나와 리에트를 구하는 일만 생각하고 싶습니다."

"그래, 리에트 양도… 그분도 반드시 구해야지."

카일과 포르칸은 시선을 대각선 방향으로 비스듬히 올렸다. 지상에는 여전히 녹색 안개만이 보였고, 그들이 도착해야 할 암흑의 대지의 어두운 기운은 보이지 않았다.

"카일, 흐음… 이런 이야기를 해도 되나 모르겠구먼."

"말씀하십시오."

"자네도 알고 있겠지만 실버윙즈에 모여든 늙은이들은… 다들 과거 전쟁에서 자네와 다른 분들 덕분에 위기를 벗어난 적이 있는 사람들이지. 그중에서도 부상자를 일일이 치료해 주셨던 카트리나 님에 대해서는 각별하다네. 나 역시 그분 덕분에 살아날 수 있었다네."

"그런 이야기, 너무 새삼스럽지 않습니까?"

"그런 그분과 자네를 한때는 미워한 적도 있었지."

"네?"

"아, 오해하지는 말게. 어디까지나 한때였지. 그리고 이성을 잃었을 때였으니까."

포르칸의 시선은 지상이 아닌 하늘 위를 향하고 있었다.

"아들들이 허무하게 죽어나가는 걸 본 후… 나는 슬픔과 허무에서 벗어나지 못했네. 오만 가지 상념에 빠져 시간만 보내던 중에 이런 생각까지 떠오르더군. 그때 그분들이 있었다면 아들들이 내 곁을 떠나지 않았을 텐데… 라는 그런 생각 말일세."

포르칸은 밧줄을 움켜쥐고 있던 오른손을 얼굴 앞으로 가져갔다.

한동안 사라졌다고 여겼던, 마음의 상처가 가지고 온 손끝의 떨림이 다시 찾아왔다.

"하지만 이기적인 생각에 불과했지. 결국 나도 남에게 모든 걸 떠맡기려는 족속이었어. 부끄러웠지."

"그 정도 생각이야 할 수 있지 않겠습니까? 다른 것도 아닌 아드님들께서 돌아가신 일이니까요."

"아닐세. 난 정말 구제불능이었어. 아무리 슬펐다 하여도 그런 생각은 절대 해서는 안 되었어. 절대로."

굳이 입 밖으로 낼 필요없는 이야기를 구구절절 늘어놓는 포르칸이 카일의 눈에 다소 낯설게 느껴졌다. 그러나 포르칸의 말에서 느껴지는 필사적인 의지에 더 이상 토를 달지 않고 듣기만 했다.

"그래서 이번은 절대로 내가 할 일을 남에게 떠넘기지 않을 걸세. 반드시, 카트리나 님을 구해내고 말겠네."

포르칸은 오른손을 아래로 도로 내리고 밧줄을 강하게 움켜쥐었다. 옆에서 그의 이야기를 듣고 있던 다른 결사대원들은 카일과 마찬가지로 침묵을 지켰다.

"반드시."

부들부들 떨고 있는 포르칸의 두 주먹을 보면서 카일은 말없이 자리에서 일어섰다. 그리고 헤리온의 목을 건너 머리 위로 걸어갔다.

"흐음?"

계속 헤리온의 머리 왼편에서 같이 날고 있던 안젤리카가 보이지 않자 카일은 반대쪽을 바라봤다. 그러나 마찬가지로 그녀를 찾을 수 없자 망원경을 꺼냈다. 동그란 시야를 위아래, 좌우로 옮겨봤지만 안젤리카를 찾을 수 없었다.

"어디로 간 거야?"

"뭔가 느낌이 안 좋다며 먼저 앞으로 갔다."

"아, 지금 오고 있는데?"

동그란 시야에 포착된 안젤리카는 매우 다급한 표정을 짓고 있었다.

망원경을 갈무리하고 눈을 감은 카일의 어두운 시야에 타오르는 불길이 여기저기서 솟아나기 시작했다.

"여자의 감이란 참 무섭군."

카일은 등에 걸쳐 멘 두 개의 대검 중 다크블로우를 꺼내며 중얼거렸다.

*   *   *

파바박!

다크블로우에서 뻗어 나온 어둠의 기운이 가시처럼 아크가고일의 몸통에 박혔다.

"하아앗!"

안젤리카가 기합을 내지르며 바람에 휩싸인 랜스를 움켜쥐고 상공을 돌진했다.

그녀에게 달려들던 하피들이 피를 흩뿌리며 튕겨 나가더니 지상을 향해 추락했다.

"카일! 나에게 맡기고 가만히 있어라! 위험해!"

"알았다고!"

하지만 카일은 대답과 달리 헤리온의 긴 목 사이를 왔다 갔다 하며 다크블로우를 휘둘렀다. 다크블로우에서 발사된 어둠의 기운은 어둠으로 뒤덮인 몬스터들을 꿰뚫었고, 그들을 기다리고 있는 녹색 안개가 몬스터들의 시체를 순식간에 녹여 버렸다.

정찰을 나간 안젤리카가 돌아오자마자 헤리온의 주변이 비행 가능한 몬스터들로 뒤덮였다. 섣부르게 헤리온이 움직였다간 등에 탄 이들이 떨어질지 모르는 상황이라 카일과 안젤리카 두 명만의 힘든 전투가 계속되었다.

"모두 엎드려 계십시오!"

안젤리카의 말을 전혀 듣지 않고 전투에 몰입한 카일은, 반대로 자신의 충고를 듣지 않고 무기를 들려는 노병들을 향해 목청을 높였다.

"정말 괜찮겠나?"

"가만히 계시는 게 절 도와주는 겁니다!"

푸욱!

크게 휘둘러진 다크블로우에서 수십여 갈래로 나뉜 어둠의 기운이 몬스터들을 관통해 멀리 뻗어 나갔다. 아래로 후두둑 떨어진 핏방울이 헤리온의 등을 둘러싼 마나의 장벽에 닿자마자 증발해 버렸다.

수백여 마리의 몬스터가 어느새 열 마리 이하로 줄어들었고, 카일의 우려와 달리 단 한 명의 사상자도 생기지 않았다. 여전히 빠른 속도로 상공을 가로지르고 있는 헤리온은 암흑의 대지를 향해 날갯짓을 멈추지 않았다.

촤아악!

카일의 검이 바로 앞까지 날아온 하피의 목을 베어내자 피가 확 뿜어져 나왔다. 얼굴을 뒤덮은 피를 손등으로 훔쳐 낸 카일의 시야가 군데군데 붉은색으로 물들었다.

'그래, 이 정도라면 아직 괜찮아. 어설프게 어둠의 힘을 끌어내지 않도록 평정을 유지해야 해.'

「고작 이 정도로 만족하려 하다니, 실망스러운데?」

"크윽?"

의식 너머에 잠들어 있던 데미트리가 갑자기 입을 열자 카일은 머리를 감싸 쥐며 비틀거렸다. 균형이 흐트러진 카일은 급하게 자세를 바로잡으려 했지만 이미 그의 두 발은 헤리온에게서 떨어진 후였다.

"젠장!"

왼팔을 앞으로 뻗어봤지만 손은 허공을 움켜쥘 뿐이었고, 카일은 지상을 향해 빠르게 추락했다.

휘이잉!

바람을 가르는 소리와 함께 백색 날개가 카일의 눈앞을 가로막았다. 사방으로 흩어진 깃털 사이로 안젤리카가 내민 오른손을 카일의 왼손이 강하게 움켜쥐었다.

"휴우."

한숨을 내쉰 카일은 아래를 내려다보았다. 모든 생명체를 부패시키고 녹여 버리는 부의 기운은 멀리서 봐도 섬찟했다.

고개를 위로 올리니 안젤리카와 시선이 마주쳤다.

"놓고 싶어?"

들어 올리기를 주저하는 안젤리카의 눈빛을 카일은 놓치지 않았다.

"……."

안젤리카는 입을 다문 채 굳은 표정으로 카일을 잡아당겼고, 자연스레 그녀의 등 뒤에 카일이 타는 구도가 되었다.

"다 해치웠지?"

"그렇다. 꽉 붙들어라."

백색의 날개가 펄럭이면서 가속도가 붙자, 카일을 태운 안젤리카는 멀리 앞으로 먼저 가버린 헤리온과을 금세 따라잡았다. 안젤리카가 헤리온의 얼굴 옆에서 속도를 줄이자 카일은 훌쩍 뛰어 헤리온의 머리 위에 착지했다.

"그런 상황에서도 경망스럽게 굴다니, 제정신인가?"

안젤리카는 본능적으로 카일을 구했지만, 막상 구하고 나니 손을 놔버릴까 말까 순간적으로 갈등이 생겼다. 그에 반해 카일은 목숨이 오가는 상황에서조차 할 테면 해보라는 식으로 나왔다.

"그게 내 평소 모습이잖아? 그래야 해."

"카일! 너라는 인간은 도대체……."

"그러지 않으면 솔직히 진정하기 힘들어. 아까도 내 안의 또 다른 목소리가 날 집어삼킬 뻔했거든."

카일은 쓴웃음을 지으며 다크블로우를 검집에 집어넣었다.

"여기까지 와서 짐이 될 수는 없어. 절대로."

카일은 아래로 내린 오른손 끝이 경련하는 걸 느끼고선 조용히 주먹을 쥐었다.

안젤리카는 더 이상 다그치지 못하고 입을 다물었고, 바람을 가르는 소리만이 둘의 귓가를 스치고 지나갔다.

바람에 흩날리는 앞머리를 뒤로 넘기면서 카일은 정면을 바라봤다. 끝이 보이지 않던 녹색 안개 대신 어둠으로 뒤덮인 암흑의 대지가 지평선 너머로 서서히 모습을 드러내기 시작했다.

6

암흑의 대지.

지금으로부터 20여 년 전, 카일과 그의 동료들이 암흑의 화신 제이블란트와 최후의 결전을 벌인 장소.

그 후 크로이저 요새라는 이름으로 바뀐 이곳은 다시 원래의 이름인 암흑의 대지로 되돌아갔다.

"옛날보다 더 심하군."

상공에 떠 있는 헤리온의 머리 위에 서 있는 카일은 이전보다 더 짙은 어둠으로 뒤덮인 암흑의 대지를 내려다봤다. 카일은 암흑의 대지 정중앙에 높게 솟아오른 거대한 탑을 보자마자 과거 혈투를 벌여가며 내려갔던 지하 던전이 지상 위로 솟아오른 것임을 알아챘다.

카일은 과거의 전투를 시작부터 끝까지 천천히 회상했다.

카일과 세 명의 동료는 지하 던전을 한 층씩 내려갔고, 다른 적들이 그들의 뒤에서 기습하지 못하도록 인간 측의 정예 병력이 지하 던전 입구를 둘러싸 지켰다. 던전 아래로 내려갈수록 어둠은 짙어졌고, 제이블란트가 기다리고 있던 던전 최하층에선 아무것도 보이지 않는 암흑 속에서 최후의 결전이 펼쳐졌다.

'과연 이번에도 살아서 돌아갈 수 있을까…….'

100명의 결사대가 두 여성의 수색에 투입된다면, 카일과 헤리온, 그리고 안젤리카 세 명만으로 제이블란트와 맞서야 한다. 네 명이서 최종 결전에 돌입했던 과거와 비교하면 수 자체는 별 차이 없었지만, 서로를 이어주던 굳건한 유대감을 두 마족에게서 느끼기란 무리였다.

'하지만 우선 저 어둠부터 헤쳐 나가야겠지.'

모르드 왕국을 뒤덮었던 녹색 안개 대신 자욱하게 깔린 지상은 말 그대로 '암흑의 대지'였다.

"우선은 저 어둠의 기운을 잠시나마 걷어내야겠군."

드래곤 상태인 헤리온의 세로로 길게 찢어진 눈동자가 가늘게 좁혀졌다.

"안젤리카 공, 모두에게 단단히 붙들고 있으라고 전달하도록."

"알겠습니다!"

안젤리카는 헤리온의 등 쪽으로 빠르게 날아가더니 마족 공용어와 인간의 언어로 헤리온의 지시를 연거푸 외쳤다.

"그러면 슬슬 시작해 볼까?"

날개를 천천히 펄럭이며 공중에 떠 있던 헤리온이 입을 크게 벌리며 마나를 입 앞에 모으기 시작했다. 크게 벌린 입안으로 공기가 빨려 들어가며 뒤로 밀려나기만 했던 카일의 머리칼이 앞으로 휙 쏠렸다.

화르르륵!

헤리온의 입에서 뿜어져 나온 화이어 브레스가 대각선 아래 방향으로 길게 뻗어 나가더니 지상에 도달했다. 처음에는 작은 점으로 보였던 불길이 점점 퍼져 나가더니 거대한 원이 되어 성벽 너머까지 계속해서 뻗었다.

"이 정도면 충분하겠군."

브레스를 모두 뿜어낸 헤리온은 천천히 날갯짓하며 지상을 향해 내려갔다.

쿠웅!

거대한 헤리온의 육체가 지상에 착지하자 잿빛 먼지가 피어오르며 결사대의 시야를 완전히 가렸다. 헤리온의 등에서 결사대 전원이 모두 내려온 후에야 먼지가 완전히 가라앉았

다. 바깥으로 퍼져 나간 불길은 계속 위로 솟아오르며 어둠의
기운이 거대한 원 안으로 들어오는 걸 막아주었다.

암흑의 대지가 크로이저 요새였을 당시 웅장한 위엄을 자
랑했던 성문은 완전히 허물어 내린 지 오래였다. 결사대원들
이 옛 성문 앞에 모여드는 사이 헤리온은 원래의 모습인 드래
고뉴트로 돌아갔다.

"흐음, 이곳이 적당하겠군."

성문이 있던 자리 양옆으로 아직 허물어 내리지 않는 성벽
사이로 걸어 들어간 헤리온은 자세를 낮추더니 오른손을 펼
쳐 땅바닥에 갖다 댔다.

위이잉.

지면에서 솟아오른 원이 헤리온을 감싸더니 빛을 발하면
서 마법진을 형성했다. 원 바깥쪽에서 떠오른 룬문자들이 시
계 방향으로 하나씩 지면에 각인되었다.

"모두 서둘러 주십시오! 두 사람을 찾는 즉시 보고해 주길
바랍니다!"

안젤리카의 지시에 결사대원들은 빠르게 흩어지더니 성벽
안쪽으로 질주했다. 여전히 어둠의 기운으로 뒤덮인 중앙의
탑을 제외하고 결사대원들의 수색이 진행되는 와중에 카일은
헤리온 바로 옆에 서 있을 수밖에 없었다.

마음 같아서는 카일도 수색 작업에 참여하고 싶었지만, 빛
의 마법진이 완성되기 전까진 절대 전투에 참여하지 말라는

혜리온의 충고를 무시할 수 없었다. 화이어 브레스로 형성한 화염의 장벽은 어디까지나 임시 대책. 빛의 마법진이 탑을 둘러싼 어둠의 기운까지 거두어낼 때까지 참으라는 혜리온의 말을 반복해서 떠올리며 카일은 이를 악물었다.

"초조해하지 마라."

마법진의 구현에 온 힘을 쏟아붓고 있는 혜리온의 이마엔 어느새 땀이 송글송글 맺혀 있었다. 뺨을 타고 흘러내린 땀이 턱에 고여 아래로 뚝뚝 떨어졌다.

"카일, 전에 말한 대로 마법진이 완성되기 전까진 어둠의 힘을 쓰지 마라. '잠시'가 아닌 오랫동안 어둠의 기운을 걷어내지 않는다면, 너는 데미트리에게 잡아먹힐지도 모른다."

카일의 시선은 혜리온의 주변을 둘러싼 빛의 마법진을 뚫어져라 응시했다. 원 바깥쪽을 둘러싼 룬문자는 아직 2시 방향도 지나치지 않았고, 애써 억눌렀던 '최악'의 상황이 카일의 뇌리에 떠올랐다 사라지기를 반복했다.

"넌 분명히 나에게 말했다. 여기까지 와서 짐이 될 수 없다면서."

"그랬어. 하지만 언제까지 참아야 하지?"

"견뎌내라. 데미트리가 원하는 결말을 맞이하기 싫다면. 아까도 그럴 뻔하지 않았나?'

카일은 몸을 돌려 하늘 높이 솟아오른 탑을 바라봤다.

마족들에게 자신의 힘을 나눠줬던 과거의 제이블란트와

달리 '지금'의 제이블란트는 솔직히 이길 수 있을지 없을지 조차도 확신할 수 없었다. 옛날처럼 어둠의 힘에 똑같이 어둠의 힘을 최대한 이끌어내면서 맞서면서 싸우다간 데미트리에게 언제 어디서 먹힐지 모르는 상황인지라, 가능한 평정을 유지하는 수밖에 없었다. 페이서처럼 빛의 힘을 지녔다면 어느 한쪽이 이기든 지든 최대한 힘을 이끌어내며 싸울 수 있었겠지만, 무의미한 가정에 불과했다.

'하필이면 나의 힘이 어둠이라니…….'

카일은 빛이 아닌 어둠의 힘을 택한 자신이 처음으로 원망스럽게만 느껴졌다.

"그리고 명심해 둬라. 고작 인간 두 명을 구하는 것이 이번 작전의 진정한 목표가 아니라는 것을."

"……."

7

카트리나와 리에트를 찾기 위한 수색 작업이 3시간 넘게 진행되었지만, 결사대원들은 아무도 살지 않는 텅 빈 건물 안만을 발견하며 낙담했다.

빛의 마법진이 완성되기까지 앞으로 1시간 남짓.

헤리온은 몸 안의 마나를 모두 투입하며 마법진의 완성에 심혈을 기울였지만, 생각보다 진행이 지체되자 초조함은 극에 달했다.

"모두 헤리온 공이 있는 자리로 집결하십시오!"

안젤리카는 결사대원들의 머리 위를 빠르게 날아다니며 진형이 흐트러지지 않게 조절했다.

결사대원들은 더 이상의 수색을 중단하고 성문이 있던 자리로 후퇴했다.

"헤리온 공! 아직도 멀었습니까?"

안젤리카는 헤리온에게 다가가 상황을 물어봤지만, 그의 표정만으로도 상황이 그리 좋지 않음을 직감했다.

"생각보다… 시간이 더 필요하다."

헤리온은 제이블란트가 퍼뜨린 어둠의 기운이 예상보다 강하자 난감해하며 눈썹 사이를 찡그렸다.

화염의 벽에 가로막혀 다가오지 못했던 어둠의 기운이 서서히 성벽 안으로 다시 파고들면서 안전지대를 침식해 왔다. 성벽 밖까지 뻗어 나갔던 화염의 벽은 점점 작아져만 갔고, 벽 너머에서 등장한 적들이 서서히 포위망을 좁혀왔다. 어둠의 기운에 오염된 마족과 몬스터들, 그리고 제이블란트가 죽였던 인간들이 땅속 아래에서 모습을 드러냈다.

"하아앗!"

휘이잉!

화염의 벽 너머에서 발사된 안젤리카의 스피어가 지상에 명중하는 순간, 강렬한 바람이 휘몰아쳤다. 날카로운 바람에 갈가리 찢긴 적들의 시체가 사방으로 흩어졌다.

하지만 찢겨 나간 살점이 서로 뒤엉키면서 끔찍한 모습의 적으로 다시 나타났다. 지면 위로 자욱하게 깔린 어둠의 기운은 제이블란트를 따르는 자들에게 죽음조차 허용하지 않았다.

화르륵!

화염의 벽을 지나 발사된 화염구들이 어둠의 기운에 오염된 적들을 뒤덮었다. 마법사들은 연이어 마법을 구현하며 안젤리카를 지원했지만, 화염의 벽 너머로 충만한 어둠의 기운은 움츠러들기는커녕 조금씩 화염의 벽을 안쪽으로 몰아붙이기만 했다.

'언제까지 참아야 하는 거지? 도대체 언제까지!'

카일은 오른쪽 어깨 위로 튀어나온 다크블로우의 검자루를 움켜쥐었다가 놓기를 반복했다. 마음 같아서는 당장에라도 화염의 벽을 뚫고 지나가 적들에게 달려들고 싶었지만, 헤리온의 왼손이 카일을 붙들고 놔주지 않았다.

"지금 네가 저 어둠 속으로 뛰어든다면 계획은 완전히 뒤틀어져 버린다."

"알고 있어. 하지만!"

"다들 마찬가지 심정이라는 걸 모르는가?"

헤리온의 일침에 카일은 결사대원들을 둘러봤다.

카트리나와 리에트를 찾지도 못하고 그저 물러서기만을

반복하는 결사대원들의 표정은 경직되어 있었다. 실질적으로 전투에 참여 중인 자는 안젤리카와 열 명도 채 안 되는 마법사들밖에 없었고, 헤리온이 구현 중인 빛의 마법진을 향해 다가오는 어둠의 기운은 모두를 초조하게 만들었다.

"모두 물러서십시오!"

하늘에 떠서 연거푸 스피어를 투척 중이던 안젤리카는 물러서기는커녕 되레 어둠의 기운 쪽으로 걸어가는 누군가를 향해 크게 소리쳤다. 점점 작아져만 가는 화염의 벽 가장자리에서 멈춰 선 이는 실버윙즈의 지휘관 포르칸이었다.

"포르칸 님! 이쪽으로 오십시오!"

레이크는 부하들과 노병들에게 제자리를 지키라고 명령한 뒤 포르칸을 향해 급히 뛰어갔다. 그러나 레이크의 만류에도 포르칸은 여전히 그 자리에 서 있었다. 결국 카일과 포르칸의 옛 부하였던 아스레인과 케이븐까지 급히 달려왔다.

"여긴 저에게 맡기십시오! 그러니 뒤로 물러서십⋯⋯."

"카일, 그건 아닐세."

포르칸은 화염의 벽을 향해 한 발 앞으로 내디디며 고개를 천천히 가로저었다.

"아까 내가 했던 말을 기억하고 있나?"

"네?"

"내가 할 일을 남에게 떠넘기지 않겠다고 한 거 말일세. 이게 바로 지금 내가 할 일이라네. 레이크, 이쪽은 내가 맡을 테니 자네는 반대쪽을 지켜주게나. 아스레인과 케이븐, 자네들도 마찬가지야."

"포르칸 님!"

"나에게서 떨어지게나!"

포르칸의 외침에 카일은 자신도 모르게 움찔거리며 뒤로 물러섰다.

"반드시 피를 볼 수밖에 없는 전장이라면, 누군가가 희생되어야 하는 상황이라면… 앞으로 살날이 더 많은 젊은이보다…….."

포르칸은 양손으로 움켜쥔 핼버드를 비스듬히 기울이며 고개를 숙였다.

"나 같은 늙은이가 가는 게 옳은 선택일걸세!"

포르칸은 화염의 벽을 향해 정면으로 뛰어들었다. 거센 불길을 헤치고 앞으로 나간 포르칸의 시야가 순식간에 어둠으로 뒤덮였다. 하지만 그의 몸 안까지 어둠의 기운이 파고들진 못했다.

"엘릭… 베이루크… 크랑쉐……."

포르칸은 세 아들의 이름을 하나씩 읊으면서 아들들의 최후를 되새겼다.

자식들을 지켜주지 못했다는 죄책감이 스스로에 대한 분노로 바뀌면서 포르칸의 몸 안에서 마나가 급격히 요동치기 시작했다.

분노가 가져다준 광기가 그의 눈동자를 붉게 물들였고, 백색의 머리카락이 끝부분부터 적색으로 변하기 시작했다. 과거 아들들을 잃었던 전투에서 눈을 떴던 분노의 힘이 포르칸을 완전히 지배했다.

"하아아앗!"

분노가 가득 서린 고함을 내지르며 포르칸은 핼버드를 위에서 아래로 크게 내리그었다.

어둠의 기운에 감싸인 몬스터들이 일순간에 쓰러졌고, 그시체를 짓밟으며 포르칸은 거침없이 돌격했다.

그가 정면에서 전투에 돌입하자, 안젤리카를 포함한 나머지 결사대원들은 후방을 방어하기 위해 빠르게 이동했다.

마법진을 구현 중인 헤리온을 제외한 오직 한 명, 카일은 전투에 참여하지 못하는 자신을 원망하며 아랫입술을 질끈 깨물었다.

8

파아앗!

헤리온을 둘러싼 빛의 마법진이 완성되며 강렬한 빛이 사방으로 퍼져 나갔다.

"휴우……."

헤리온은 길게 숨을 내쉬면서 천천히 일어섰다. 지면 위로 떠오른 마법진 바깥쪽에 빽빽이 들어찬 룬문자들이 빛을 발하면서 시계 방향으로 천천히 회전 중이었다.

옛 크로이저 요새의 성문 근처까지 다가왔던 어둠의 기운은 빛에 뒤덮여 자취를 감췄고, 화염의 벽이 있던 자리에 빛의 장벽이 새로 솟아났다. 마법진으로부터 빠른 속도로 멀어져 가는 빛의 장벽은 어느새 성벽을 넘어서는 거대한 원이 되었다.

"포르칸 님!"

암흑의 대지에 맞서는 '빛의 대지' 위에 선 카일은 포르칸을 향해 급히 달려갔다.

"괜찮으시……."

그의 등에 수십여 개의 화살과 부러진 창들이 여기저기 박힌 모습을 보고 카일은 말끝을 흐렸다. 너덜너덜해진 갑옷 사이로 피가 주르륵 흘러내려 포르칸의 발 주위를 축축하게 적셨다.

카일을 따라온 실버윙즈의 멤버들 역시 할 말을 잊고 포르칸의 뒷모습만을 멍하니 바라봤다.

"마법진은… 완성되었나?"

"네."

"그래… 다행… 이로군."

털썩.

그가 양손으로 움켜쥐고 있던 핼버드가 아래로 툭 떨어졌고, 힘을 잃은 포르칸이 풀썩 뒤로 쓰러졌다.

"포르칸 님!"

카일은 포르칸에게 다가가 상체를 일으켜 세웠다. 혹시나 하는 기대는 등보다 더 심한 부상을 입은 정면을 보자마자 무참히 깨졌다. 응급치료를 하려고 포르칸의 앞에 선 레이크의 손에서 붕대가 아래로 툭 흘러내렸다.

포르칸은 어둠의 기운에 물든 적들을 화염의 벽 바깥쪽에서 1시간 가까이 홀로 상대했다.

분노에 모든 것을 맡긴 그의 움직임은 마치 야수와도 같았다. 시야에 들어오는 모든 것을 베어내고 찢어내면서 적들이 화염의 벽을 뚫고 안으로 들어오는 걸 절대 용납하지 않았다. 왼쪽 눈을 뚫고 화살이 박혀도, 온몸이 베이고 찔려 피투성이가 되어도 포르칸은 두 다리로 굳건히 서서 핼버드를 휘둘렀다.

어둠 속에서 펼쳐진 포르칸의 혈투는 다른 결사대원들에게 보이지 않았고, 결사대원들은 그저 그가 어떻게 해서든 살아 있기만을 바랄 뿐이었다. 이런 식으로 죽음에 도달하기 직전까지 몰린 포르칸은 그들이 바라던 결말이 결코 아니었다.

"레이크… 인가?"

"단장님!"

포르칸이 새끼손가락이 뜯겨져 나간 오른손을 천천히 들어 올리자, 레이크가 양손으로 강하게 붙들었다.

"자넨 내 손자뻘 나이지만… 전장에서 만나서 그런지… 쿨럭! 아들처럼 느껴졌다네…….."

"단장님…….."

"그래도 자네는 살아남아서… 다행이야…….."

세 아들이 전사한 그때의 전투를 떠올릴 때마다 포르칸은 벗어날 수 없는 슬픔과 죄책감에 평생 괴로워했다. 만약 누군가가 반드시 희생되어야 하는 상황이 온다면 그때야말로 자신이 죽어야 한다고 결심했고, 바로 그날이 오늘임을 그는 직감했다.

"카일… 그분을… 그리고 리에트 양을 반드시 구해내게나…….."

"알겠… 습니다."

"그렇다고 자신을 책망하지는… 말게. 어쩔 수 없는 상황… 아니었는가… 쿨럭!"

"형님!"

"부대장님!"

그를 옛날부터 따르던 아스레인과 케이븐이 포르칸의 왼손을 강하게 붙들었다.

"아무래도 나 먼저 가게 되겠어… 미안하게 되었네."

옛 상관의 최후를 눈앞에 둔 두 남자는 울먹이면서 고개를 숙일 뿐이었다.

포르칸의 주변에는 그와 함께했던 실버윙즈의 멤버들만이

아니라 안젤리카의 부하들까지 그를 바라보고 있었다. 그토록 증오했던 마족들마저 자신을 애처롭게 바라보자 포르칸은 그저 쓴웃음만을 지을 뿐이었다.

"아들… 들아… 못난 애비가… 이제야 너희를 만나러……."

포르칸은 고개를 들어 하늘을 바라봤다.

어둠으로 뒤덮여 아무것도 보이지 않았던 하늘은 그 어느 날보다 푸르렀다.

"간단… 다……."

앞서간 자식들이 있는 곳을 응시하던 포르칸의 두 눈이 천천히 감기면서, 그의 오른손이 레이크의 손 사이에서 스르륵 빠져나왔다.

카일은 말없이 포르칸의 몸을 땅바닥에 뉘였다. 그리고 한쪽 무릎을 꿇으며 고개를 숙였다.

"전원 기립!"

안젤리카의 지시에 그녀의 부하들이 허리를 펴며 자세를 바로잡았다.

안젤리카의 부하들은 랜스를 지면과 수직이 되도록 치켜올렸다. 안젤리카는 포르칸의 옆으로 다가오더니 투구를 벗은 후 고개를 숙이며 고인에 대한 예를 표했다.

자리에서 일어난 카일은 안젤리카의 곁으로 다가오더니 그녀의 왼쪽 어깨에 오른손을 올렸다.

"고맙다."

카일은 이전까지 몇 번이나 망설였지만, 지금만큼은 고마움을 솔직하게 표현해야 한다고 느꼈다.

"정말로… 고맙다."

"나야말로 저 노병에게 감사하지 않으면 안 된다. 그의 희생은 여기 있는 모두를 구했다. 난 절대 이 사실을 잊지 않을 것이다."

"그래, 그렇게 기억해 주면 돼."

안젤리카의 옆을 스쳐 지나간 카일은 포르칸을 향해 한쪽 무릎을 꿇고 있는 결사대원 사이를 지나 빛의 마법진을 향해 걸어갔다.

빛의 대지가 펼쳐지자 어둠의 기운은 요새가 있던 자리 정중앙에 솟아오른 탑 주위만을 감쌀 뿐이었다.

카일은 지그시 두 눈을 감았다. 그러자 어둠으로 바뀐 시야에서 두 개의 미약한 빛이 각자 멀리 떨어진 곳에서 모습을 드러냈다.

눈을 뜬 카일이 두 개의 빛 중 하나가 보인 위치를 향해 고개를 들자, 드높은 탑의 최상층이 시야 정중앙에 포착되었다.

Chapter 54
원치 않았던 반전

1

포르칸의 희생으로 위기를 벗어난 카일과 결사대원들은 두 무리로 나뉘어 각자 행동에 들어갔다.

카일과 헤리온은 높이 솟아오른 탑을 향해 발길을 돌렸고, 안젤리카와 나머지 결사대원들은 또 다른 곳에서 발견된 빛을 쫓아 빠르게 이동했다. 포르칸의 죽음을 가슴에 품은 그들의 표정은 그 어느 때보다 비장했다.

카일 역시 결의에 찬 표정으로 탑 안으로 돌입했다. 짙은 어둠이 그의 시야를 뒤덮었지만, 카일은 개의치 않고 한 층씩 위로 올라갔다. 빛의 마법진이 완성되기 전까지는 검집에서 뽑지도 못했던 다크블로우가 카일의 오른손에 쥐어져 있었지만, 막상 그의 앞을 가로막는 적은 하나도 없었다. 그저 어둠만이 모든 걸 지배한 공간이 층마다 지겹게 반복될 뿐이었다.

계단을 오르는 발걸음 소리만이 어둠 속에 울려 퍼지면서 카일의 긴장은 더해만 갔다. 빛의 마법진이 완성되기 전까진 싸우고 싶어도 나설 수 없는 입장이었던 반면, 지금은 그때의 울분을 풀기 위한 상대조차 나타나지 않았다.

"괜찮은가?"

카일과 함께 탑 안으로 들어온 헤리온은 '서로 다른' 어둠의 기운이 어떤 반응을 보이는지 주시하고 있었다.

"보다시피."

"정말로 문제없나?"

"블랙아웃 모드로 돌입하지만 않으면 괜찮다고 말한 쪽은 너잖아?"

카일은 코웃음을 쳤지만, 미세하게 떨고 있는 입술을 감추기 위해 왼손을 입에 가져갔다. 하지만 이내 어둠 속이라는 걸 깨닫고 손을 도로 내렸다. 시각이 아닌 마나의 흐름으로 주변을 파악 중인 헤리온에겐 당장에라도 사방으로 퍼질 듯한 카일의 마나가 내내 신경에 거슬렸다.

"방심은 금물이다. 널 이곳까지 데리고 온 게 잘한 건지 아닌지 아직도 모르겠다."

"명색이 마족 공작이라는 작자가 할 말은 아니라고 보는

데? 설마 이제 와서 제이블란트와 대적하기 싫다는 의미는 아니겠지?'

카일은 긴장을 떨쳐 내기 위해서 일부러 평상시처럼 비아냥거렸지만, 입술의 떨림은 여전했다.

"뭐… 엘트리안을 사용 못하는 건 아쉽지만 어쩔 수 없지. 다크블로우로 어둠의 힘을 제어하며 쓸 수 있는 선에서 끝나길 바랄 뿐이야. 다른 쪽은 알아서 잘하길 바라는 수밖에 없고."

카일은 또 하나의 빛을 쫓아 결사대원들을 이끌고 간 안젤리카를 떠올리며 묵묵히 계단을 올라갔다. 한 층씩 위로 올라갈 때마다 탑 꼭대기의 빛은 더 강하게 느껴졌고, 그곳에 카트리나나 리에트 둘 중 한 명이 있다는 생각에 초조함은 깊어만 갔다.

'만약 제이블란트가 그녀들과 함께 기다리고 있다면…….'

단순한 구출에 끝나지 않고 목숨을 건 마지막 전투를 치러야 한다는 부담감이 카일을 엄습했다.

20여 년 전에 있었던 최종결전 당시에 카일은 페이서 뒤에 한 걸음 물러서 그를 보조하는 입장이었다. 페이서를 제외한 나머지 세 명은 페이서가 최대한 활약할 수 있게 도와줬고, 빛과 어둠의 치열한 전투는 사흘 동안 이어졌다. 가장 먼저 제이블란트에게 돌격한 건 카일이었지만, 어디까지나 그 전투의 주인공은 페이서였지 카일은 아니었다.

'제이블란트를 상대할 수 있는 자들이라고 쳐도… 나와 헤리온, 그리고 나중에 합류할 안젤리카 정도겠지. 과연 제이블란트를 쓰러뜨릴 수 있을까?'

가능하다면 페이서와 제럴드가 합세할 때까지 기다리고 싶었지만, 헤리온이 구현한 빛의 마법진은 닷새까지만 유효하다. 지지부진하는 사이 서부전선으로 배치되었을 빛의 하수인들이 돌아오기라도 한다면, 인질을 구출해야 하는 입장의 카일로선 부담스러울 뿐이다.

'어떻게 해서든 빛의 마법진이 유지되는 상태에서 끝을 내야 해. 뭣보다 포르칸 님의 결단을 헛되게 만들 수는 없어.'

카트리나와 함께 실버윙즈의 상징이나 다름없던 포르칸의 죽음은 다른 아군의 전사와 격을 달리했다. 그의 시신을 거둬 간 결사대원들은 그야말로 죽음을 각오한 눈빛이었다.

카일은 가능하다면 포르칸의 희생 '만' 으로 이번 작전이 끝나기를 바랐다. 더 이상 누군가가 눈앞에서 죽어가는 광경 따위 보고 싶지 않았기에.

그렇게 결심하며 어둠 속을 헤쳐 나간 카일의 눈앞에 거대한 석문이 모습을 드러냈다. 어느새 탑의 최상층에 도착한 카일과 헤리온은 혹시라도 있을지 모르는 복병을 대비해 주변을 둘러봤지만 아무도 없었다. 대신 석문 너머에서 느껴지는 빛의 기운에 카일은 숨을 고르며 마음을 가라앉혔다.

"너무 순조롭게 여기까지 온 거 같은데……."

그만큼 앞으로 자신에게 닥칠 일이 고될 거라는 예상을 하며 카일은 석문에 양손을 가져갔다.

끼이익.

거친 마찰음을 내며 석문이 열렸다. 문 사이로 들어오는 미세한 빛에 카일은 자신도 모르게 얼굴을 찡그렸다.

문을 열고 안으로 들어간 카일의 발밑에는 붉은색 카펫이 길게 깔려 있었다. 최상층에 위치한 대강당을 가로지르는 카펫의 끝자락에는 백색 법의를 걸친 여성이 무릎을 꿇고 앉아 있었다. 카펫까지 내려온 긴 은발을 보는 순간, 카일의 눈동자가 확 커졌다.

"카트리나!"

카일은 카펫 위를 질주하며 그녀의 이름을 외쳤다. 카펫 양옆에 촘촘히 놓여 있던 촛불들이 그가 지나가자 사그라들었다가 다시 불타오르며 물결처럼 흔들렸다. 그녀와의 거리가 좁혀질수록 심장의 고동이 걷잡을 수 없을 정도로 빨라졌다.

"내가 왔어! 그러니……."

카일이 내민 오른손이 카트리나에게 닿기 직전, 둘 사이를 가로막는 어둠의 벽이 빠르게 펼쳐졌다. 카일은 그대로 어둠의 벽을 향해 돌진하려고 했지만 뒤따라온 헤리온이 그의 뒷덜미를 강하게 잡아당기며 제지했다.

"이거 놔! 카트리나가 바로 저 너머에……!"

"진정해라! 저 벽을 넘어갔다면 제이블란트의 어둠에 휘말렸을 거다!"

헤리온은 카일의 오른손을 가리키며 목소리를 높였다. 잠시 어둠의 벽에 닿았을 뿐인데도 카일의 어둠과는 다른 '또 하나의 어둠'이 그의 오른손을 휘감았다.

"으윽……."

카일은 어금니를 강하게 깨물며 '또 하나의 어둠'을 떨쳐 내기 위해 정신을 집중했다. 다행히 카일이 지닌 어둠의 기운이 오른손을 뒤덮으며 위기에서 벗어났지만, 이전에 상대했던 또 하나의 어둠보다 더 강한 고통에 괴로워했다.

"23년 만인가?"

또 하나의 어둠.

아니, 어둠 그 자체인 존재가 카일에게 말을 건넸다.

"오래간만이다, 카일."

어둠의 벽 너머에서 흘러나온 목소리에 카일은 이를 악물었다.

필사의 각오로 쓰러뜨렸고, 봉인시켰던 암흑의 화신 제이블란트.

20여 년이라는 시간이 지난 뒤 다시 만난 제이블란트는 오르갈트의 육체로 카일 앞에 모습을 드러냈다.

"아니, 카일이라고 말할 수 있는 시간도 그리 길지는 않아 보이는군."

"크흑……."

"날 상대할 자가 너일지, 아니면 네 몸 안에 똬리를 틀고 있는 또 다른 존재일지……."

2

어둠의 벽을 지나 천천히 걸어 나온 제이블란트는 여유로운 표정을 지으며 두 남자를 맞이했다. 제이블란트가 차지한 오르갈트의 육체는 원 소유자가 단 한 번도 짓지 않았던 사악한 미소를 노골적으로 보여줬다.

원래 백색이었던 엘레힘 교단의 법의는 어둠의 기운에 휩싸여 검게 변해 버렸고, 오르갈트가 쓰던 해머 디스트로이어 역시 마찬가지였다.

쿠웅!

제이블란트가 디스트로이어로 대강당 바닥을 내려찍자, 굉음과 함께 탑 전체가 흔들렸다.

바닥 전체에 금이 쫙쫙 그어졌고, 그 금 안으로 붉은 카펫이 빨려 들어가며 갈가리 찢겨 나갔다.

"정말로 길었다."

성검 레디언스에 의해 봉인되어 있던 23년은 제이블란트에게 있어서 굴욕의 시간이었다.

"나는… 너무나 긴 시간 동안 갇혀 있었다. 무능하기 짝이 없던 어둠의 후예들을 믿고 힘을 나눠준 결과였지."

제이블란트의 시선이 잠시 헤리온에 머물렀다가 도로 카일을 향했다.

"나에게 버림받았다고 착각하지 마라, 추잡한 어둠의 후예여! 날 지키지 못한 대가를 너희는 아직 치르지도 않았다!"

카일 안에 도사리고 있는 데미트리를 향한 제이블란트의 일갈이 갈라진 바닥을 진동시켰다.

"하나 그전에 감히 날 봉인했던 인간들에게 응징하도록 하겠다. 페이서, 제럴드, 카트리나… 그리고 카일!"

제이블란트는 바닥에 깊숙이 박혀 있던 디스트로이어를 꺼내 카일을 향해 내밀었다.

"나는 영혼밖에 없는 찌꺼기 따위를 상대하고 싶지 않다. 명심해라! 널 집어삼킬 자격은 나만의 것이다, 카일."

제이블란트는 데미트리의 존재 자체를 비웃으며 디스트로이어의 손잡이를 강하게 움켜쥐었다.

디스트로이어를 감싼 어둠의 기운이 카일의 흑염처럼 타오르기 시작했다. 그는 23년 동안 담아두었던 분노를 마음껏 발산하며 카일이 덤비기만을 기다렸다. 23년 전, 페이서보다 먼저 자신에게 달려들었던 카일의 모습을 떠올리면서.

"……."

반면 카일은 어둠의 벽 너머에 있는 카트리나를 의식하며 제이블란트와의 거리를 유지했다.

어둠의 벽이 나타나기 직전, 가까이에서 봤던 카트리나는 두 눈을 감고 기절한 상태였다. 가능하다면 카트리나부터 구출하고 난 뒤에 제이블란트와의 결전에 돌입하고 싶었지만, 어둠의 벽에선 그 어떤 빈틈도 보이지 않았다.

"저 여자를 구하고 싶겠지?"

제이블란트가 오른손을 옆으로 뻗자, 어둠의 벽이 순식간에 투명하게 변했다.

"하지만 그런 일은 없을 것이다. 카일, 네가 맞이할 결말은 내 어둠 속에서 서서히 죽어가는 절망뿐이다."

투명한 벽 너머에서 카트리나를 다시 본 카일은 두 주먹을 강하게 움켜쥐며 부들부들 떨었다. 그사이 정신을 차린 카트리나가 천천히 고개를 들었고, 자연스레 카일과 눈이 마주쳤다.

"카… 카일?"

카일을 알아본 카트리나는 그에게 다가가려고 했지만, 제자리에서 더 이상 나가지 못하고 멈춰 섰다. 그녀의 목과 양쪽 손목, 발목에 차인 족쇄는 여전히 빛의 힘을 억눌렀고, 족쇄와 벽을 연결하고 있는 사슬이 팽팽하게 잡아당겨질 뿐이었다.

"카트리나, 조금만 기다려 줘."

화르륵!

오른손에 움켜쥔 다크블로우의 검신 바깥쪽에 붉은 불길이 치솟았다. 불길은 이내 얇은 선으로 바뀌어 검신의 테두리를 둘러쌌고, 어둠의 기운으로 가득 찬 검신 안쪽은 짙은 검은색으로 바뀌었다.

"조금만… 별로 오래 걸리진 않을 거야."

"카일…….."

카트리나의 안타까워하는 시선에서 눈을 뗀 카일은 제이블란트를 노려보며 검자루를 강하게 움켜쥐었다.

"헤리온, 부탁한다."

"어느 한쪽이 쓰러지기 전까진 끝나지 않을 전투가 되겠군."

헤리온의 양손에 빛이 모이면서 주변을 환하게 비췄다.

"카일, 빛의 마법진을 너무 과신하진 마라."

"알았어!"

카일은 대답하자마자 제이블란트를 향해 정면으로 돌진했다.

카앙!

카일의 다크블로우와 제이블란트의 디스트로이어가 서로 격돌하며 각자 다른 어둠이 서로 뒤엉키기 시작했다.

파아앗!

바로 그때, 헤리온에게서 뿜어져 나온 강렬한 빛이 탑 최상층을 가득 메웠다.

3

콰앙!

대강당의 입구를 막고 있던 석문이 박살 나며 우수수 무너져 내렸다. 머리 위로 쏟아지는 파편 사이를 뚫고서 카일의 다크블로우가 제이블란트의 심장을 노렸다.

카앙!

하지만 디스트로이어와 다크블로우가 맞부딪히는 순간, 카일의 오른손이 뒤로 확 밀려나가며 기습은 무위로 돌아갔다.

"고작 이 정도인가?"

제이블란트는 카일을 비웃으며 어둠의 기운을 뿜어냈다. 카일은 재빠르게 몸을 숙이며 바닥에 떨어진 다크블로우를 급히 주워 들려고 했지만, 앞으로 뻗은 오른팔은 부들부들 떨기만 할 뿐 움직이지 않았다.

"위험해!"

헤리온이 빛에 휘감긴 오른팔을 뻗으며 제이블란트의 얼굴을 노렸다. 그러나 제이블란트 역시 오른손을 옆으로 빠르게 뻗으며 헤리온이 더 이상 다가오지 못하게 저지했다.

서로 맞댄 손바닥을 경계선으로 헤리온의 빛과 제이블란트의 어둠이 뒤섞이면서 회색의 장벽이 형성되었다. 서로 밀리지 않기 위해 두 다리로 버티고 서 있었지만, 일그러진 헤리온의 표정과 제이블란트의 얼굴에 떠오른 미소만 봐도 누가 밀리는지 알 수 있었다.

"크윽……."

카일은 다크블로우를 다시 움켜쥐었지만, 아직 가시지 않은 충격에 손바닥의 감각이 온전히 돌아오지 않았다. 헤리온이 제이블란트를 혼자 상대하는 사이 뒤로 물러선 카일은 충격으로 마비된 오른손을 왼손으로 연이어 누르며 감각이 돌아오기만을 기다렸다.

쾅!

어둠의 기운에 확 밀려 나간 헤리온이 두 발을 땅에 댄 채로 벽에 처박혔다.

"너 역시 마찬가지로군. 너무나 초라한 빛이었어."

제이블란트는 카일을 정면으로 바라보면서 오른팔을 옆으로 뻗었다. 팔에서 요동치던 어둠의 기운이 여러 갈래로 나뉘더니 나선을 그리며 헤리온을 향해 날아갔다.

"모든 걸 정화시키는……."

양팔을 교차시켜 정면을 방어한 헤리온은 주문을 영창하기 시작했다.

"…빛의 불길이여!"

화르륵!

헤리온의 크게 벌린 입에서 뿜어져 나온 빛의 불길이 제이블란트를 뒤덮었다. 빛의 불길이 사방으로 퍼져 나가면서 바닥에 깔려 있던 어둠의 기운을 소멸시켰다. 그러나 제이블란트는 빛의 불길 속에서도 미소를 잃지 않았다.

"용의 피를 물려받는 존재의 힘이 고작 이거인가?"

쿠웅!

제이블란트가 디스트로이어로 지면을 강타하자 빛의 힘에 눌려 사라졌던 어둠의 기운이 대강당 바닥 아래에서 다시 스멀스멀 피어오르기 시작했다. 그사이 카일은 오른손으로 다크블로우의 검자루를 움켜쥐며 일어섰지만, 먼저 공격하지 않고 제이블란트와의 거리를 유지하기만 했다.

"나를 20년 넘게 어둠 속에 가뒀던 너의 힘은 이 정도가 아닐 텐데……. 예전에 보여줬던 그 어둠은 도대체 어디로 간 건가?"

힘을 억누른 채로 자신과 맞서는 카일에 제이블란트는 노골적으로 실망을 표했다.

카일의 몸 안에 또 다른 존재가 머무르고 있다는 걸 알고 있었지만, 그건 20여 년 전에도 마찬가지였다. 그럼에도 당시의 카일은 제이블란트 앞에서 어둠의 힘을 거리낌 없이 구사했고, 그런 카일의 모습은 제이블란트에게 인상 깊게 남았다.

휘리릭!

제이블란트의 오른손에서 발사된 어둠의 기운이 카일의 목을 채찍처럼 휘감았다.

"으아악!"

어둠의 가시들이 칠흑의 갑옷을 으깨면서 살갗 안으로 파고들자 카일의 입에서 비명이 터져 나왔다. 카일은 목 주위를 둘러싼 제이블란트의 어둠을 왼손으로 붙잡았지만, 제이블란트는 눈 하나 깜빡하지 않고 카일을 공중으로 들어 올렸다. 발버둥치는 카일의 아래로 부서진 갑옷 파편이 우수수 떨어졌다.

강렬한 고통 속에서 카일의 의식이 흐려지면서 동시에 시야도 희미해져 갔다.

"크윽, 이렇게 끝날 수는……."

이대로 데미트리에게 육체를 넘길 수 없다는 생각에 카일은 이를 악물었다.

"…없어!"

목을 둘러싼 어둠의 가시들을 뜯어내면서 카일은 다크블로우를 강하게 움켜쥐었다. 검게 물든 다크블로우에서 뻗어나온 어둠의 기운이 아까 카일이 당했던 것과 마찬가지로 제이블란트의 목을 휘감았다.

"호오?"

제이블란트는 카일의 기습에 감탄했지만, 이내 실망하는 표정을 지었다.

"하지만 이걸로는 부족하다."

제이블란트는 카일의 어둠을 목에 휘감은 채로 지면을 박차 높이 뛰어올랐다. 둘이 서로 격돌하는 순간, 짙은 어둠이 공중에서 피어오르며 두 사람을 감쌌다.

카앙! 캉!

다크블로우와 디스트로이어가 서로 부딪히는 소리만 들릴 뿐, 카일과 제이블란트의 모습은 어둠 속으로 사라져 보이지 않았다. 헤리온은 대강당 중앙에 피어오른 어둠이 걷히기를 기다리며 빛의 힘을 오른손에 응축시켰다. 여전히 카일과 제이블란트는 보이지 않고 무기가 부딪히는 소리만이 들렸지만, 어둠 속에서 '두 개의 어둠'이 서로를 집어삼키기 위해 격렬하게 사투를 벌이고 있다는 것은 알 수 있었다.

"여전히."

제이블란트의 실망이 가득 담긴 목소리가 흘러나오며 어둠이 사방으로 흩어졌다.

어둠이 있던 자리 아래로 착지한 카일의 숨소리는 매우 거칠었다.

"허억, 헉… 제길."

칠흑의 갑옷 안쪽은 온통 땀투성이가 되어버렸고, 제이블란트의 어둠에 베인 얼굴 여기저기에선 피가 주르륵 흘러내렸다.

대강당에서의 전투는 시간이 흘러갈수록 점점 카일에게 불리하게 전개되었다. 헤리온이 지닌 빛의 힘은 카일의 예상보다 강력했지만, 헤리온이 페이서처럼 빛에 특화된 체질이 아닌지라 제이블란트의 어둠의 기운과 끝까지 맞서기엔 한계가 보였다.

"카일, 우선은 물러선 뒤에 나중을 기약……."

"그럴 순 없어."

헤리온의 말을 도중에 끊으며 카일은 숙였던 상체를 천천히 일으켰다. 지팡이 삼아 거꾸로 쥔 다크블로우를 타고 땀방울이 주르륵 흘러내렸다. 왼팔 소매 안쪽에 찬 팔찌의 존재가 유달리 민감하게 느껴졌다.

"날 놀라게 했던 그 어둠을 네가 보여주지 않는다면……."

제이블란트는 오른손을 들어 올리더니 천천히 아래로 그었다. 어둠이 세로 방향으로 길게 찢기면서 나타난 또 하나의 공간 속으로 제이블란트는 걸어 들어갔다.

"내 쪽에서 보여주겠다."

제이블란트가 모습을 감추자, 대강당을 포함한 탑 전체가 크게 흔들리며 아래위로 요동쳤다.

천장이 와르르 무너져 내리며 빛이 내리쬐였지만 그것도 잠시, 발목 아래까지만 차올랐던 어둠의 기운이 위로 확 올라오며 카일의 시야를 가로막았다.

"이건… 설마?"

이전까지 자신이 아닌 타인에게만 보여줬던 깜깜한 공간.

블랙아웃 모드의 페이즈 2에서 보여줬던 칠흑 같은 어둠.

그와 맞섰던 적들을 공포에 빠뜨리며 한 명씩 절망으로 끌어들였던 기술이 암흑의 화신 제이블란트에 의해 전개되었다.

4

한 치 앞도 보이지 않는 어둠 속은 고요했다.

이 어둠 속에서 무슨 일이 일어날지 그 누구보다 가장 잘 아는 카일은 신경을 바짝 곤두세웠다. 카일은 천천히 숨을 고르면서 다크블로우를 쥔 채로 제자리에 멈춰 섰다.

그러나 이제까지 카일에게 당했던 자들과 마찬가지로, 어둠 속에 녹아든 '진정한 어둠'을 카일이 찾아내기란 불가능에 가까웠다.

우두둑.

"으아악!"

어둠 속에서 뻗어 나온 누군가의 팔이 카일의 오른팔을 강하게 움켜쥐었다. 다크블로우가 바닥에 떨어지며 낸 소리와 카일의 비명 소리만이 어둠 속에서 울려 퍼졌다.

"으윽……."

카일의 뺨을 타고 식은땀이 주르륵 흘러내렸다. 갑옷과 함께 으스러진 그의 오른팔이 아래로 축 처졌다.

"네가 진정한 힘을 발휘할 때까지 하나하나 부숴주겠다."

카일은 목소리가 들린 방향으로 몸을 돌렸지만, 여전히 어둠만이 시야에 가득할 뿐이었다.

카일은 왼손으로 오른쪽 팔꿈치를 움켜쥐었다. 어둠의 기운으로 부상 부위를 감싸 더 이상의 출혈을 막으면서 왼손으로 다크블로우를 주워 들었다.

'침착하자. 어둠의 공포에 짓눌리면 안 돼. 언제까지 이 어둠을 계속 유지할 수는 없을 거야.'

예전처럼 어둠의 힘을 마음껏 사용할 수 없는 지금, 카일은 그저 시간이 흐르기만을 기다리는 수밖에 없었다.

"……!"

오른쪽 어깨에서 느껴진 미지의 감각에 카일은 반사적으로 피하며 다크블로우를 휘둘렀다.

"허억, 허억……."

다행히 이번 공격은 피했지만, 언제 어디서 다시 시작될지 모르는 제이블란트의 기습에 호흡이 다시 거칠어졌다.

'난 여기서 쓰러질 수 없어. 데미트리에게 먹혀서는 안 되고, 제이블란트에게 쓰러져서는 더더욱 안 돼!'

제이블란트와의 전투가 시작된 이후, 투명한 벽에 바짝 다가와 자신을 바라봤던 카트리나의 걱정 어린 시선을 떠올렸다.

"으윽!"

어둠의 손이 카일의 뒤에서 오른쪽 허벅지를 움켜쥐자 고통에 찬 신음 소리가 흘러나왔다. 뜯겨 나간 갑옷 안쪽에서 피가 흘러나와 발목까지 적셨다.

카일은 당장에라도 주저앉고 싶은 유혹을 견뎌내며 어둠

의 기운으로 상처를 휘감았다.

"생각보다 끈질기군."

"윽!"

핏방울이 튀어 오르며 카일의 등을 보호하고 있던 갑옷이 세로로 길게 갈라졌다.

"하지만 버티는 것 외에 네가 할 수 있는 게 있을까?"

이번에는 왼쪽 옆구리를 강타한 통증에 카일이 휘청거렸다. 결국 한쪽 무릎을 꿇을 수밖에 없게 된 카일은 얼굴을 찌푸리며 고통을 참아냈다. 너덜너덜해진 망토의 끝자락까지 피가 스며들어 붉게 변해 버렸다.

카앙!

처음으로 어둠 속의 공격에 반격한 카일의 다크블로우가 미세하게 떨렸다.

"아직은… 버틸 수 있어."

카일은 상처 부위를 어둠의 기운으로 감싸는 걸 포기했다.

대신 사방에서 언제 들어올지 모르는 공격을 막아내고 버티는 것에 온 정신을 집중했다. 이미 입은 부상은 어쩔 수 없다고 쳐도 더 이상의 기습에 당하지 않겠다는 결단이었다.

카앙! 캉! 카앙!

어둠 속에서 제이블란트의 공격을 막아낸 소리가 연달아 이어졌다. 상처에서 흘러나온 피가 발밑에 고여 작은 웅덩이를 이뤘지만, 카일은 개의치 않고 날카로워진 감각에 모든 걸 맡겼다.

"이렇게 당하는 입장이 되니… 참으로 교활하고 지독한 방식이었군, 페이즈 2에서의 공격 방식이."

카일은 쓴웃음을 지으며 다크블로우를 아래에서 위로 크게 휘둘렀다. 그러자 검끝에 무언가가 깊숙이 베여 나간 느낌이 검자루를 통해 전달되었다.

"흐음?"

어둠 속에 모습을 감추고 있는 제이블란트는 의외라는 반응을 보였다.

"뭔가 이상하군. 아직도 이 육체에 완전히 적응하지 못해서인가? 인간의 몸 따위, 참으로 거추장스러워."

카일은 제이블란트의 목소리가 들리는 방향을 일부러 무시하면서 또다시 시작될지 모르는 기습에 대비했다. 어차피 어둠 속에서 들리는 그의 목소리로 위치를 파악하기란 불가능하기에.

쨍그랑!

유리창이 깨지는 소리와 함께 푸른빛의 직선이 어둠의 공간을 갈랐다.

"카일! 살아 있다면 대답해라!"

카일은 왼편 저 멀리서 들려온 목소리 쪽으로 고개를 돌렸다.

영원히 지속될 것만 같았던 어둠이 서서히 걷히면서 시야가 원래대로 돌아가기 시작했다. 완전히 무너져 내려 뻥 뚫린 천장을 통해 안젤리카가 두 날개를 활짝 펼치며 급강하했다.

휘이잉!

휘몰아치는 바람과 함께 대강당에 착지한 안젤리카의 등 위에 누군가가 올라타고 있었다.

"이쪽은 구출을 마쳤다!"

카트리나와 함께 포로로 붙잡혔던 리에트가 급히 뛰어내리며 카일에게 다가갔다.

5

제이블란트가 전개한 어둠이 사라지면서 하늘에서 빛이 쏟아졌다.

천장에 이어 벽까지 완전히 허물어진 대강당에 강한 바람이 몰아쳤다. 바람에 정면으로 맞선 카일의 망토는 바닥과 거의 수평이 되도록 펄럭였다.

제이블란트가 전개했던 어둠의 장막을 헤치고 살아 나온 카일과 헤리온은 서로를 바라보고 말없이 고개를 끄덕거렸다. 카일 못지않게 전신이 만신창이가 된 헤리온은 치유마법으로 부상을 회복시키는 중이었지만, 어둠의 기운에 당한 상처는 좀처럼 아물지 않았다.

리에트는 입을 다문 채로 카일 옆에 나란히 섰다. 두 남녀는 3개월 만의 재회에 기뻐하기 앞서 눈앞에 닥친 현실을 극복해야 했다.

쿵!

리에트의 폭이 넓은 팔소매 안에 감춰져 있던 플레일이 사슬과 함께 아래로 툭 떨어졌다. 이전 같았으면 제이블란트의 어둠에 압도되어 전의를 상실했겠지만, 투명한 벽 너머에 있는 카트리나를 보고 리에트는 용기를 얻었다.

대강당 중앙에 홀로 서 있는 제이블란트를 중심으로 동쪽에는 헤리온이, 서쪽에는 안젤리카가 자리를 잡았다. 그리고 남쪽에는 카일과 리에트가 건너편에 있는 카트리나를 응시하며 상황을 살폈다. 카트리나의 앞을 가로막고 있는 투명한 장벽은 무너져 버린 벽 대신 그녀를 사방으로 둘러쌌다.

"옛날과 똑같이 네 명이서 나를 상대하겠다, 이건가?"

20년 전 인간으로만 구성되었던 인원들과 달리 지금은 인간과 어둠의 후예가 반씩 섞인 네 명이 탑의 최상층에 있었다.

"그때는 너희가 이겼지. 하지만 이번에도 그러할까?"

오르갈트의 육체에 아직도 남아 있는 빛을 촉매로 자신의 어둠을 증폭시킨 제이블란트의 힘은 분명히 과거와는 달랐다. 그렇기에 상대가 두 명이나 늘어났음에도 제이블란트의 자신만만한 태도에는 변함없었다.

'그래야 해. 하지만 블랙아웃 모드로 돌입하지 않고도 제이블란트를 쓰러뜨릴 수 있을까?

안젤리카와 리에트가 합세했음에도 카일은 여전히 전투가 힘들게 전개될 거라 예측했다. 특히 카일은 제이블란트뿐만 아니라 내면의 적 데미트리하고도 싸워야 하는 입장이기에 부담감은 더욱 컸다.

"카트리나, 구할게."

리에트가 짤막하게 입을 열며 팔에 연결된 사슬을 꾹 움켜 쥐었다.

그녀의 결단에 카일은 입술 왼쪽 끝을 살짝 올리며 방금 전까지의 망설임을 떨쳐 냈다.

'그래, 후퇴하자는 헤리온을 부정한 쪽은 나였어. 여기까지 온 이상 주저하는 건 나답지 않지.'

카일이 다크블로우를 오른손에 움켜쥐자 가라앉았던 고통이 되살아나면서 표정이 일그러졌다.

하지만 고통이야말로 살아 있어야 느낄 수 있는 감각이라 여기며 참고 견뎌냈다.

"좋다, 몇 명이든 상관없다. 다시 덤벼라."

제이블란트가 양팔을 옆으로 펼치자 어둠의 기운이 대강당 위로 서서히 피어올랐고, 하늘에서 쏟아지던 빛은 어둠에 잠식되어 아래서부터 사라져 갔다.

카일과 헤리온를 뒤덮었던 어둠의 장막보다 옅은 어둠이었지만, 제이블란트 주위에 머무는 어둠의 기운은 둘을 상대할 때보다 한층 더 강한 기세를 뿜어냈다.

* * *

리에트를 구출하는 데 성공한 결사대원들은 최후의 결전
이 펼쳐지고 있는 탑 아래 모여 있었다.

그들의 시선은 탑 꼭대기를 향했다. 어둠에 둘러싸인 전투
가 어떻게 전개되는지 알 수 없음에도 결사대원들 전원 고개
를 들고 탑 정상에서 눈을 떼지 못했다.

"무사히 돌아오셔야 할 텐데……."

실버윙즈의 부지휘관 레이크는 답답한 마음에 손바닥을
쥐었다 폈다를 반복하며 한숨을 내쉬었다.

결사대원들은 카트리나와 리에트 둘 중 한 명이라도 구출
하면 재빨리 암흑의 대지에서 벗어나라는 지시를 받긴 했다.
하지만 페이서 측에 보낸 연락병을 제외하곤 레이크를 포함
한 결사대 내의 실버윙즈 멤버 중 먼저 돌아간 이는 단 한 명
도 없었다. 그저 암흑 속의 전투가 승리로 끝나기만을 바라며
기다릴 뿐이었다.

이는 안젤리카가 데리고 온 그녀의 직속 부하들 역시 마찬
가지였다.

"공주님……."

안젤리카의 부하인 코르티는 상관의 무사함을 기원하며

어둠이 감도는 탑 정상을 응시했다.

원래는 죽음을 각오하고 다른 동료들과 함께 안젤리카를 따라갈 작정이었다. 하지만 무의미한 희생은 예전 카일과의 전투로 족하다는 안젤리카의 단호한 결정을 거역할 수 없었다.

콰앙!

안젤리카가 다시 어둠 속으로 돌진하는 순간, 폭발이 일어나며 탑 전체가 심하게 흔들렸다.

박살 난 돌조각들이 빠르게 탑 아래로 떨어졌다. 결사대원들은 급히 뒤로 후퇴했지만, 일정 이상 물러서지 않은 채 탑 정상을 향한 눈을 떼지 않았다.

6

콰아앙!

어둠 속에서 빛이 폭발하면서 제이블란트가 뒤로 밀려났다.

카트리나를 가두고 있는 투명한 벽 바로 근처에서 멈춰 선 제이블란트는 오른손을 앞으로 내밀었다. 양 갈래로 나뉘어 뻗어 나간 어둠의 촉수는 제이블란트를 공격한 헤리온이 아닌, 상공을 날고 있던 안젤리카를 급습했다.

"커헉!"

양쪽 날개를 붙잡힌 안젤리카가 제이블란트를 향해 겨냥 중이던 스피어를 대강당 바닥을 향해 떨어뜨렸다.

휘이익!

어둠의 촉수를 거두어들이며 안젤리카를 가까이 끌고 온 제이블란트는 그녀의 얼굴을 찬찬히 뜯어보더니 피식 웃었다.

"너는… 그래, 기억났다. 헤르시나의 딸인가. 우둔한 생명체에게서 나온 핏덩어리답게 어리석군."

과거 있었던 전쟁 당시 어둠의 후예에 속하기를 거부했던 여군주의 이름을 말하면서 제이블란트는 사악한 미소를 지었다.

우드득.

어둠의 촉수가 안젤리카의 두 날개를 바깥쪽으로 천천히 잡아당겼다.

"아아악!"

안젤리카의 입에서 비명이 터져 나오자 제이블란트의 미소는 더욱 짙어졌다.

휘리릭!

빛에 휘감긴 플레일이 제이블란트를 노리고 날아갔지만, 제이블란트는 오른손을 뻗어 맨손으로 플레일을 붙잡았다. 제이블란트가 오른손을 움켜쥐며 플레일을 박살 내려는 순간, 리에트는 잽싸게 쇠사슬을 잡아당기며 도로 빼냈다.

"그렇다면······."

제이블란트의 손에서 또 다른 어둠의 촉수가 뻗어 나오자, 리에트가 몸을 숙이며 제자리에서 빠르게 회전했다. 플레일에 매달린 기다란 쇠사슬이 그녀의 움직임에 따라 커다란 원을 그리며 어둠의 촉수들을 잘라냈다.

쿠웅!

제이블란트가 디스트로이어를 강하게 아래로 내려치자 거대한 균열이 대강당 바닥을 타고 길게 이어졌다. 그 균열을 따라 어둠의 가시들이 마구 솟아 나왔지만, 리에트는 미끄러지듯 바닥을 타고 이동하며 피했다.

"천마의 날개여!"

안젤리카의 외침에 반쯤 뜯겨 나갔던 날개가 무수한 깃털로 나뉘더니 제이블란트의 정면에서 마구 흩날렸다. 깃털 하나하나가 만들어낸 작은 소용돌이가 이내 하나로 합쳐지더니 바람의 장벽을 형성했다. 제이블란트로부터 벗어난 안젤리카는 대강당 가장자리를 시계방향으로 빙 돌더니 높이 뛰어오르며 새 날개를 펼쳤다.

휘리릭!

리에트가 휘두른 플레일이 빙글빙글 돌더니 플레일에 이어진 쇠사슬이 제이블란트의 오른팔에 칭칭 감겼다.

"리에트! 계속 붙들고 있어!"

카일의 다크블로우에서 뻗어 나온 어둠의 가시가 이번에

는 제이블란트의 왼팔을 강하게 붙들었다.

"하아앗!"

하늘 높이 솟아오른 안젤리카는 순식간에 양팔이 봉쇄당한 제이블란트를 향해 대각선 아래로 돌진했다. 그녀가 쥔 랜스를 중심으로 나선형의 바람이 휘몰아치며 제이블란트를 덮쳤다.

휘이이잉!

쐐기 모양의 강렬한 돌풍이 휘몰아치며 부서진 건물 파편이 허공에 흩날렸다.

"여전히 부족하군."

그러나 안젤리카의 랜스는 제이블란트의 바로 코앞에서 멈춘 채 더 이상 나가지 못했다.

제이블란트는 여유롭다는 표정을 지으며 쇠사슬에 묶인 오른팔을 천천히 앞으로 끌어당겼다.

"사라져라."

콰아앙!

어둠의 기운이 폭발하면서 안젤리카가 허공으로 떠올랐다가 대강당 바닥으로 떨어졌다.

산산조각 난 투구 파편이 사방으로 흩어졌고, 얼굴에 입었던 흉터들이 일제히 터지며 핏방울이 허공에 흩날렸다. 하지만 제이블란트의 바로 등 뒤까지 접근한 헤리온을 보며 그녀는 엷게 미소 지었다.

파아앗!

제이블란트의 등을 관통해 가슴을 뚫고 나온 헤리온의 오른손에서 눈부신 빛이 퍼져 나갔다.

"빛이여!"

남아 있던 마나를 거의 소진하면서 만들어낸 헤리온의 빛이 탑 전체를 감쌌다. 카일과 리에트는 눈을 질끈 감았고, 탑 아래에서 카일 일행을 기다리고 있던 결사대원들은 빛을 버티지 못하고 고개를 옆으로 돌렸다.

"실망이로군. 예전에 날 상대했던 빛의 용사 쪽이 더 강했다."

"이런……!"

하지만 제이블란트가 입을 열자 헤리온이 만들어낸 빛이 급속도로 사라졌다.

헤리온은 다급히 제이블란트에게 물러서려고 했지만, 어둠의 기운에 오른팔이 붙들려 빼낼 수 없었다.

"나에게 상처를 입힌 대가다."

우드득.

"커헉!"

드래고뉴트의 견고한 비늘을 뚫고 살갗 안으로 파고든 어둠의 기운이 헤리온의 오른팔을 통째로 잘라내 버렸다. 고통에 괴로워하며 다급히 물러선 헤리온은 왼팔로 잘려 나간 부위를 붙들고 치유마법을 시전했다. 하지만 어둠의 기운에 당한 상처는 쉽사리 아물지 않고 출혈이 계속되었다.

"용혈을 물려받은 육체치고는 너무나 조잡하군."

제이블란트는 가슴을 뚫고 나온 그의 오른팔을 뽑아내더니 어둠의 기운으로 감쌌다.

"흐음?"

제이블란트는 살짝 고개를 갸웃거리더니 헤리온의 오른팔을 떨어뜨렸다.

"이상하군. 아까도 그랬는데……."

어둠의 기운이 순간 멈추면서 헤리온의 오른팔을 산산조각 내려 했던 원래 의도가 어긋나자 제이블란트는 표정을 살짝 찡그렸다. 하지만 제이블란트가 여전히 유리하다는 사실에는 변함없었다.

'이제는… 어쩔 수 없겠어.'

헤리온의 빛이 통하지 않는다는 걸 다시 한 번 확인한 카일에게 더 이상의 고민은 의미가 없었다. 그는 등에 걸쳐 메고 있던 또 하나의 검, 엘트리안의 검자루를 움켜쥐었다.

순간 몸 안의 어둠의 기운이 요동치면서 눈이 완전히 검게 변했다가 원래대로 돌아갔다.

'버텨야 해. 제이블란트를 쓰러뜨릴 때까지만 어떻게든!'

카일은 가슴속에서 끓어오르는 분노와 증오를 참아내며 엘트리안을 검자루에서 뽑았다.

그러자 이제까지 억눌려 있던 카일의 어둠의 기운이 서서히 커져 갔고, 그걸 감지한 제이블란트는 뒤를 돌아보더니 눈을 크게 떴다.

"그 검은… 그래, 진짜 힘을 보여줄 작정인가?"

제이블란트가 쓰러뜨리고자 했던 카일은 어둠의 힘을 제어하며 힘겹게 싸우던 방금 전까지의 카일이 결코 아니었다. 과거 자신을 쓰러뜨렸던, 어둠의 힘을 거리낌 없이 발휘하던 카일이야말로 제이블란트가 원하던 상대였다.

"그렇다면 나 역시 마다하지 않겠다!"

쿠웅!

제이블란트는 거꾸로 쥔 디스트로이어를 아래로 내려찍었다.

수십여 갈래로 나뉜 어둠의 기운이 크고 날카로운 가시들로 변해 대강당 바닥을 위에서 아래로, 그리고 아래에서 위로 관통하며 산산이 부서뜨렸다.

"으하하하!"

맨 위층부터 하나씩 무너져 내리기 시작하는 탑에서 제이블란트가 광기 어린 웃음을 터뜨렸다.

안젤리카는 양손에 리에트와 헤리온을 붙들고 하늘로 날아올랐다. 탑 아래로 무너진 건물 파편이 마구 쏟아졌고, 밑에 있던 결사대원들은 결국 멀리 피신할 수밖에 없었다.

"나의 어둠과 너의 어둠 중 어느 쪽이 진짜인지 증명할 때다!"

"크윽……."

순식간에 절반이 무너져 내린 탑 꼭대기에 서 있는 이는 카일과 제이블란트 단둘뿐이었다.

제이블란트의 몸에서 솟아난 어둠의 가시들이 길게 뻗어나가 카일을 사방에서 덮쳤다. 카일은 이에 지지 않고 엘트리안을 휘두르며 어둠의 기운으로 맞받아쳤지만, 어둠의 힘을 증폭시키면 증폭시킬수록 어둠의 기운은 카일의 몸을 점점 지배하기 시작했다. 눈동자 주위에 돋아난 가는 실핏줄이 점차 검게 변해가면서 카일의 의식 또한 점차 희미해져 갔다.

「나에게 모든 걸 맡긴다면 보다 쉽게 끝났을 텐데… 아쉽군.」

"닥쳐!"

하지만 데미트리의 유혹만큼은 절대 받아들일 수 없었다.

투명한 벽 건너편에 있는 카트리나를 떠올리며 카일은 당장에라도 끊어질 듯한 이성의 끈을 놓지 않았다. 위쪽에서부터 검게 물들어가던 그의 시야가 다시 원래대로 돌아갔다가 검어지기를 반복했다.

"그래, 계속해서 내 어둠에 맞서라. 그래야 진정한 너의 모습이 나타날 테니!"

제이블란트는 자신이 상대하고 싶었던 카일의 '진짜' 모습을 독촉하면서 쉬지 않고 어둠의 가시로 카일을 공격했다.

제이블란트와 데미트리, 두 명의 적을 동시에 상대해야만 하는 카일은 몇 번이나 엘트리안을 놓고 싶었다. 하지만 제이블란트를 쓰러뜨리기 위한 다른 방법을 떠올리기 전까진 같이 어둠의 힘으로 맞설 수밖에 없었다.

쾅앙!

카일의 흑염이 폭발하며 대강당을 휩쓸었다.

"카일!"

다시 대강당에 착지하려던 안젤리카는 다시 공중으로 날아오르며 폭발에서 간신히 벗어났다.

"젠장……."

제이블란트의 가슴을 노렸던 공격이 어깨를 살짝 스치는 수준에 그치자 카일의 표정이 일그러졌다. 엘트리안의 검신을 휘감은 제이블란트의 어둠 때문에 카일은 제이블란트와 얼굴을 마주 보는 형국이 되어버렸다.

"오래간만의 공격이었군. 하지만 아쉽겠어."

제이블란트는 왼손에 쥔 디스트로이어를 머리 위로 천천히 들어 올렸다.

"그렇다면 이번에는 내가 반격할 차례인가?"

카일은 양손으로 엘트리안의 검자루를 움켜쥐고 계속 잡아당겼지만, 검신을 둘러싼 어둠의 기운에서 벗어나기란 무리였다.

"이 일격으로 너에게서 진정한 어둠을 끄집어… 낼……."

제이블란트의 왼팔이 부들부들 떨기만 할 뿐 더 이상 움직이지 못했다.

'암흑의 화신이여, 날 정말로 지배했다고 생각했나?'

"뭣이?"

귓가에 들린 '제3자'의 목소리에 제이블란트는 고개를 좌우로 돌렸지만, 카일과 자신 말고는 아무도 보이지 않았다.

'내가 너에게 단독으로 달려드는, 승산 없는 행동을 왜 했을까?'

파아앗!

어둠으로 둘러싸인 제이블란트의 가슴 정 가운데에서 빛이 피어올랐다.

시야를 가득 채운 찬란한 빛에 뒤로 밀려난 카일은 엘트리안을 고쳐 잡으며 제자리를 지켰다.

"도대체 어떻게 된 일이지?"

제이블란트뿐만 아니라 자신의 어둠까지 억누르는 빛에 카일은 의아해하면서도 두려워했다.

반면 제이블란트는 자신의 몸을 점점 침식해 가는 빛에 당황을 금치 못했다.

"설마… 너는!"

엘트리안까지 뽑아 든 카일 상대로도 여전히 여유로웠던 제이블란트는 더 이상 없었다.

제이블란트의 가슴에서 뿜어져 나온 빛이 오른쪽 팔과 다리, 그리고 얼굴에 퍼져 나갔다.

"오르갈트?"

'그래, 이 육체의 원래 주인이지.'

디스트로이어를 머리 위로 들어 올린 제이블란트의 왼팔
은 당장에라도 카일을 향해 내려쳐질 기세였지만, 앞으로 내
디딘 '오르갈트'의 오른발은 바닥에 고정된 듯 움직이지 않
았다. 제이블란트의 얼굴 왼쪽은 일그러졌고, 원래 주인에게
되돌아간 오른쪽 얼굴은 미소를 짓고 있었다.

"그래, 그래서… 죽기 직전에 그런 표정을 지었단 말이로
군."

하지만 암흑의 화신은 육체의 주도권을 결코 만만하게 양
보하지 않았다.

"하지만… 너무 성급했다, 엘레힘의 성직자여."

어둠으로 뒤덮인 얼굴 왼쪽이 미소를 짓기 시작했고, 빛으
로 감싸인 얼굴 오른쪽이 천천히 일그러지기 시작했다.

"20년 넘게 이날만을 기다려 왔던 나의 복수심을… 쉽사리
이길 수 있다고 생각하지 마라!"

7

빛으로 가득 찼던 대강당에 다시 어둠이 찾아오며 고요함
이 감돌았다.

더 이상 오르갈트의 목소리는 제이블란트의 귓가에 울리지 않았다.

"후우……."

제이블란트의 왼쪽 관자놀이를 타고 식은땀이 주르륵 흘러내렸다.

"이런 식의 반전을 노리고 나에게 덤벼들었단 말인가. 전에 싸웠을 때도 그랬지만, 결코 방심할 수 없는 인간이었지."

잠시나마 빛에 지배되었던 제이블란트의 왼쪽 팔과 다리에 저릿한 느낌이 남아 있었지만, 큰 문제는 되지 않았다.

'지금 제이블란트는 누구와 이야기하는 거지? 나에게 한 말은 아니고, 혹시 오르갈트에게? 하지만 오르갈트는 이미 죽었어. 육체만이 남아 있을 뿐이고. 뭐가 뭔지 알 수 없어. 그럼에도…….'

카일은 제이블란트의 갑작스런 변화에 무언가 있었다는 것만 짐작할 뿐, 갈피를 잡지 못했다. 한 가지 확실한 점은, 제이블란트의 몸 안에서 피어나던 빛이 어둠에 갇혀 나오지 못하게 되면서 혹시나 했던 기대가 사라졌다는 것이다.

"일순간이나마 두려웠지만, 동시에 만족스럽기도 하다. 과연, 날 고전시켰던 인간다웠다."

원래의 주인에게 육체를 도로 빼앗길 뻔했던 제이블란트의 눈매가 매섭게 바뀌었다.

"자, 다시 우리 둘만의 싸움으로 돌아왔군. 카일, 진정한 힘으로 나에게 맞서라. 죽어가면서까지 날 이기려고 했던 엘레힘의 성직자보다 못한 지금의 모습에 만족할 생각은 아니겠지?"

살아서도, 그리고 죽은 뒤에도 자신을 쓰러뜨리려고 했던 오르갈트의 집념 때문이었을까, 카일을 노려보는 제이블란트의 시선은 이전보다 엄격하게 변했다.

제이블란트에게 있어서 완벽한 승리이자 복수는 페이즈 3에 들어선 카일과 싸워 이기는 것이었다. 블랙아웃 모드로 돌입하는 걸 필사적으로 거부하는 지금의 카일을 죽인다 한들, 봉인된 상태에서 쌓아두었던 복수심을 풀기엔 턱없이 부족했다.

휘리릭!

"크억!"

제이블란트에게서 뻗어 나온 어둠의 기운이 카일의 목을 휘감았다.

"더 이상 기다리지 않겠다. 지금 당장 너의 진정한 힘을 보여줘라, 카일."

제이블란트는 블랙아웃 모드의 페이즈 3에 돌입한 카일과 싸워 이기는 것만이 진정한 승리라고 여겼다. 그러나 카일은 여전히 블랙아웃 모드에 들어서는 것 자체를 거부했다.

"내가 아는 너는 이런 식으로 쓰러질 인간이 아니다."

"으윽……."

"그래? 계속 버티겠다, 이건가?"

고통 속에서도 이성을 잃지 않는 카일은 제이블란트가 바란 모습이 아니었다.

"그렇다면… 이건 어떤가?"

등 뒤로 내민 제이블란트의 손에서 어둠의 가시가 빠르게 뻗어 나갔다.

＊　　＊　　＊

"커… 헉……."

날카로운 어둠의 가시가 투명한 벽 앞에 있던 헤리온의 등을 관통했다.

커다란 구멍이 뚫려 버린 헤리온이 피를 토하더니 앞으로 풀썩 쓰러졌다. 자신의 시야가 닿지 않는 뒤편에 몰래 착륙해서 움직이는 세 명을 제이블란트는 진작에 파악하고 있었다.

"카트… 리나?"

카일의 오른손에서 힘이 빠지더니 엘트리안이 대강당 바닥에 툭 떨어졌다.

"카… 일……."

카트리나의 입에서 흘러나온 피가 방울져 아래로 뚝뚝 떨어졌다. 피투성이가 된 복부를 움켜쥐며 비틀거리는 그녀의 모습을 보면서도 카일은 믿기지 않았다. 헤리온과 투명한 벽을 뚫고 나간 어둠의 가시가 마지막으로 노린 상대는 다름 아닌 카트리나였다.

털썩.

카트리나는 비명조차 지르지 못하고 옆으로 쓰러졌고, 제이블란트는 자신이 진짜 노렸던 상대가 쓰러지는 걸 확인하고서 가볍게 웃었다. 리에트와 안젤리카는 각각 카트리나와 헤리온을 향해 다급히 달려갔다.

"지금… 너… 무, 무슨 짓을……."

전혀 바라지 않던 방향으로의 결말에 카일은 말을 더듬거리며 두 눈을 크게 떴다.

"지금… 무슨 짓을 했는지… 물었다……."

같은 질문을 반복하는 카일에게 제이블란트는 턱짓으로 카트리나를 가리켰다.

"보다시피. 네가 계속해서 진정한 어둠에 들어서는 걸 거부한다면, 나와 맞설 상대는 굳이 네가 아니어도 좋다. 네가 소유하고 있는 진정한 어둠 그 자체와 맞서는 것으로 만족하도록 하겠다."

두근.

카일의 심장이 격하게 박동했다.

두근, 두근.

'너에게 위험이 닥친다면 어디에 있든 언제든지 널 구하러 오

졌어. 그 어떤 벽이 날 가로막더라도.'

카트리나와의 약속을 지키지 못한 카일은 죄책감에 휩싸
였다.

그 죄책감은 증오와 분노를 더욱 증폭시켰다.

두근, 두근, 두근…….

「드디어 날 받아들일 마음이 들었나?」

데미트리의 유혹이 귓가에 속삭였지만, 카일은 대답하지
않았다.

어떻게 해서든 데미트리에게 먹혀서는 안 된다며 결심했
지만, 그의 이성은 감정을 넘어섰고, 제이블란트에 대한 증오
와 분노만이 그의 머릿속을 가득 채웠다.

"고작 그런 이유 때문에… 카트리나를… 카트리나를!"

바닥에 쓰러진 카트리나의 새하얀 법의가 붉게 물들어가
자 카일의 분노는 한계점을 넘어버렸다.

카일의 오른손에 쥐어진 엘트리안이 그의 몸 안에서 요동
치던 어둠의 기운에 공명하기 시작했다. 탑 전체가 흔들리면
서 카일에게서 흘러나온 어둠의 기운이 대강당 전체를 뒤덮
었다.

"제이블란트으으으으!"

그동안 가슴속에 담아두었던 증오와 분노가 카일의 외침에 실려 퍼져 나갔다.

대강당을 뒤덮었던 어둠의 기운이 빠르게 카일의 몸 안으로 스며들었다.

망가졌던 칠흑의 갑옷 사이를 어둠의 기운이 메우면서 원래대로 돌아갔고, 이성을 완전히 잃어버린 카일은 그토록 억제했던 어둠의 기운에 모든 것을 맡겼다.

콰직.

카일이 왼손에 차고 있던 팔찌가 박살 나는 순간, 그의 등 뒤에서 멀리 떨어진 위치에서 세 개의 마법진이 바닥에 떠올랐다.

위이잉.

각자 다른 위치에서 떠오른 마법진이 완성되면서 소환된 세 명은 페이서와 제럴드, 그리고 크레아였다.

"이런… 아니기만을 바랐는데……."

제럴드는 그답지 않게 말까지 더듬으며 카일의 행방부터 찾았다.

그가 카일에게 건네줬던 팔찌는 카일이 블랙아웃 모드로 돌입하는 최악의 경우 발동하는 마법이 걸려 있었다. 카일을 원래대로 되돌릴 수 있는 빛의 힘을 지닌 페이서와 크레아, 그리고 그 둘을 지원해 줄 제럴드까지 소환하는 마법이었다.

"카일이… 또……."

피투성이가 된 카트리나의 상체를 일으켜 세운 리에트는 부들부들 떨며 고개를 숙였다.

"사라졌어……."

리에트는 카트리나를 감싸 안고 치유마법을 시전했지만, 복부에서 흘러나오는 피는 좀처럼 멎지 않았다.

"이제야 나에게 육체를 건네주었군."

블랙아웃 모드의 페이즈 3에 돌입한 카일의 입에서 흘러나온 목소리는 더 이상 카일의 것이 아니었다.

"고마웠다, 카일."

8

암흑의 화신 제이블란트.

구(舊) 5공작 중 하나였던 데미트리.

한때 어둠의 후예에게 힘을 빌려줬던 '존재'와 어둠의 후예를 이끌었던 자가 서로 약속이라도 한 듯 인간의 육체를 빌어 모습을 나타냈다.

"정말로 신선한 감각이로군."

카일의 육체를 손에 넣은 데미트리는 왼손을 폈다 쥐었다를 반복하며 손끝을 통해 느껴지는 감각을 즐겼다.

살아 있는 인간을 통해 전달되는 모든 감각이 그에겐 새롭고 신비롭기만 했다.

"카일, 아니… 이젠 데미트리라고 불러야겠군."

"오래간만입니다, 제이블란트 '님'."

데미트리는 일부러 '님'이라는 호칭을 강조했다. 그러나 제이블란트에 경의를 표하는 말과 달리 고개를 빳빳이 들고 있었다.

"그토록 원하던 육체를 얻게 되었으니 매우 기쁘겠군."

"천만의 말씀입니다."

제이블란트는 유달리 육체를 소유하고픈 욕망에 집착하던 데미트리의 과거를 기억하고 있었다. 감정을 읽을 수 없었던 옛날과 달리 지금의 데미트리는 카일의 얼굴로 맘껏 감정을 표출 중이었다.

"그렇다면 그 육체의 원래 주인보다 더 강한 어둠을 보여 줄 수 있겠지?"

제이블란트는 데미트리를 향해 디스트로이어를 겨눴다.

"저와 손을 잡겠다, 라는 형식적인 제안조차 안 하시는군요."

"내가 원하는 것은 나를 위해 죽어줄 생명체와 내가 머물 육체뿐이다. 어둠의 후예 따위에게 힘을 빌려준 대가로 난 20년 넘게 봉인되어야 했다. 그것도 고작 인간 따위에게……."

제이블란트는 카일이 이곳까지 도착하기 전까진 서두르거나 나서지 않았다. 인질을 두 명이나 잡고 있음에도 카일의 움직임이나 행동을 억제하지 않고 자신을 알아서 찾아오도록 '암흑의 화신' 답게 기다렸다.

하지만 페이서에게 패배하고 카일에 의해 봉인당했던 치욕 때문일까, 카일을 보는 순간, 제이블란트는 '암흑의 화신' 답지 않게 자신이 가장 강하다는 것을 증명하고픈 욕구가 되살아났다.

마치 인간들이 그러하듯이, 자신에게 치욕과 굴욕을 안겨 주었던 자를 이기는 방법으로 치욕을 지우고 싶어 했다.

카일의 육체를 데미트리가 대신 차지한 지금에도 제이블란트의 마음은 바뀌지 않았다.

"자, 덤벼라. 더 이상의 굴욕은 겪지 않겠다."

"웃기는군."

존댓말이 아닌 반말로 바뀐 데미트리는 피식 웃으면서 제이블란트를 바라봤다.

그동안 카일의 몸속에서 봐왔던 카일만의 어둠은 그 끝을 알 수 없을 정도로 깊고 무거웠다. 그 어둠이 자신의 것이 된 지금 데미트리는 그 어느 때보다 자신감에 가득 찼다.

"이 육체의 원래 주인에게 졌던 주제에 말이 많군."

데미트리의 손에 쥐어진 엘트리안에 어둠의 기운이 모여들기 시작했다.

"제이블란트, 너의 오만함을 지금 고쳐 주도록 하겠다."

9

데미트리와 제이블란트의 서로 다른 어둠이 격돌했다.

대강당을 뒤덮은 어둠은 그 둘을 제외한 어떤 존재도 자신들만의 싸움에 끼어드는 걸 거부했다.

"크윽……."

페이서는 성검 레디언스를 양손에 쥔 채로 빛의 기운을 사방으로 퍼뜨렸다. 그가 만들어낸 반 구체의 빛의 장막은 동료들을 어둠에 삼켜지지 않도록 보호했고, 그 안에서 리에트는 계속해서 카트리나에게 치유마법을 시전 중이었다. 크레아는 헤리온을 치유 중이었지만, 카트리나보다 더 심각한 상황이라 살아날 수 있을지 불확실했다.

"참으십시오! 지금은 그 누구도 저 어둠 속에 뛰어들어서는 안 됩니다!"

제럴드의 제지에 안젤리카는 빛의 장막 바깥쪽에 멈춰 섰다. 마음 같아서는 제이블란트에게 일격을 날리고 싶었지만, 검게 변해 버린 왼팔을 붙들고 분노를 삼키는 중이었다.

데미트리와 제이블란트로부터 흘러나오고 있는 어둠의 기운은 이전과는 차원이 달랐다. 그 둘에게서 흘러나온 어둠의 기운에 살짝 닿았을 뿐인데도 그녀의 왼팔은 어둠에 침식당해 의지대로 움직일 수 없게 되어버렸다. 아무것도 하지 못하고 빛의 장막에 보호받아야 하는 자신이 안젤리카는 원망스럽기만 했다.

"살려낼 거야……."

쉬지 않고 계속 치유마법을 시전하는 리에트의 몸은 땀으로 흠뻑 젖어버렸다.

"카트리나, 살아야 해……."

카일이 사라졌다는 절망 속에서도 카트리나의 복부에 가져간 리에트의 손은 여전히 빛나고 있었다. 리에트 옆에서 같이 치유마법을 시전 중인 크레아 역시 마찬가지였다.

"어떻게 해서든 카일을 원래대로 되돌려야 하는데……."

시각이 사라진 제럴드의 어두운 시야는 말 그대로 암흑만이 존재했고, 데미트리에게 육체를 빼앗긴 카일을 어둠 속에서 찾아낼 수 없었다. 데미트리와 제이블란트에게 감지되어야 하는 마나는 칠흑 같은 어둠을 띠고 있었고, 그것마저도 서로 뒤섞여 어느 게 누구의 것인지 구별하는 것 자체가 제럴드에겐 불가능했다.

"우선 제이블란트부터 처리하기엔… 역시 무리야."

어둠으로 점철된 시야 속에서 제럴드는 절망하면서도 여러 가지 방법을 떠올렸다. 하지만 제럴드는 연달아 고개를 저으며 부정했다.

결국 제럴드가 도달한 결론은 카트리나와 이야기했던 그 방법뿐이었다.

"그래도 그것은… 안 돼."

제럴드는 또 한 번 고개를 가로저었다.

그걸 시도하기 위해선 우선 카트리나가 살아 있어야 하고, 설사 그녀가 다시 눈을 뜬다 해도 또 한 번의 선택지 앞에서의 갈등을 피할 수 없었다.

"페이서, 만약 제이블란트가 데미트리에게 쓰러진다면… 당신이 카일을 구해야 합니다."

"으윽… 나도 그러고 싶어."

결국 제럴드는 페이서가 다시 한 번 기적을 보여주기를 바랐다.

두 개의 어둠이 서로 뒤엉켜 격전을 벌이는 지금, 카일의 육체를 소유한 데미트리가 제이블란트를 쓰러뜨리는 결말만이 제럴드가 바라는 최선의 방향이었다. 그렇다면 '그 방법' 대신 페이서의 힘으로 예전처럼 카일을 어둠 속에서 다시 구해내는 방향으로 선회할 수 있기에.

우드득.

"데미트리, 고작 이 정도밖에 안 되는가?"

"커헉……."

하지만 두 어둠의 대결은 제럴드가 원하는 방향으로 전개되지 않았다.

*   *   *

제이블란트에게서 뻗어 나온 어둠의 기운이 데미트리의 목을 휘감아 높이 들어 올렸다.

"고작 이 정도 힘으로 나에게 맞서려고 했던 건가? 정말로 오만하군."

제이블란트의 어둠의 기운이 목이 아닌 데미트리의 전신까지 퍼져 나가면서 천천히 조였다. 아래로 내린 그의 오른손은 엘트리안의 검자루를 움켜쥐고 있었지만, 그저 쥐고만 있을 뿐 휘두를 수 없었다.

"으윽… 도대체……."

데미트리는 전신을 옭아맨 어둠의 기운에 똑같이 어둠의 기운으로 맞서려고 했지만 제이블란트의 힘은 압도적이었다.

"어떻게 된… 일이지?"

이제까지 육체가 없었던 데미트리에겐 전신을 엄습하는 '고통'이라는 감각은 너무나 괴로웠다.

하지만 고통보다 그를 더 괴롭히는 것은 제이블란트의 어둠을 상대로 밀리기만 하는 지금의 자신이었다.

지금 육체의 주인이 아직 '카일'이었을 때 파악한 제이블란트의 어둠은 이 정도가 아니었다. 카일이 분노를 이기지 못하고 페이즈 3에 돌입할 때를 기다려 육체를 차지하고, 제이블란트까지 쓰러뜨린다는 구상은 완전히 무너져 버렸다.

"나에게 최적화된 육체를 이제야 얻었는데… 왜?"

카일의 의식 너머에서 카일의 움직임 하나하나를 기억해 두고, 어떤 방식으로 싸우고 임하는지 익힌 데미트리로선 절대 질 수 없는 전투였다.

그러나 제이블란트와의 전투에 돌입한 이후 처음부터 지금까지 단 한 번도 상대를 압도하지 못했다. 반대로 압도당하면서 이 지경까지 몰려 버렸다. 카일의 잠재력을 자신이야말로 한계까지 끌어낼 수 있다는 자신감은 완전히 사라진 지 오래였다.

"아직도 모르겠는가?"

승리를 눈앞에 두었음에도 제이블란트의 목소리에는 조금도 기뻐하는 기색이 없었다.

"내가 더 강해진 게 아니다. 네가 약한 거다. 나는 물론이거니와 카일보다도."

"트… 틀려… 나야말로 이 육체를 가장 잘 활용할 수 있는……."

"데미트리, 넌 누군가의 뒤에 항상 숨어 있었지. 죽어서까지도 카일의 몸속에 숨어 있었고……."

과거 있었던 인간과 어둠의 후예 간의 전쟁 속에서 데미트리는 교활함으로 승부했다.

정면으로 상대와 맞서기보다 남의 눈을 피해 다른 방향으로의 전투를 유도했고, 적은 물론이거니와 아군마저 이용하기를 서슴치 않았다.

"네가 진정으로 날 이기고 싶었다면, 카일이 날 쓰러뜨린 후에 나타나 카일의 육체를 빼앗는 식이 되었어야 한다. 그게 훨씬 너다운 선택, 아닌가?"

과거의 패배로 인해 제이블란트가 암흑의 화신다운 면모를 잃어버린 것처럼, 육체에 대한 데미트리의 집착은 어느새 그를 그답지 않게 행동하도록 이끌고 말았다.

"데미트리, 넌 카일보다 훨씬 못한 존재다."

"안 돼… 이럴 수는 없어… 나는… 나는!"

카일의 육체를 버리고 도망간다는 선택이 데미트리의 뇌리를 스치고 지나갔다. 하지만 오랜 인내 끝에 얻은 최고의 육체를 쉽사리 버릴 수 없었다. 이전과 달리 진정한 죽음이 데미트리를 기다리고 있었지만, 어떻게 해서든 육체를 버리지 않고 도망칠 수 있는 방법만을 떠올렸다.

하지만 그러한 발상조차 '데미트리' 답지 않은 행동에 불과했다.

"날 지키지 못했던 죄의 대가를 치러라, 데미트리."

"으아아악!"

제이블란트의 어둠에게서 벗어나고자 했던 데미트리의 비명 소리가 멀리 울려 퍼졌다.

툭.

힘이 빠진 데미트리의 오른손에서 엘트리안이 미끄러지듯 아래로 떨어졌다. 데미트리를 휘감던 어둠의 기운이 제이블란트에게로 회수되자 엘트리안 위로 데미트리의 시체가 털썩 드러누웠다.

"결국 카일에게 이기진 못했군."

제이블란트는 원래 주인의 영혼이 잠들어 버린, 그리고 데미트리마저도 소멸된 카일의 육체에 흥미를 잃어버렸다.

카일이 아닌 데미트리에게 이긴 제이블란트는 전혀 기뻐하지 않았다. 지금의 불만족스러운 기분을 메울 상대가 필요했다.

"자, 다음은……."

제이블란트는 디스트로이어를 천천히 들어 올리더니 빛의 장막을 향해 겨눴다.

"페이서, 이번에는 다를 거다."

10

천천히 눈을 뜬 카트리나는 희미한 시야 속에서 오른팔을 앞으로 뻗었다.

"그는… 어떻게 되었나요?"

시야가 선명해지면서 어둠과 빛이 뒤엉키며 만들어낸 회색이 저 멀리서 보였다.

"카일… 카일은?"

죽음 바로 직전까지 몰렸던 카트리나는 의식이 사라지기

직전, 자신을 바라보던 카일을 찾았다.

하지만 그녀를 부축한 리에트는 물론이고 옆에 있던 안젤리카와 제럴드까지 고개를 숙일 뿐이었다. 크레아는 페이서 대신 빛의 장막을 전개해 카트리나와 다른 이들을 어둠의 기운에서 보호 중이었지만, 힘겨워하는 기색이 역력했다.

"아아⋯⋯."

바닥에 쓰러진 카일을 보자 카트리나의 입에서 탄식이 흘러나왔다.

데미트리에 완전히 잠식당하고, 마지막에는 데미트리에게도 버림받아 육체만이 남아버린 카일은 그녀가 원하던 미래가 결코 아니었다.

"제럴드, 혹시⋯ 그때 건네줬던 것을 가지고⋯ 있나요?"

카트리나는 만약을 대비해 '그것을' 자신 대신 가지고 있어달라며 제럴드에게 부탁했었다.

"시드를⋯ 저에게⋯ 주세요⋯⋯."

"하지만 이것을 쓴다면 카트리나, 당신은⋯⋯!"

제럴드는 머리로는 그녀의 선택이 유일한 돌파구라고 판단하면서도 가슴으로는 시드를 그녀에게 건네주길 망설였다.

"제발⋯⋯."

결국 제럴드는 떨리는 손으로 시드를 카트리나에게 건네주었다.

카트리나는 입술을 굳게 다물더니 시드를 양손으로 천천히 움켜쥐었다.

"신이시여, 저에게 힘을⋯⋯."

다시 눈을 감은 그녀는 남은 힘을 다해 기도문을 읊었다.

"그를 구할 수 있는 힘을⋯⋯."

파아앗!

그녀의 전신에서 뿜어져 나오는 빛이 어둠에 지배되었던 대강당을 뒤덮었다.

Chapter 55
흑암의 귀환자

1

　한 치 앞도 보이지 않는 짙은 어둠.

　몇 번이나 경험했던 새까만 공간 속에서 카일은 홀로 서 있었다.

　그는 눈을 감고 의식을 잃기 전 마지막으로 봤던 카트리나의 모습을 떠올렸다.

　피로 흥건히 젖어버린 하얀 법의.

　바닥에 쓰러진 그녀 주위로 퍼져 나가던 피.

　그것을 보는 순간 카일은 이성을 완전히 잃었고, 분노와 증오에 모든 것을 맡겨 버렸다. 데미트리가 자신의 육체를 차지할 거라는 두려움까지 잊어버린 순간, 시야는 어둠으로 점철

되었다.

예전처럼 다시 깨어날 수 없다는 절망 때문일까, 항상 익숙했던 주변의 어둠이 이번만큼은 카일에게 뭔가 다른 느낌으로 다가왔다.

「미안.」

결국 마지막에 와서 모두에게 짐이 되어버린 자신의 결정에 카일은 후회했다.

「정말 미안해.」

최후의 결전을 승리로 이끌지 못하고, 동료들을 놔두고 홀로 죽음에 도달해 버린 자신이 원망스럽기만 했다. 자신 말고는 아무도 없는 공간 속에서 카일은 사과만을 반복했고, 그것밖에 할 수 없었다.

「카트리나, 난 결국 널… 지키지 못했어.」

빛과 어둠.

서로 대척점에 선 힘을 지닌 두 남녀는 처음에는 서로 경계하며 가까이할 수 없는 존재라고만 여겨졌다.

하지만 시간이 흐르면서, 누가 먼저 다가섰는지는 알 수 없지만 각자에게 가장 소중한 존재로서 자리 잡았다. 그것을 알면서도 카일은 과거 전쟁을 승리로 마무리 짓기 위해 봉인의 자물쇠 역할을 자원했다.

그리고 20년.

석화에서 풀려난 카일은 시간의 흐름 속에서 몸과 마음 모두 망가져만 갔던 카트리나와 재회했다. 여전히 청년이었던 카일과 달리 어느새 그보다 연상이 되어버린 카트리나. 그들은 각자 다른 방향을 바라보고 있었다.

결국 두 남녀는 서로에게 품었던 감정을 가슴속에 담아만 둔 채로 각자 다른 길을 걸어가는 듯싶었다. 하지만 카트리나는 걸어가던 길을 멈추고 되돌아서서 카일을 향해 다가갔다. 전쟁이 끝나면, 함께 남은 삶을 살아가자는 자그마한 소망을 품고서.

그러나 지금, 그 소망은 어둠 속에 묻혀 완전히 사라졌다.

「너만은 반드시 지켰어야 했는데… 정말로 미안해, 카트리나.」

고개를 숙인 카일의 어깨가 미세하게 떨고 있었다.

그를 둘러싼 어둠이 서서히 그의 몸 안으로 침식해 들어오기 시작했다. 육체를 떠난 영혼에게 주어진 참회의 시간은 그리 많지 않았다.

「정말로…….」

어둠에 파묻혀 가는 자신의 몸을 내려다보면서 카일은 눈을 감았다.

바로 그때.

그를 휘감았던 어둠이 녹아내리듯 사라지더니 찬란한 빛이 멀리서 뿜어져 나왔다.

「이게 어떻게 된 일이지?」

영문을 알지 못해 당황하는 카일을 향해 한 여성이 천천히 걸어왔다.

그녀에게서 뿜어져 나오는 강렬한 빛에 카일은 순간 옆으로 고개를 돌렸다가 다시 정면을 바라보며 천천히 눈을 떴다.

「카⋯ 카트리나?」

*　　　*　　　*

아름다운 은색의 머리카락.

맑고 투명한 푸른색의 눈동자.

옅은 미소를 머금고 있는 입술.

어둠 대신 빛을 가지고 온 카트리나가 카일의 앞에 나타났다.

핏자국 하나 보이지 않는 순백의 법의를 걸치고 있는 그녀는 다소곳이 포갠 양손을 가슴에 가져갔다.

「카일.」

「카트리나, 네가 왜 여기에?」

카일이 있는 장소는 육체를 잃어버린 영혼이 머무르는 곳.

절대 그녀가 있어서는 안 되는 공간이었다.

「결국 너도…….」

「아니에요. 전 당신과의 작별 인사를 위해 여기 나타난 거랍니다.」

「그렇다면 너는 엘레힘이 있는 곳으로?」

신의 존재를 항상 부정해 오던 카일은 자신의 마지막을 장식할 공간으로 어둠밖에 없다고 믿어왔다.

그리고 그 신을 누구보다 따랐던 그녀라면 빛이 어울릴 거라 여겼다.

「그건 아니랍니다.」

카트리나는 고개를 가로저었다.

「이 빛은… 얼마 남지 않은 제 생명을 바쳐 만들어낸 빛이랍니다.」

「생명? 바쳐? 무, 무슨 소리를 하는지 난 모르겠어.」

카일은 가슴이 덜컹 내려앉는 느낌에 말을 더듬었다. 이제까지 머리보단 가슴이 이끄는 대로 행동하고 판단했던 그였지만, 지금만큼은 반대로 행동하려 노력했다. 그의 직감이 자신을 더 깊은 절망에 빠뜨릴 거라 알려줬기에.

「당신이 제 곁을 떠난 이후, 저는 당신을 어떻게 해야 구할 수 있는지… 고심했답니다. 당신의 육체를 데미트리에게 빼앗기지 않는 게 최선이었지만, 우리가 그동안 겪어온 인생 속에서 최선의 결과는 그리 많지 않았죠.」

「……」

「전 그래서 반대로, 최악의 결과가 나왔을 경우를 대비하기로 결심했답니다. 그리고 그 방법은 의외로 쉽게 도출되었죠. 제가 가진 빛의 힘으로 당신의 영혼을 육체로 되돌리고…….」

「그만.」

카일은 더 이상 카트리나의 말을 듣고 싶지 않았다.

「…하지만 살날이 그리 오래 남지 않은 제 빛의 힘으로는 무리였죠. 하지만 운명의 장난이랄까, 당신이 가져다준 '시드'의 힘이라면…….」

「그만…….」

카일은 고개를 숙인 채 당장에라도 터질 듯한 눈물을 억지로 참아냈다.

「페이서와 제럴드, 그리고 당신에겐 각각 역할이 주어졌죠.」

용서.

폭로.

그리고 응징.

「이제야 전 깨달았어요. 저의 역할은 다름 아닌 희생이었어요.」

「희생?」

아래를 바라보고 있는 카일의 시야 여기저기에 물방울이 번져 일그러졌다.

「왜 하필 네가? 네가 희생당해야 하는 거야?」

카일은 고개를 들어 올리며 오열했다.

「왜? 왜!」

「카일…….」

「왜…….」

슬픔에서 분노로, 그리고 허탈함으로 이어진 카일의 외침이 빛으로 가득한 공간에 공허하게 울려 퍼졌다.

지금처럼 인자한 미소를 지으며 행복해하는 카트리나보다는, 차라리 자신을 꾸짖고 욕하더라도 살아 있는 그녀를 원했다. 자신을 위해 희생하지 않아도 되고, 맨 처음 만났을 때처럼 차가운 시선으로 자신을 노려봐도 상관없었다.

하지만 카트리나는 옅은 미소를 머금고 카일을 바라볼 뿐이었다.

「당신을 만나고, 당신만을 바라보게 되고, 당신을 기다리게 되면서 흘러간 시간들은… 괴로우면서도 동시에 행복을 가져다주었답니다.」

카트리나는 카일과 양손을 맞잡았다.

찬란한 빛이 서서히 카일의 몸 안으로 퍼져 나갔다.

「사실 전 당신이 석화에서 풀려나기 전에 세상을 떠났어도 이상할 것 없는 몸이었어요. 제이블란트의 봉인을 위해서만 존재했던 몸이니… 보통 인간에 비하면 짧은 삶만이 주어졌죠. 하지만 당신이 누구보다 먼저 나서면서 전 그 운명에서 벗어날 수 있었어요. 정말로, 고마웠답니다. 하지만 누군가를 위해 희생해야 한다는 운명까지는 벗어나지 못한 것 같아요.」

「난 그런 것 때문에 고맙다는 말 따위 듣고 싶지 않아. 정말로 고맙다고 느낀다면… 넌 살아야 해! 내가 아니라 네가!」

「미안해요, 카일.」

「아냐, 그게 아냐…….」

카일이 듣고 싶었던 대답은 감사도, 사과도 아니었다.

「전 영원히 꺼지지 않을 빛으로서, 당신이 어둠에 지배당하지 않도록 당신의 가슴속에서 살아가겠어요.」

카트리나는 고개를 들어 올리며 자신을 내려다보고 있는 카일과 시선을 맞췄다.

「운명에서 벗어날 수 없다면…….」

발끝을 살짝 들어 올린 카트리나의 얼굴이 카일과 거의 닿을 정도로 가까워졌다.

「…그 운명으로 당신을 구하겠어요.」

예전 카일의 머리를 무릎에 눕히고, 그를 내려다보던 카트리나가 했던 말.

똑같은 말을 그녀와의 마지막 이별을 앞두고 듣게 되자 카일의 눈에서는 하염없이 눈물이 흘러내렸다.

「고마워요, 미안해요. 그리고…….」

카트리나의 뺨 위로 카일의 눈물이 흘러내렸고, 그녀는 천천히 눈을 감으며 카일의 입술에 자신의 입술을 가져갔다.

「사랑해요, 카일…….」

2

대강당을 환하게 비췄던 빛이 위에서부터 천천히 사라졌다.

모두를 멈춰 세웠던 빛 대신 다시 어둠이 찾아왔지만, 페이서의 표정은 이전처럼 절망적이지 않았다.

카앙!

성검 레디언스로 디스트로이어를 쳐낸 페이서는 제이블란트와 거리를 벌리더니 조심스럽게 왼쪽으로 이동했다. 그의 옆에는 바닥에 쓰러졌던, 그리고 다시 움직일 수 없을 거라 여겼던 카일의 '육체'가 등을 돌린 채 서 있었다.

"이 힘은… 카일? 카일이지?"

카일의 몸에서 이전에 느낄 수 없었던 새로운 '힘'이 감지되자 페이서는 지금 옆에 서 있는 자가 데미트리인지 카일인지 혼란스러웠다.

"카일… 돌아왔어."

멍하니 주저앉아 있던 리에트가 천천히 몸을 일으켰다.

"하지만… 카트리나… 사라졌어."

리에트의 품에 안겨 있던 카트리나는 그 어디에도 보이지 않았다. 대신 카트리나가 항상 지녔던 로사리오만이 바닥에 떨어져 있었다.

"어찌 된 일이지?"

제이블란트는 원래의 육체로 다시 돌아온 카일을 믿을 수 없다는 눈으로 바라봤다.

허무하게 사라진 데미트리 대신 카일의 육체에 머무르고 있는 힘은 어둠 하나만이 아니었다.

절대 공존할 수 없을 거라 여겼던 빛이 카일의 어둠 속에서 빛을 발하고 있었다.

"그녀가… 카트리나가 날 구해주었다."

엘트리안을 움켜쥔 카일의 오른손에서 핏방울이 아래로 뚝뚝 떨어졌다.

"끝이 보이지 않는 어둠 속에서 스스로를 희생하면서까지… 나를… 나를!"

바닥에 떨어진 핏자국 옆에 눈물이 방울져 떨어졌다.

"고작 나 따위를 구하기 위해서!"

분노보다 슬픔이.

증오가 아닌 안타까움이.

이제까지 그의 어둠을 강하게 만들었던 감정 대신 다른 두 개의 감정이 카일의 어둠을 증폭시켰다.

"설마 너도 나처럼 빛의 힘으로 어둠의 힘을……."

카앙!

"크윽?"

"닥쳐."

엘트리안에서 뿜겨져 나왔던 어둠의 기운이 디스트로이어

를 쳐내 저 멀리 날려 버렸다.

"난 이런 힘 따위 원하지 않았어. 너처럼 그저 강해지기 위해 빛의 힘을 품은 것과 비교하지 마라."

카일의 말에 제이블란트는 그답지 않게 입을 다물었다.

"제이블란트. 너는 절대 해서는 안 되는 짓을 해버렸다. 그런 너를 소멸시킬 수는 없겠지만……."

빛이 강할수록, 그림자는 더욱 선명해지는 법.

카트리나가 자신을 희생하면서 남겨준 빛의 힘이 어둠으로 둘러싸인 카일의 가슴 안쪽에서 강렬하게 빛을 발했다. 그와 동시에 그 빛을 감싼 카일의 어둠은 더욱 짙어지며 그의 주변을 맴돌았다.

"화신이라 불리는 존재가 그보다 훨씬 아래로 여겨지는 생명체들에 의해, 그것도 한 번이 아니라 두 번이나 봉인된다면 그것만큼 치욕스러운 건 없겠지?"

카일은 여전히 모두에게 뒤돌아선 채로 고개를 아래로 숙이고 있었다.

"제럴드, 페이서."

과거 함께 싸웠고, 지금도 곁에 있어준 두 명의 동료.

"리에트, 크레아, 안젤리카."

새로운 동료로서 운명처럼 만난 여성.

같은 목적을 지녔음에도 함께 할 수 없었던 빛의 실험체.

적으로서 만났지만 지금은 같은 목적 아래 움직이는 마족의 지휘관.

"나를 도와줘."

카일은 그들의 이름을 하나씩 읊으면서 도와달라 말했다.

"카트리나의 희생을 헛되이 할 수 없어. 그러니… 나를 도와줘."

카일은 고개를 들어 올리며 제이블란트를 향해 몸을 돌렸다.

여전히 눈물을 흘리면서.

"알겠습니다."

카트리나의 선택을 막지 못했기에, 그녀의 희생에 카일 다음으로 무거운 책임감을 느낀 제럴드가 제일 먼저 대답했다. 여전히 의식을 잃은 헤리온을 제외한 다른 이들 역시 고개를 끄덕이며 일어섰다.

'지금 내 몸 안에 머무르고 있는 어둠은… 예전과 다르다는 게 느껴져. 가슴속에 자리 잡은 빛을 억누르지도 않고, 증폭되는 느낌도 아니야. 그렇다면……'

어둠 중에서도 빛이 있어야만 존재할 수 있고, 빛이 강할수록 더욱 어두워지는 존재.

빛의 따스함 반대편에 반드시 위치한 차가운 어둠.

카트리나의 빛으로 인해 창조된 새로운 어둠이 카일의 전신을 휘감았다.

"그림자… 인가?"

카일이 새롭게 얻은 어둠의 정체를 제이블란트가 담담한 어조로 읊었다.

"그렇다."

카일은 아무런 표정 없이 엘트리안을 양손으로 움켜쥐고 대강당 바닥을 향해 내려찍었다.

쿵!

카일의 몸에서 흘러나온 어둠이 엘트리안을 거쳐 바닥의 균열 사이로 퍼져 나갔다.

"제이블란트, 다시 시작하겠다."

분노와 증오 대신 그를 지배한 슬픔에서 벗어나진 못했지만, 눈물은 더 이상 흘러내리지 않았다.

3

한쪽은 몸 안의 빛을 억누르면서 증폭된 어둠.

다른 한쪽은 생명으로 만들어낸 빛에 의해 생성된 그림자.

제이블란트에서 흘러나온 어둠의 기운은 여전히 대강당을 지배했지만 카일은 그의 어둠에 억눌리지 않고 자연스럽게 움직였다.

카앙!

어둠으로 물든 두 개의 무기, 엘트리안과 디스트로이어가 격돌하는 소리가 카일과 제이블란트 사이에 울려 퍼졌다.

쿠웅!

카일의 모습이 돌연 사라지며 해머 디스트로이어가 바닥을 강하게 내려찍었다. 반면 방금 전까지 디스트로이어를 막고 있던 엘트리안의 검끝이 제이블란트의 등을 뚫었다.

"이놈!"

콰콰쾅!

제이블란트를 둘러싼 어둠의 기운이 일제히 폭발하며 탑이 또 한 층 무너졌다. 어둠과 그림자 간의 대결 속에서 수십여 층에 달하던 탑은 어느새 10층 정도 높이로 짧아졌다. 바닥에는 무너져 내린 벽 파편이 여기저기 떨어져 있었다.

그럼에도 카일의 움직임은 물 흐르듯 전개되었다. 제이블란트의 등을 찔렀던 엘트리안은 눈 깜짝할 사이에 어둠 속으로 사라졌고, 이내 제이블란트의 어깨와 오른팔, 복부를 연달아 찔렀다. 어둠 속에 가려져 있는 카일의 얼굴에는 광기에 지배되었던 표정도, 평소 짓던 경박한 미소도 자리 잡지 않았다.

"거기인가!"

휘리릭!

제이블란트의 오른손에서 뻗어 나온 어둠의 기운이 카일의 목과 두 팔을 채찍처럼 휘감았다.

스르륵.

그러나 카일은 어둠 속에 스며들듯 자취를 감추며 제이블란트의 공격을 무위로 돌렸다.

"똑같은 방법에 내가 또 당할 거라 생각했나?"

비아냥도, 웃음도 섞이지 않은 카일의 반박 속에서 연이은 공격이 이어졌다. 어둠의 기운에 감싸여 있던 제이블란트의 법의는 여기저기 찔리고 베인 흔적이 남아버렸다.

"빛이여!"

파아앗!

페이서의 함성과 함께 성검 레디언스에서 찬란한 빛이 뿜어져 나왔다.

"크윽……."

제이블란트는 빛에 밀려 비틀거리며 뒷걸음질 쳤다.

푸욱!

카일은 또 한 번 제이블란트의 등에 엘트리안을 깊숙이 박아 넣었다. 그리고 높이 뛰어오르며 그대로 위로 베어냈다. 제이블란트의 얼굴이 정확하게 세로로 갈렸지만, 어둠의 기운이 틈새를 메우더니 원래대로 돌아갔다.

하지만 페이서는 그 잠깐 사이 생긴 빈틈을 놓치지 않고 정면으로 달려들었다.

카앙!

빛에 휘감긴 성검과 검게 물든 해머가 격돌하는 순간, 제이블란트의 왼손에서 디스트로이어가 빙그르 돌며 위로 솟아올랐다.

휘이잉!

하늘 높이 떠올라 기회만 노리고 있던 안젤리카가 바람을 안고 제이블란트를 향해 돌진했다. 대각선 아래로 빠르게 날아오던 안젤리카는 제이블란트가 전개한 어둠의 장막에 막혀 뒤로 밀려났지만, 공중에 솟아올랐던 디스트로이어는 더욱 멀리 날아가더니 탑 아래로 떨어졌다.

"이런……"

제이블란트는 급히 어둠의 가시를 뻗어 디스트로이어를 움켜쥐었다. 그러나 빛에 휘감긴 리에트의 플레일이 어둠의 가시를 위에서 아래로 내려찍으며 잘라냈다.

무기를 잃어버린 제이블란트를 둘러싸고 카일과 동료들의 공격이 쉬지 않고 이어졌다.

페이서와 다른 이들이 저돌적으로 움직이는 반면, 카일은 평소의 거칠고 난폭했던 움직임이 아닌 날카롭고 정교한 공격으로 제이블란트를 조금씩 몰아붙였다.

동료들이 빛의 힘을 쓸 때마다, 카일은 그들의 정반대편에서 제이블란트를 협공했다.

'이대로라면 예전처럼……'

제이블란트의 예상 범위를 넘어선 움직임을 보이는 카일은 빛이 내리쬐는 방향과 위치에 따라서 자유자재로 변하는 그림자 그 자체였다. 그에 반해 제이블란트의 어둠은 연이은 공격에 타격을 입은 육체를 회복시키느라 서서히 약해져

갔다.

'그렇게 될 수는 없어!'

페이서와 리에트, 그리고 크레아까지 포함해 빛의 힘을 지닌 이는 세 명.

그들을 전투에서 배제하지 않는 이상 카일의 그림자는 카트리나가 준 빛 이상의 힘을 계속 발휘할 거라 제이블란트는 판단했다.

"더러운 빛 따위… 더 이상 존재할 수 없는 공간이여……."

어둠의 장막을 겹겹이 펼쳐 주위를 둘러싼 제이블란트가 주문을 외우기 시작했다.

제이블란트가 퍼뜨렸던 어둠이 그를 중심으로 소용돌이를 이루며 급속도로 빨려 들어갔다. 빠른 속도로 무너져 내린 탑은 지면까지 완전히 무너져 내렸고, 급기야 그들이 서 있는 자리는 지상 아래로 파고들기에 이르렀다.

"이것은… 모두 물러서십시오!"

20여 년 전, 제이블란트와의 결전을 떠올린 제럴드가 급히 소리치며 모두에게 후퇴하라고 명령했다.

'흑암의 공간'.

페이즈 3의 카일이 쓰던 기술, 다크홀보다 더 광범위하게 전개되는 어둠의 공간.

주위에 닿은 모든 것을 어둠 속으로 빨아들이는 제이블란트의 마지막 발악을 카일은 물러서지 않고 정면으로 바라봤다.

"카일! 위험합니다!"

제럴드의 외침에도 카일은 물러서지 않았다.

점점 커져만 가는 흑암의 공간과 카일 사이가 점점 좁혀지면서 그가 걸쳐 멘 망토가 마구 펄럭거렸다.

"다녀오겠어."

카일은 일말의 망설임도 없이 제이블란트가 만들어낸 흑암의 공간으로 뛰어들었다.

4

칠흑의 어둠 속에서 홀로 서 있는 카일은 가슴에 왼손을 가져갔다.

그가 품고 있는 카트리나의 빛이 미약하게나마 그의 주변을 밝혀주자, 카일에게 익숙하기만 한 어둠이 되레 낯설게 느껴졌다.

카일은 엘트리안을 꽉 움켜쥔 채로 제자리에 서 있었다. 어둠 속에 모습을 감추고 있을 제이블란트를 찾기보단, 그가 자신에게 오기를 기다렸다.

"어떤가?"

카앙!

카일은 엘트리안을 휘두르며 자신의 등 뒤를 노린 어둠의 손을 쳐냈다.

"내가 만들어낸 진정한 어둠은 어떠한가, 카일?"

휘이잉.

고요했던 어둠이 소용돌이치면서 카일을 휘감았다.

"확실히 아까와는 다르군."

리에트와 안젤리카가 합류하기 이전 제이블란트가 보여줬던 어둠의 공간에 비하면 이질적인 어둠이었다.

파바박!

사방에서 뻗어 나온 어둠의 손이 카일의 양팔과 두 다리를 앞과 뒤에서 꿰뚫었다.

하지만 카일은 고통스러워하지 않고 입을 굳게 다물었다.

"내 어둠 안으로 들어온 대가로 이것만으로는 부족하다."

어둠의 손에서 돋아난 날카로운 손톱들이 기분 나쁜 마찰음을 내며 카일의 전신을 훑고 지나갔다.

다섯 개의 붉은 선이 카일의 왼쪽 뺨에 자리 잡더니, 그 위로 핏방울이 튀어 올랐다가 어둠 속으로 사라졌다. 선 아래로 흘러내린 피가 뺨을 타고 턱을 지나 목 아래로 내려갔지만, 카일의 표정에는 여전히 변화가 없었다.

카일은 제이블란트가 더욱 어둠의 힘을 증폭시키길 기다리면서 동시에 흑암의 공간 속에 숨겨져 있을 '무언가'를 찾는 중이었다.

"그까짓 빛의 힘이 만들어내는 그림자 따위, 내 어둠 속에

흑암의 귀환자 263

선 가소로울 뿐이다."

분명 카일의 전신에서 흘러나오는 그림자는 다른 동료들이 옆에 있을 때보다 약해지긴 했다.

하지만 그의 얼굴에서는 서두르거나 긴장한 기색은 조금도 찾을 수 없었다. 카일은 어둠 속에서 일방적인 공격을 받으면서도 조금씩 그 '무언가'가 있는 쪽으로 다가가고 있었다.

"확실히 내 그림자는 빛이 없으면 형성될 수 없지. 하지만……."

천천히 이동하던 카일이 돌연 앞으로 달리기 시작했다.

"이 공간 속에서 존재하는 빛의 힘은 내 몸 안의 것뿐만이 아닐 텐데?"

"뭣이?"

카일은 앞으로 뻗은 왼손을 쫙 펼치더니 아래로 그어 내렸다.

그러자 어둠이 뜯겨져 나가며 그 안에 숨겨져 있던 빛이 모습을 드러냈다.

"제이블란트, 이 빛이 너의 어둠을 더욱 증폭시켜 줬겠지?"

어둠과 상반되는 빛의 기운을 품은 제이블란트는 전보다 강한 어둠을 지니게 되었다.

"하지만 동시에 내 그림자를 더욱 짙게 만들어줄 수 있는 빛이기도 하지."

제이블란트가 머무르고 있는 육체의 원래 주인, 오르갈트
가 지닌 빛이 점점 커져 가며 어둠을 조금씩 밀어내기 시작했
다.

"암흑의 화신인 널 쓰러뜨릴 수는 없겠지. 하지만 널 다시
봉인시킬 수 있을 정도로……."

오르갈트의 빛에 반응한 엘트리안이 흑암의 공간 속에서
강하게 진동했다.

"…약화시키기엔 충분해!"

카일은 엘트리안을 위에서 아래로 크게 휘둘렀다.

엘트리안에서 뻗어 나온 직선 형태의 그림자가 흑암의 공
간을 마구 갈랐다.

잘려 나간 어둠 사이에 빛이 파고들더니 어둠을 밀어내며
카일의 시야를 환하게 비췄다.

'역시 당신은 다르군요, 카일.'

"이 목소리는……."

카일은 오래간만에 들어보는 목소리에 입술 왼쪽 끝이 살
짝 올라갔다.

'이런 식으로 당신에게 힘을 빌려주게 될 줄은 몰랐습니
다, 카일.'

"나 역시 마찬가지야."

제이블란트에게만 들렸던 오르갈트의 목소리가 카일에게

도 들렸다.

"오… 오르갈트!"

자신을 더욱 강하게 만들기 위해 삼켰던 빛이 반대로 어둠을 집어삼키기 시작하자 제이블란트는 당황했다.

카일의 기세를 누그러뜨리기 위해선 안에 품은 오르갈트의 빛을 포기해야 한다. 하지만 지금 와서 오르갈트의 빛을 꺼뜨렸다간 흑암의 공간을 유지할 수 없게 되어버린다.

그 어떤 선택지도 고를 수 없게 된 제이블란트의 목소리는 절망에 빠졌다.

"이럴 수는… 없어… 이전과 똑같은 결말을 맞이할 수는……."

그림자에 잘려 나간 어둠의 파편이 박살 난 유리조각처럼 아래로 우수수 떨어졌다.

"넌 분명히 더러운 빛이라고 말했지?"

카일은 엘트리안을 양손으로 꽉 움켜쥐더니 머리 위로 높이 들어 올렸다.

더 이상 빛의 힘은 카일에게 있어서 상극이 아니었다.

자신에게 다시 생명을 불어넣어 주었고, 또 다른 형태의 어둠을 지니게 해준 존재였다.

"그 빛에 너는 또 패배한 거다, 제이블란트!"

5

흑암의 공간이 부서지며 어둠이 지면 아래로 스며들듯 사라졌다.

"다시 한 번… 성공했군."

카일은 20여 년 전에 겪었던 결전과 지금을 동시에 떠올리며 숙였던 고개를 들어 올렸다.

아래로 깊숙이 박아 넣은 엘트리안을 뽑아내며 천천히 일어선 카일이 뒤돌아섰다.

"돌아왔어."

카일은 살짝 위로 올라간 입술 왼쪽 끝을 모두에게 보여주었다.

"카일!"

가장 먼저 카일을 향해 달려간 페이서가 격하게 포옹하며 그를 반겼다.

"정말로… 네가 다시 돌아오지 못하는 줄 알았어."

"예전에는 이 역할을 네가 했었지, 페이서. 하지만 이번만큼은 양보할 수 없었어."

20여 년 전의 카일은 흑암의 공간으로 홀로 뛰어 들어간 페이서를 기다리는 입장이었다.

그러나 이번엔 그렇게 기다리기만 할 수는 없었다. 카트리나의 희생으로 다시 살아난 카일은 제이블란트의 마지막만큼은 그의 손으로 마무리 지어야 한다고 결심했다.

그것이 제이블란트의 '소멸'이 아닌 '봉인'에서 멈출지라도.

"그래, 카트리나 말고는 다행히도… 모두 살아 있군."

의식을 잃었던 헤리온이 안젤리카의 부축을 받으며 간신히 일어섰다.

리에트는 크레아와 손을 잡고 서 있었고, 그녀들 왼편에는 제럴드가 자리 잡았다.

"정말 다행이야."

맑게 갠 하늘 위에서 쏟아지는 빛을 바라보며 말하는 카일의 얼굴은 허망함 그 자체였다.

"페이서, 잠깐만."

카일은 페이서를 떼어낸 뒤 바닥에 쓰러져 있는 '오르갈트'를 향해 다가갔다.

어둠의 힘이 사라진 오르갈트의 육체는 더 이상 제이블란트의 것이 아니었다.

"정말… 대단하군요."

원래 육체를 되찾은 오르갈트는 힘겹게 말을 이어갔다.

"빛과 어둠의 완벽한 공존… 결국 그걸 진정으로 이룬 이는… 당신이었군요… 카일."

어둠의 힘을 촉매로 빛의 힘을 증폭시킨다는 발상에 머물렀던 오르갈트로선 도달할 수 없는 영역이었다.

"그림자… 그렇죠. 빛이 있어야만 존재하는 어둠이란… 의

외로 가까이에서 발견할 수 있었는데… 하하…….”

오르갈트는 카일의 뒤편에 자리 잡은 그림자를 바라보며 쓴웃음을 지었다.

오랫동안 갈구하던, 빛과 어둠의 완벽한 공존이 바로 눈앞에 서 있음에도 자신은 이룰 수 없다는 것에 허무함을 느꼈다. 제이블란트에 한 번 지배당한 그의 육체는 서서히 죽음을 향해 다가가는 중이었다.

“하지만 저에게는… 그녀처럼 날 위해 희생해 줄 사람이 없었군요. 어차피 전… 이루지 못할 꿈이었을까요…….”

“대신 나는 네 빛 덕분에 마지막 일격을 먹일 수 있었지.”

“희생……? 제가… 당신을 위해 희생한 셈이 된 겁니까…….”

“그래, 의도치 않았다 해도 말이지.”

남에게 희생을 강요했던 인생을 달려가던 자신이 스스로의 희생으로 마지막을 장식하게 되자 오르갈트는 그저 웃을 수밖에 없었다.

“카일… 진정으로 ‘완벽한 존재’가 탄생하는 과정을… 당신을 통해 볼 수 있어서…….”

카일이 지닌 어둠에 매료되었던 오르갈트는 어떻게 해서든 그를 같은 편으로 끌어들이려 했다. 그러나 결국 카일과 같은 길을 걸어갈 수 없었고, 그와 교차되는 일 없이 영원히 평행선을 달리는가 싶었다.

"정말로… 즐거웠습니다…….."

하지만 마지막 순간, 오르갈트는 예상외의 방향이긴 해도 카일을 통해 완벽한 존재를 발견할 수 있었다.

눈을 감고 죽음을 맞이한 그의 입가에는 미소가 자리 잡았다.

모두가 침묵하는 가운데, 페이서가 카일을 향해 걸어갔다.

아직 모든 것이 끝난 건 아니었다. 20여 년 전과 똑같이 누군가의 '희생'이 있어야만 제이블란트의 봉인이 완성된다는 건 변함없었다.

성검 레디언스를 쥔 페이서는 이전처럼 망설이지 않았다.

"이번에야말로 내 차례야."

자신의 손으로 완성 짓지 못했던 제이블란트의 봉인은 페이서에게 있어서 지워지지 않는 후회였다.

그때 주저하지 않고 봉인의 자물쇠가 되었다면, 연인이었던 여자와 헤어졌을지언정 서로 불행해지는 결말로는 이어지지 않았을 것이다.

"페이서, 그건 아니야."

카일은 페이서의 팔을 붙들며 제지했다.

"널 위해 20년 넘게 기다려 준 여자를 잊었어? 이번에는 영원히 기다리게 할 작정이야?"

"아…….."

코넬리아를 떠올린 페이서는 또 같은 실수를 저지를 뻔했던 자신을 질책하며 고개를 떨궜다.

"너는 두 번이나……. 그래, 한 번은 인간을 위해, 그리고 이번에는 '모두'를 위해 검을 들고 나섰어. 그런 너를 희생시킬 수는 없어."

카일은 헤리온과 안젤리카를 흘깃 쳐다보며 입을 다물었다가 도중에 끊었던 말을 다시 이었다.

"미안, 내가 생각이 짧았어."

"사과는 나중에 코델리아에게 하도록 해."

카일은 페이서의 어깨에 손을 올리면서 조심스럽게 그를 뒤로 물러서게 했다.

하지만 누군가 봉인의 자물쇠로 나서야 하는 상황은 변치 않았다. 빛의 힘을 지닌 자에 의해 완전한 봉인이 되든가, 혹은 과거 카일이 그랬던 것처럼 불완전한 봉인이라 하여도.

"이것은… 저의 몫이랍니다."

그때, 페이서 옆으로 다가간 크레아가 그를 향해 오른손을 내밀었다.

"그러기 위해서 저에게도 이 팔찌를 건네주신 게 아닌가요, 제럴드 님?"

제럴드는 말없이 고개를 숙였다.

"전 스스로가 아닌 타인의 의해 제 운명을 부여받았습니다. 신이 아닌 다른 자에 의해 운명을 부여받았다는 이야기는 거짓된 운명이라는 의미죠. 하지만 전 그 거짓을 진실로 바꾸고 싶습니다."

그녀는 자신이 진짜 크레아 공주라고 여겼고, 그랬기에 빛의 용사라는 숙명도 같이 받아들였다. 그러나 빛의 실험체라는 비밀을 알게 된 이후 그녀는 자신의 존재 의미를 상실했다.

"무엇보다도 전 제이블란트의 봉인을 풀어버린 속죄를 하지 않으면 안 됩니다."

그런 크레아가 택할 수 있는 길은 봉인의 자물쇠로서 생을 마감하는 것뿐이었다. 그랬기에 크레아는 제럴드의 속내를 알면서도 거리낌 없이 그 팔찌를 찼다.

"페이서 님, 성검 레디언스를 저에게 주십시오."

"정말 괜찮겠습니까?"

"이것은 저의 운명입니다. 그러니……."

페이서에게 성검을 건네받은 크레아는 카일의 맞은편에 섰다.

그런 그녀를 리에트가 따라왔다.

"크레아, 떠나?"

"응, 리에트와는 다시 만날 수 없을 거야."

"카트리나처럼?"

"응."

"싫어."

리에트는 크레아를 뒤에서 껴안고 놔주질 않았다.

"가슴이 아파. 모르겠어."

"리에트, 지금… 우는 거야?"

리에트의 오른쪽 뺨과 맞닿은 크레아의 왼쪽 뺨에 뭔가가 흘러내렸다.

"모르겠어."

여전히 무표정한 리에트의 두 눈 아래로 눈물이 흘러내렸다.

"그게 슬픔이라는 거야, 리에트."

"슬픔?"

"이제 너도 감정을 표현할 수 있게 되었구나. 정말로 다행이야."

빛의 실험체라는 운명을 공유했으면서도, 원래 지녀야 하는 것들을 잃어버린 리에트가 크레아는 안쓰럽기만 했다. 그러나 자신에게 눈물을 보이는 리에트를 보자 크레아는 오래간만에 미소를 지을 수 있었다.

"떠나지 마."

"이건 누군가 반드시 해야만 하는 일이야. 난 리에트에게 그 운명을 건네줄 수 없어."

크레아는 리에트를 향해 몸을 돌리더니 꼭 껴안아주었다.

"다음에 나와 다시 만나게 된다면, 그때는 울지 말고 웃어줘."

이뤄질 수 없는 약속이라는 걸 아는 크레아는 눈을 지그시 감았다.

리에트는 계속 눈물을 흘리며 도리질을 했지만, 어쩔 수 없다는 걸 알고 크레아를 놔줬다.

그런 그녀들을 카일은 안타까운 눈빛으로 바라봤다.

"카일, 괴로워하지 마세요."

"난 엘레힘 교단을 욕할 자격이 없어진 것 같아. 나나 그들이나 결국⋯⋯."

"그 누구보다도 당신만큼은 괴로워해서는 안 된답니다. 당신은 이미 모두를 위해 희생했으니까요."

자의냐 타의냐의 차이만 있을 뿐, 결국 암흑의 화신을 완전히 봉인하기 위해 빛의 실험체를 만든 엘레힘 교단과 같은 선택을 해버린 자신이 카일은 원망스럽다.

"카일, 제가 당신을 보면서 느끼는 이 감정도 아마 운명이겠지요?"

감정이라는 단어에 카일은 잠시 멈칫했다.

하지만 이내 어떤 의미인지 알아채고는 쓴웃음을 지었다.

"아마도."

"저는 그것을 거짓된 것이라 여기며 억눌러 왔답니다. 하지만⋯⋯."

카트리나가 그랬고, 리에트도 그러했던 것처럼 크레아는 어둠의 힘을 지닌 카일에게 알 수 없는 감정을 느꼈다.

이것은 서로가 누군가에 의해 창조된 실험체였기에 느꼈

던 동질감이었다. 본능적으로 끌릴 수밖에 없었던 감정을 크레아는 거짓된 거라 여기며 애써 부정해 왔다.

"이 거짓 역시 진실로 바꾸고 싶었어요……."

파아앗…….

빛이 퍼져 나가며 모두의 시야를 뒤덮었다.

빛이 사라지자, 지면을 향해 성검 레디언스를 내려꽂은 자세 그대로 석화된 크레아의 모습이 드러났다.

"크레아……."

3년간 진행된 전쟁은 제이블란트의 완전한 봉인으로 끝을 맺었다.

하지만 카일에게 남은 것은 영원히 잊을 수 없는 슬픔이었다.

"그것도 운명이라는 건가……."

카트리나는 사랑하는 이를 구하기 위해 한때 벗어났던 운명을 다시 받아들였다.

크레아는 자신이 저지른 죄의 대가를 치르기 위해 운명을 택했다.

교단이 창조한 세 명의 실험체 중, 운명이 뭔지 제대로 알아채지 못한 리에트만이 유일하게 운명에서 벗어났다.

"운명이라는 것은 정말로… 얄궂어."

"카트리나… 크레아… 모두… 떠났어."

리에트의 목소리가 울먹거렸다.

"이것만 남기고… 떠났어."

카일은 리에트에게서 건네받은 로사리오를 오른손에 쥐었다.

"미안, 잠시만… 이러고 있을게."

카일이 오른손을 가슴에 가져가자 빛이 피어오르며 로사리오를 감쌌다. 애써 참았던 눈물이 다시 흘러내리며 로사리오 위로 떨어졌다.

"카트리나, 정말 미안해."

그녀의 희생으로 자신은 또 한 번 생명을 얻었지만, 이런 식의 결말은 원치 않았다.

카일이 할 수 있는 건 그녀의 희생을 가슴에 담아두고 기억하는 것뿐이었다.

그의 스승 크로이드가 그랬던 것처럼.

'카트리나… 널 영원히 기억할게.'

에필로그

카트리나의 일기

흑암의 귀환자

1

엘레힘 신성력 1300년 3월 11일.

일주일 전에 선물받았던 일기장을 오늘에야 펼쳐 봤다.

나에겐 빛의 실험체로 재창조되기 이전의 기억이 하나도 없다. 그래서인지 알 수 없는 과거에 대해 제멋대로 상상하면서 나는 어떤 인간이었는지에 대해 고민하기도 했다.

그런 나를 지도해 주던 자매님께선 되찾을 수 없는 과거보다 현재를 소중히 여겨달라면서 일기장을 건네주었다. 일기장을 한 장 한 장 채워 나간다면 언젠가 그 어느 것보다 소중한 과거로 남을 거라는 말을 덧붙이면서.

그러나 이 일기장에 적힌 내용들이 나에게 얼마나 소중하게 다가올지 솔직히 잘 모르겠다. 그저 자매님의 말이 맞기만을 바라는 수밖에⋯⋯.

이제 고작 첫 페이지에 글을 남긴 나로선 계속 이어지는 다음 페이지의 흰 여백들이 까마득하게만 보였다. 나에게 주어진 사명인, 암흑의 화신 제이블란트를 봉인하는 그날까지 나는 이 두터운 빈 페이지를 얼마나 채울 수 있을까?

*　　　*　　　*

20여 년 만에 세상에 모습을 드러냈던 암흑의 화신 제이블란트.

인간과 어둠의 후예가 손을 잡은 결과, 제이블란트는 다시 봉인되어 어둠 속에 갇혔다.

아직 분쟁의 불씨는 완전히 꺼지지 않았지만, 전쟁에 지친 두 세력이 여러 차례의 회담을 이어가는 와중에 평화가 찾아왔다.

그러나 바깥세상과 격리된 케이오스 마을과는 상관없는 이야기였다. 인간과 어둠의 후예들이 한데 어울려 살아가는 모습에는 변화가 없었고, 전쟁이 일어나기 전이나 지금이나 마찬가지로 평화롭기만 했다.

평화로운 일상의 반복.

그것이 오래전 세상을 떠난 '스칼렛'의 소망이었고, 그것을 이루기 위해 '크로이드'는 지금의 케이오스 마을을 만들었다.

"크로이드, 후회하지 않겠어?"

오두막에서 나온 슈겔은 탁자 위에 수정구를 내려놓았다.

그는 맞은편 의자에 앉아 있는 크로이드를 애처로운 눈빛으로 바라봤다.

"정말로 그 녀석에 대한 기억을 지울 거야? 옮기는 것도 아니고 완전한 소멸로?"

"그래."

결심을 굳힌 크로이드는 무릎 위에 올린 오른손을 살짝 쥐었다.

몇 달 전, 자신처럼 슬픈 운명을 맞이한 카일의 이야기를 들은 크로이드는 이미 예상한 결과였다는 듯 처음에는 별다른 반응을 보이지 않았다.

하지만 시간이 흐를수록 제자의 슬픈 이야기는 그의 뇌리에서 맴돌며 그를 끊임없이 괴롭혔다. 예전 자신이 걸어온 길을 똑같이 따라간 제자의 행보는 크로이드가 가장 증오하는 '반복된 과거' 그 자체였다.

그가 용납할 수 있는 반복은 변화 없는 평화뿐이었다.

"지워줘. 그 녀석에 대한 모든 기억과 추억들을."

"그래, 알았어."

슈겔은 하다못해 기억을 옮기는 쪽으로 크로이드의 마음이 바뀌기를 기대했지만, 결국 기억을 지워달라는 친구의 부탁을 들어줄 수밖에 없었다.

크로이드의 머리 위에 얹은 슈겔의 오른손에 마나가 모이더니 작은 마법진을 그렸다.

마법진이 형성되면서 떠오른 빛이 사라지자, 크로이드의 고정된 듯 움직이지 않았던 동공이 살짝 수축했다.

크로이드에게 유일했던… 사실은 유일했다고 '조작' 되었을지도 모르는 제자에 대한 기억이 그의 머릿속에서 서서히 사라져 갔다.

"너, 제자 있었냐?"

"제자?"

잠시 생각에 잠긴 크로이드는 이내 고개를 가로저었다.

"나는 그런 것 따위 키우지 않잖아."

"그래, 그랬지."

슈겔은 한숨을 길게 내쉬더니 오두막 안으로 들어갔다.

홀로 남게 된 크로이드는 슈겔이 탁자 위에 놔둔 기억 보존용 수정구를 응시했다.

"아무래도… 있었겠지?"

뜬금없이 제자에 대해 물어본 슈겔의 말에 크로이드는 제자가 '있었다는' 확신을 가졌다.

하지만 여러 조각으로 잘려 나간 기억의 파편 속에서 '제자'와 관련된 기억은 완전히 사라진 지 오래였다.

얼굴도, 이름도 기억나지 않는 '제자'에 가슴 한쪽이 아려
왔다. 매번 기억을 지울 때마다 느끼는 애절함과 후회는 이번
에도 어김없이 그를 찾아왔다.

그러나 어쩔 수 없었다.

시간의 흐름을 거스르며 살아가야 하는 저주에서 벗어나
지 않는 이상, 기억의 제거는 반복될 수밖에 없다. 만약 계속
해서 남겨놓는다면, 누적된 슬픔은 언젠가 그를 파멸로 이끌
것이다.

의자에서 일어난 크로이드는 항상 했던 대로 비석 앞으로
걸어갔다.

그가 유일하게 남겨놓은 '슬픔'을 앞에 두고 크로이드는
천천히 입을 열었다.

『언젠간, 너의 이름도 잊을 때가 오겠지. 스칼렛……』

2

엘레힘 신성력 1303년 6월 20일.

전쟁으로 고통받는 바깥세상에 나온 지 어느덧 3년째가 되
었다.

처음에는 맡기만 해도 마구 구역질이 일어나던 피비린내도 이젠 익숙해졌다.

지금 펜을 쥔 오른손 안쪽에 미처 닦아내지 못한 부상병들의 피와 고름이 느껴졌지만 아무렇지 않다.

얼마나 많은 이를 치료하고, 죽음으로부터 구해냈는지 이젠 기억조차 힘들 정도다. 전혀 얼굴이 기억나지 않은 사람들이 갑자기 나를 찾아와 고맙다고 눈물을 흘릴 때엔 당황스럽기만 하다.

급기야 내 이름 앞에는 얼토당토않은 호칭까지 붙어버렸다.

성녀(聖女)라니……

부담스럽기만 하다. 난 그저 신의 가르침에 따라, 교단의 명령에 맞춰 행동했을 뿐인데.

그렇다고 날 노골적으로 거부하는 쪽이 편하다는 의미는 결코 아니다.

한 달 전, 페이서님과 함께 온 검은 머리칼의 그 남자.

정말로 맘에 들지 않는다.

신의 가르침에 대해 내가 한마디라도 꺼내면 즉시 반박하며 날 몰아붙였다.

진짜 신이 있다면 왜 세상에는 불행한 일이 넘쳐나는지, 자신이 창조한 생명체들이 고통받는 모습을 하늘 위에서 지켜보며 즐기는 변태냐며 비아냥거릴 때는 나도 모르게 얼굴이 찌푸려졌다.

하지만 '너는 성녀 따위가 아니야'라며 쏘아붙일 때만큼
은, 그의 말에 수긍했다.

난 성녀가 아니다.

그저 신의 가르침에 따르고, 교단의 지침에 맞춰 행동하는
것에 불과하다.

다시 반복해서 쓰겠다.

나는 그저 신의 가르침을 따르고…….

*   *   *

카일과 제이블란트의 마지막 결전이 일어났던 죽음의 대
지.

무너져 내린 탑의 파편 사이로 잡초와 들꽃이 자라났고, 안
타깝게도 그곳에서 생을 마감한 카트리나의 비석이 홀로 자
리 잡고 있었다.

6개월 만에 이곳으로 다시 찾아온 옛 실버윙즈의 멤버들이
비석 앞에 모였다. 그들보다 앞서 이곳을 찾아온 코르테스가
남긴 꽃다발이 비석 앞에 놓여 있었다.

노병들을 이끌었던, 그들의 영원한 성녀 카트리나.

살아 있었을 당시엔 성녀라 불리기 꺼려했던 카트리나였
지만, 그녀의 고결한 희생은 역설적이게도 그녀를 그 누구도

부정할 수 없는 성녀로 만들어 버렸다.

"나 원 참, 형님도 뭐 그리 급하시다고 먼저 가버리셨소? 성녀님도 마찬가지고……."

"그러게 말이야……."

실버윙즈의 멤버였던 아스레인과 케이븐은 카트리나와 함께 모두를 위해 자신을 희생한 포르칸을 떠올리며 눈시울을 붉혔다. 그러자 다른 노병들도 울먹이며 카트리나와 포르칸의 죽음을 슬퍼했다.

'그 어떤 일이 있더라도… 반드시 살아 돌아오십시오.'

노병들은 실버윙즈의 첫 출전 당시 카트리나가 했던 말을 잊지 않았다.

그녀의 말대로 자신들은 두 번에 걸친 전란 속에서도 살아남았다. 하지만 정작 그들이 따랐던 카트리나는 스스로를 희생하면서 모두를 살렸다. 진짜 살아 있어야 하는 이들이 먼저 떠나가 버리는 얄궂은 숙명을 한탄할 뿐이었다.

"오래간만에 붓을 잡아서 그런지 자신은 없지만……."

실버윙즈의 부지휘관이었던 레이크는 들고 온 두 개의 액자를 비석 양쪽 옆에 하나씩 나란히 세웠다. 그리고 겉을 포장한 종이를 조심스럽게 뜯었다.

"이제야 완성했습니다."

비석 왼편에 세워놓은 액자에는 검은 머리카락의 청년과 은발의 아름다운 여성이 서로 마주 보며 환하게 웃고 있었다. 오른쪽에 놓인 액자에는 모두를 지휘했던 노병의 사령관과 그의 세 아들이 그려져 있었다.

"승리나 명예 따위, 필요하지 않았습니다. 그저……."

『저 그림처럼 모두 행복하게 웃는 모습을 보고 싶었습니다……』

3

엘레힘 신성력 1304년 10월 21일.

아까 펜촉을 적시려다가 엎지른 잉크병 주위가 온통 시커멓게 물들었다.

부들부들 떨던 손이 한참을 지난 지금에야 겨우 진정되었다.

하지만 아직도 두근거림이 가라앉지 않는다.

내가 왜 그랬을까?

그가 심각한 부상을 입었다는 걸 듣고 나는 그의 막사를 향해 급히 달려갔었다.

지금 생각해 보면 왜 그렇게 서둘렀는지도 이해되지 않

는다.

온몸이 상처투성이가 되어 돌아온 그를 보는 순간, 나는 알수 없는 감정에 휘말렸다.

정신을 차렸을 때 나는 그의 가슴에 얼굴을 묻고 있었고, 그의 두 팔이 내 등을 포근하게 감싸고 있었다.

나는 황급히 그의 막사에서 뛰쳐나와 내 막사 안으로 돌아왔다. 도중에 누군가가 날 알아보고 말을 건넨 것 같지만, 무슨 이야기였는지 하나도 들리지 않았다.

아직도 심장의 고동이 느껴진다.

언제부터 나는 그에게 이런 감정을 품게 된 것일까?

모르겠다.

아니, 기억났다.

그때부터였다.

그가 어둠의 힘을 손에 얻은 이후부터였다.

하지만 이해되지 않는다.

내가 지닌 빛의 힘과 정반대인 어둠의 힘을 증오하고 경멸해야 옳다.

내가 품고 있는 지금의 이 감정은 어디에서 비롯된 걸까?

*   *   *

안개의 숲 안에 자리 잡은 허름한 오두막.

그 앞에 홀로 서 있는 여성의 뒷모습에서 쓸쓸함이 묻어 나왔다.

"페이서."

코델리아는 자신에게 사랑이라는 감정을 일깨워 준 이의 이름을 읊으며 오두막 안으로 들어갔다. 혹시라도 그가 있기를 기대했지만, 안에는 아무도 없었다.

"역시 전 당신에게 어울리지 않는 것일까요……."

코델리아는 3개월 전에 있었던 일을 떠올리며 말끝을 흐렸다.

제이블란트의 최종 결전이 끝난 후, 코델리아는 아르고스가 주최한 파티에 참석하기 위해 보르니아 왕국을 방문했다.

인간들 앞에 모습을 드러내길 꺼려하던 그녀였지만, 옛 부하였던 케이드린을 만나기 위해 무거운 발걸음을 이끌고 아르고스의 저택으로 향했다.

파티에 참석한 이들은 다시 한 번 빛의 용사로서 세상을 구한 페이서를 칭송하며 환영했다. 각 나라에서 온 고위 인사들이 악수라도 한 번 하기 위해 그에게 몰려들었다.

코델리아는 일부러 페이서 곁에 있지 않고 멀리서 그를 바라보기만 했다.

'그래, 그가 예전 모습을 되찾은 것만으로도 난 충분해.'

그녀가 원하던 대로 페이서는 과거의 영광을 되찾았다.

억울하게 반역자로 몰려 낙오자의 인생을 살아가던 그는

더 이상 없었다. 세상을 한 번도 아닌, 두 번씩이나 구하는 데 중추적 역할을 한 그는 명실상부한 영웅 그 자체였다.

페이서의 등장으로 파티 분위기는 무르익었고 아리따운 처녀들과 귀부인들이 그에게 춤을 권했다. 페이서는 당연히 코델리아의 허락을 얻기 위해 주변을 둘러봤지만, 어느새 그녀는 파티장을 빠져나간 후였다.

페이서가 다시 빛의 영웅으로 모두의 앞에 나타났지만 코델리아를 바라보는 인간들의 시선은 20여 년 전이나 지금이나 바뀌지 않았다. 그녀에게 다가가길 꺼려했으며, 눈을 마주치는 것조차 두려워하며 거리를 두었다.

이런 상황에서 인간이 아닌 어둠의 후예인 자신이 페이서의 곁에 계속 머무른다면, 결국 그를 또 궁지에 몰아넣게 될 거라며 코델리아는 고심했다.

결국 코델리아는 과거 그러했던 것처럼 아무 말 없이 자취를 감췄다. 그 후 정처 없이 떠돌던 그녀가 도착한 곳은, 20년 만에 페이서와 재회했던 오두막이었다.

'그의 곁에는 나보다 인간 여성이 잘 어울릴 거야. 옛날과 마찬가지로.'

코델리아는 마지막까지 그의 행복을 기원하며 뒤돌아섰다.

바로 그때, 오두막 밖에 있던 '그'가 문을 열고 오두막 안으로 들어왔다.

"여기 있었군요."

"페이서?"

애써 잊었다고 생각했던 페이서가 나타나자 코넬리아는 기뻐했지만, 이내 그런 기색을 지우고 차갑게 대응했다.

"왜 당신이 여기에? 당신이 있어야 할 곳은 초라한 오두막이 아니에요."

과거 전장에서 그와 적으로 처음 만났을 때처럼, 그녀의 말투는 날카롭게 변했다.

하지만 페이서는 물러서지 않고 문을 닫았다.

"아닙니다. 당신이 있는 이곳이야말로 제가 있어야 할 곳입니다."

"네?"

끝이 보이지 않는 몰락에 빠져 허우적대던 자신을 구해준 손길을, 페이서는 결코 잊지 않았다.

"코넬리아."

페이서는 한쪽 무릎을 꿇은 채로 그녀의 이름을 불렀다.

"전 앞으로 얼마나 더 살 수 있을지 모릅니다. 분명히 당신보다 먼저 세상을 떠날 겁니다. 하지만 남은 인생을 당신과 함께하고자 합니다."

"페이서, 저는……."

"다시 한 번 말하겠습니다."

페이서는 굽혔던 무릎을 펴면서 일어섰다. 코넬리아는 뒤

돌아서려고 했지만, 페이서의 양손이 그녀의 등 뒤에서 겹쳐
지며 놔주지 않았다.

"코델리아, 저와 함께 있어주십시오."

그가 원하는 것은 명예도, 돈도, 많은 이가 자신을 우러러
보는 것도 아니었다.

한때 적으로 만났지만, 지금은 그 누구보다 자신에게 소중
한 존재가 된 그녀와 함께 있는 것만이 그의 유일한 소망이었
다.

페이서는 말을 잊지 못하고 멍하니 서 있는 코델리아를 두
팔로 감싸 안았다.

아무 말 없이 페이서의 가슴에 얼굴을 묻은 코델리아의 어
깨가 미세하게 떨기 시작했다.

슬픔이 아닌 기쁨의 눈물이 하염없이 그녀의 두 눈에서 흘
러나왔다.

『페이서, 그 말을 정말로… 듣고 싶었어요.』

4

엘레힘 신성력 1305년 8월 10일.

페이서 님과 함께 모르드 왕국의 수도 케이브란스 성으로

입성하는 우리를 보기 위해 수많은 인파가 몰려왔다.

암흑의 화신 제이블란트와의 격전을 마치고 온 우리에게 환호성과 박수가 쏟아졌지만, 나는 마차의 창문을 닫고 귀를 틀어막았다.

마차에서 내리자마자 많은 이의 시선과 무수한 질문이 나에게 쏟아졌지만… 나는 누구를 봤는지, 무슨 이야기를 들었는지 기억나지 않는다.

시녀가 안내해 준 방은 5년 가까이 전장을 떠돌아다닌 나에게는 호화롭기 그지없다.

코끝을 찌르는 피비린내 대신 향기가 방 안에 감돌았다.

물이 없으면 씹는 것조차 버거웠던, 바짝 말라붙은 육포 대신 싱싱한 과일이 탁자 위 바구니에 가득 담겨 있었다.

하지만 조금도 기쁘지 않다.

바로 내 옆에 있어야 할 그가 없었기 때문이다.

원래 내가 짊어져야 하는 운명을 그가 짊어졌고, 봉인의 자물쇠로 생을 마칠 각오였던 난 뻔뻔하게 살아남았다.

20년 후에는 그를 다시 만날 수 있을 거라는 내 마음속의 유혹을, 난 왜 거부하지 못했을까…….

*　　　*　　　*

"일동, 차렷!"

부동자세로 비석 앞에서 경비를 서던 병사들이 멀리서 다가오는 이들을 알아보고 경례를 했다.

"잠시 자리를 비켜줄 수 있겠나?"

보르니아 왕국의 기사 아르고스의 부탁에 병사들은 대열을 유지하며 비석으로부터 멀어져 갔다.

"레오나, 더 이상 안으로 들어가는 건 무리다."

"알겠습니다, 아버지."

레오나를 '키워준' 아버지, 텔릭을 자신이 죽였다는 죄책감 때문일까.

카일은 아르고스에게 그녀의 양부가 되어달라는 부탁을 했고, 아르고스는 흔쾌히 그의 제안을 받아들였다.

그렇게 아르고스의 양녀가 된 레오나는 자신이 태어났던 모르드 왕국의 옛 영토를 앞에 두고 멈춰 섰다. 그리고 비석을 향해 묵념을 하며 '또 하나의' 고귀한 희생을 추모했다.

─어둠 속에서 찬란하게 빛났던 이를 기리며.

봉인의 자물쇠로서의 운명을 받아들인 빛의 용사 크레아.

하지만 제이블란트와 손을 잡은 모르드 왕국의 관계자라는 이유로 인해 그녀의 희생은 널리 인정받지 못했다. 페이서의 말을 적어놓은 비석만이 그녀의 희생을 유일하게 기리고 있을 뿐이었다.

그녀 말고도 마지막 결전에 힘을 보탰음에도 알려지지 못한 이도 있었다. 제이블란트의 육체가 되어버렸던 오르갈트는 결국 엘레힘 교단의 소멸과 함께 모두에게 잊혀져 갔다.

하지만 크레아와 오르갈트 모두 누군가에게 기억되길 바라며 희생하지는 않았다. 한쪽은 거짓된 운명을 진실로 만들기 위해, 다른 한쪽은 평생 추구하던 길의 완성을 보기 위해 스스로를 희생했다.

"저 너머 녹색의 땅이 제가 태어난 모르드 왕국이로군요."

"그랬지."

"하지만 너무 어릴 때 떠나서 그런지 실감나지 않는군요. 그리고 친부에 대한 기억 역시 희미해요. 그 남자… 아니, 그분이 제 친부라는 걸 알겠지만 역시 낯설어요."

목숨을 걸고 모국을 구했음에도, 그 모국에 배신당한 남자의 원한은 모르드 왕국의 파멸 그 자체만으로 결코 만족하지 않았다. 모르드 왕국이 멸망한 이후 8개월이란 시간이 지났지만 대지 깊숙이 파고든 부의 기운은 풀 한 포기조차 자라나는 걸 거부했다.

"아버지, 저의 친부는 어떤 분이셨습니까?"

자신을 낳아준 아버지, 키워준 아버지, 그리고 받아준 아버지 모두 그녀에게 소중했다.

하지만 자신이 알지 못하는 '낳아준' 아버지에 대한 이야기가 듣고 싶었다.

"나보단 저 사람이 더 잘 알고 있을 거다."

아르고스는 옆으로 자리를 비켰고, 그 자리로 제이콥스가 걸어 나왔다.

"제이콥스 님, 제 친부는 어떤 분이셨죠?"

"그분은……."

빛의 용사 페이서와 함께 모르드 왕국을 구했던 케트란 장군.

모르드 왕국을 죽음만이 허용되는 땅으로 만들어 버린 마족 공작 디케이드.

제이콥스는 자신의 상관에게 서로 극과 극이 되는 운명을 강요한 모국을 넌지시 바라보며 입을 열었다.

『그 누구보다 모르드 왕국을 사랑했던… 모두의 존경을 한 몸에 받던 장군이셨습니다.』

5

엘레힘 신성력 1315년 7월 11일.

또 그 꿈에서 깨어났다.

결국 난 다시 잠들지 못하고 일기장을 꺼내 들었다.

돌이켜 보니, 한밤에 일기장을 펼치기는 참으로 오래간만이다.

너무나 행복한… 꿈이었다.

그와 함께 가정을 이루고, 우리 둘의 피를 이어받은 아이를 안고 있는 꿈이었다.

그가 석화된 이후 헤아리기 힘들 정도로 반복된 꿈이었지만 조금도 지겹다는 생각은 들지 않았다.

어느덧 그가 사라진 지 10년째가 되었다.

그사이 그보다 연하였던 내 나이는 어느새 연상이 되어버렸다.

앞으로 10년.

혹은 그 이상.

얼마나 같은 꿈을 반복해야 그를 만날 수 있는 날이 올까.

행복한 꿈에서 깨어난 현실 속에서 슬픔만이 느껴졌다.

*   *   *

제이블란트의 봉인 이후, 코르테스 성에 파견되었던 이들이 다시 돌아오면서 타일론드 성은 다시 예전처럼 바쁘게 돌아갔다.

전쟁이라는 이름의 호황기가 끝나는 걸 몇몇 사람은 우려했지만, 제이크 상회의 주도 아래 타일론드 성은 잠시 동안 찾아온 불황을 금세 극복했다. 그 결과 수많은 물품이 타일론드 성을 거쳐 대륙 곳곳으로 퍼져 나갔다.

상업도시로서 한 단계 더 발전한 타일론드 성의 중심은 단연코 제이크 상회였다. 여러 지역에서 온 상인들은 보다 확실한 거래를 위해 제이크 상회를 찾았고, 사무소는 밤낮을 가리지 않고 운영되었다.

그 제이크 상회가 갑자기 예고도 없이 임시 휴업에 들어갔다. 바로 오늘 아침에 태어난 새 생명과 만나기 위해서.

"정말… 고생했어."

"아니에요, 여보."

오늘 자로 '아버지'가 된 네이르는 '어머니'가 된 아리네의 머리를 자상하게 쓰다듬었다.

아리네는 아직 피곤이 가시지 않은 얼굴이었지만, 이전에는 보여준 적 없었던 어머니의 미소를 환하게 짓고 있었다.

"정말 귀엽잖아!"

"그러게. 와, 저 자그마한 손 봐… 나도 이런 딸이 있었으면 정말 좋겠다."

동갑내기 친구인 크리드와 제이크 주니어는 아리네의 품에 안긴 갓난아이를 바라보며 행복한 표정을 지었다.

그러자 그들 뒤에서 똑같이 행복해하던 제이크 시니어의 표정이 순간 돌변했다.

"그전에 너희 둘은 결혼부터 해라. 아니, 우선 참한 처자부터 데리고 온 뒤에 그런 소릴 하든가."

"아······."

"흑······."

제이크 시니어의 일침에 크리드와 제이크 주니어는 동시에 좌절하며 주저앉았다.

"소문을 듣자 하니 너희 둘, 또 차였다던데, 이번에는 또 뭘 잘못했냐?"

"아, 아버지! 왜 저희가 잘못했다는 단정부터 하시는 겁니까?"

"아저씨! 왜 저까지 도매금으로 넘기시나요?"

"넌 내 아들이고, 넌 내 친구 아들이지. 안 봐도 척이다, 쯧쯧쯧."

다시 한 번 두 청년이 바닥에 주저앉았고, 제이크 시니어는 뒷짐을 지고서 콧방귀를 꼈다.

'저 두 놈은 도대체가 에휴······. 하지만 네이르와 아리네가 행복하니 다행이야. 그분에게 다시 한 번 고마워해야겠어.'

어쩌면 비극으로 끝날지도 몰랐던 두 남녀의 사랑을 다시 이어준 이는 카일이었다.

하지만 정작 카일은 행복한 가정을 꾸미지 못했다는 사실이 제이크 시니어는 못내 아쉽기만 했다.

"참, 아이의 이름은 어떻게 할 거냐?"

"이름은 이미 지어뒀답니다."

아리네는 딸의 머리를 천천히 쓰다듬으며 네이르를 바라 봤다.

네이르와 아리네 부부는 그들에게 은인인 카일의 이름을 본 따기로 약속했었다. 하지만 아들이 아닌 딸일 경우엔 또 다른 은인의 이름을 빌리기로 결정했다.

그 부부뿐만이 아닌 모든 이에게 있어서 은인으로 자리 잡은 이름으로.

『카트리나라고 짓겠어요.』

6

엘레힘 신성력 1325년 7월 15일.

몇 년 만에 옷장 위에서 꺼낸 일기장 겉에 먼지가 수북하게 쌓여 있었다.

입으로 먼지를 훅 불어 날리는 순간 기침이 마구 일어났지만, 먼지 때문만은 아니었다.

말라붙은 입술이 피 때문에 촉촉해졌다.

이런 식으로 몸이 망가졌다는 걸 확인하고 싶지 않았다.

오래간만에 일기장을 펼치자, 그동안 잊고 있었던 사실이 떠올랐다.

20년.

그를 기다리며 하루하루 줄어든 날짜가 어느새 20년을 넘어서 버렸다.

처음에는 느리게만 느껴졌던 시간이었는데…….

하지만 그 20년이 지났음에도 그에 대한 이야기는 그 어디에서도 들을 수 없었다.

그가 석화되었던 곳으로 찾아가고 싶지만, 지금의 내 몸으로는 멀리 떠나는 것조차 불가능하다.

그래, 포기하자.

그가 다시 돌아올 거라는 희망을 버리자. 만약에, 아직도 그가 석화되어 있는 모습을 보게 된다면 나는 살아가는 것조차 포기할지도 모르니까.

이것은… 죄의 대가다.

내가 빛의 실험체라는 사실을 숨긴 죄다.

그에게 진실을 말하지 않고 기다리기만 하면 모든 게 잘될 거라고 착각했던 대가다.

이럴 바엔 마족과 함께 싸우던 그때가 지금의 평화보다 더 행복하다고 느껴진다.

그가 희생되면서 지금까지 이어진 평화가 덧없기만 하다.

차라리 지금의 평화를 누군가가 깨줬으면…….

*　　　*　　　*

공동의 목표인 제이블란트의 봉인이 성사되자, 어둠의 후예와 인간 측과의 협약은 자연스레 종료되었다.

하지만 곧바로 두 세력 간의 전쟁으로 이어지진 않았다.

두 차례에 걸친 어둠의 후예와 인간과의 전쟁은 양쪽 모두를 지치게 만들었다. 여전히 두 세력 사이의 증오는 사라지지 않았지만, 각자 힘을 갖추기 위해 '평화'를 택했다.

그들의 새로운 과제는, 다시 전쟁이 일어나길 원하는 '내부의 적'을 어떻게 억누르느냐로 변화했다.

"오래간만이로군, 안젤리카 공."

"안타깝게도 이런 자리에서 만나게 되었군요, 에르카이저 공."

한 달 만에 다시 만난 두 공작은 지평선 너머에서 다가오고 있는 병력을 응시했다.

두 공작이 한 달 전에 만났던 이유는 바로 지금과 같은 일이 일어나지 않도록 사전에 막기 위해서였다.

인간과의 전쟁은 종료되었지만, 카일이 '사라진' 지금이야말로 인간을 쓰러뜨릴 기회라며 주장하는 이들이 어둠의 후예들 사이에서 하나둘씩 모여들기 시작했다.

에르카이저와 안젤리카는 그들과 직접 만나 지금의 평화를 깨뜨릴 수 없다며 설득했지만, 결국 무위로 돌아갔다. 결국 그들은 자신의 주장을 관철시키기 위해 어둠의 후예마저

적으로 돌렸다.

"헤리온 공이 남아줬다면 훨씬 쉽겠지만, 어쩔 수 없겠군."

3년 동안 진행된 전쟁 속에서 5공작 중 마지막까지 남은 이는 세 명이었지만, 얼마 지나지 않아 두 명으로 줄어들었다.

헤리온은 용혈의 힘을 회복하기 위해 깊은 잠에 빠졌다. 다음에 깨어나게 되면, 그때는 인간을 좀 더 이해할 수 있게 되었으면 좋겠다는 말을 남기고서.

"저는 그가 남아줬으면 했습니다."

"그? 설마, 카일?"

"네."

"의외로군."

에르카이저는 제이블란트와의 마지막 결전에 본의 아니게 제외되었기에 안젤리카의 발언을 이해하기 힘들었다.

하지만 안젤리카의 기억 속에는, 연인의 희생에 슬퍼하며 고뇌하던 카일의 모습이 지워지지 않고 남아 있었다.

그런 그를 인간들은 마지막까지 두려워했다. 어둠의 힘이 지닌 특성상 어쩔 수 없다 쳐도, 세상을 두 번이나 구한 카일에 대한 인간들의 반응은 그녀를 실망시켰다.

이렇게 될 바엔 차라리 어둠의 후예로 들어와 달라며 안젤리카는 카일에게 귀화를 권유했다. 개인적인 원한은 제쳐 두고라도, 세상을 구한 보상이 어떤 식으로든 그에게 돌아가야 한다는 생각 때문이었다.

하지만 카일은 고개를 가로저으며 거절했다. 그때 보여줬던 카일의 뒷모습은 안젤리카의 눈에 그 어느 때보다 쓸쓸하게 비춰졌다.

"안젤리카 공, 슬슬 시작할 때가 아닌가?"

"알겠습니다."

천마의 날개를 펼치며 하늘로 솟아오른 안젤리카는 남쪽으로 몸을 돌렸다.

자신을 필요로 하는, 전쟁을 찾아 떠나겠다는 카일의 마지막 말을 되새기며 안젤리카는 슬픈 미소를 지었다.

『카일, 네가 이 세상에 내려준 평화를… 나는 계속 지켜 나가겠다.』

7

엘레힘 신성력 1328년 8월 23일.

'그 아이'를 처음 봤을 때 느낀 감정은 질투심이 아닌 이유를 알 수 없는 동질감이었다.

하지만 난 직감으로 이유를 알아챘다.

그 아이 역시 나와 같은 빛의 실험체였다.

그리고 '그 아가씨' 마저도.

그래서일까.

빛의 실험체로 창조된 우리들은 어둠의 힘을 지닌 그를 '같은' 눈으로 바라봤다.

그 아가씨는 애써 그걸 표현하지 않았지만, 나는 알 수 있었다.

나 역시 처음에는 그러했으니까.

안타깝게도 그 아이는 그저 그를 바라보기만 할 뿐 감정을 표현하지 않았다.

아니, 표현하지 못했다.

교단은 그 아이에게 감정을 제거했다. 그 사실을 떠올릴 때마다 나는 눈을 감고 분노를 억눌렀고, 그 아이는 그저 나를 껴안을 뿐이었다.

그가 또다시 우리들 곁을 떠난 오늘, 난 그 아이를 껴안고 눈물을 흘렸다.

그 아이가 흘리지 못하는 눈물을 대신하듯이 내 눈물은 멈추지 않고 계속 흘러내렸다.

지금 쓰고 있는 일기장을 적실 정도로…….

*　　　*　　　*

실버윙즈의 본거지였던 코르테스 성.

전쟁이 끝나자 성주인 코르테스는 성을 허물었다. 원래 성이 있던 자리에 남은 건 제럴드의 지시에 의해 옮겨났던 카일의 고아원뿐이었다.

카트리나의 죽음을 담담히 받아들인 코르테스는 의자에 걸터앉아 아이들이 뛰노는 모습만을 바라봤다. 매월 카트리나의 기일에 맞춰 자리를 뜨는 것을 제외하면, 매일 같은 자리를 지켰다.

그런 그를 따라 하듯, 리에트는 고아원 앞에 앉아 있었다.

깍지 낀 두 손을 무릎에 얹고, 카일이 떠난 남쪽을 멍하니 바라보기만 했다.

'넌 운명에서 벗어났어. 그러니 더 이상 피 튀기는 전장에 있어서는 안 돼.'

리에트는 카일을 따라가고 싶었다.

하지만 카일이 그녀의 머리를 쓰다듬으며 마지막으로 남긴 말에, 리에트는 그의 옷자락을 붙들고 놔주지 않았던 손의 힘을 풀었다.

그때 끝까지 붙들지 않았던 걸 후회하듯이 리에트의 손이 살짝 꿈틀거렸다.

"카일……."

그가 떠난 지 어느덧 3개월째.

리에트는 자리에서 일어섰다.

두 눈을 감고 카일의 모습을 떠올린 리에트가 양팔을 천천히 펼쳤다.

입을 벌리고, 가슴속에서 느껴지는 무언가를 따라 한 구절씩 부르기 시작했다.

고르반 마을에서 처음 들었을 땐 그저 따라 부르기만 했을 뿐 아무런 느낌도 들지 않았다.

하지만 지금은 달랐다.

카트리나와 크레아, 그리고 지금은 먼 곳으로 떠나간 카일을 떠올리자 가슴에서 뭔가가 피어올랐다.

마지막 결전 직후 잠시 깨달았다가 잊어버렸던, 감정이었다.

리에트의 노래에 공터에서 놀던 아이들이 하나둘씩 그녀 주위에 모여들었다. 아이들을 따라간 보모들은 아름다우면서 동시에 애절한 리에트의 노래에 눈시울이 붉어졌다.

"워, 원장님!"

카일의 부탁을 받아 리에트를 살펴보던 에밀리는 원장실 안으로 급하게 뛰어들었다.

"리, 리에트가 노래를 부르고 있어요!"

"그 아이가?"

에밀리에 이끌려 밖으로 나온 마리는 깜짝 놀랐다.

항상 무표정한 얼굴로 입을 다물고 있던 리에트가 정말로 노래를 부르고 있었다.

"이 노래는… 그래, 그분의 노래구나."

그 누구보다 슬픔이라는 감정을 담아서 부르는 노래에 마리는 눈을 감았다.

"아아……."

의자에 앉아 있던 코르테스가 어느새인가 자리에서 일어서 있었다.

가족을 모두 잃고 절망하던 그에게 살아갈 희망을 불어넣어줬던, '성녀' 님의 노래였다.

다시는 들을 수 없을 거라 여겼던 노래에 감격하며 그는 성호를 그었다.

아이들은 리에트의 노래를 들으며 천진난만한 웃음을 지었고, 어른들은 노래에 담긴 슬픔을 받아들이며 눈물을 애써 참았다.

'나, 드디어, 알았어.'

카트리나가 여러 번 설명해 줬지만 당시엔 이해하지 못했던 '감정'이라는 단어.

그것을 진심으로 깨달은 리에트의 뺨을 타고 눈물이 흘러내렸다.

『카트리나, 크레아, 그리고 카일… 보고 싶어…….』

8

엘레힘 신성력 1328년 8월 24일.

그를 만난 이후 흘러간 시간이 20년을 훌쩍 넘어갔다.

이제는 얼굴조차 기억에서 희미해진, 나를 지도했던 자매님이 슬픈 얼굴로 말해줬던 내 수명보다 좀 더 오래 살았다.

난 얼마나 더 살 수 있을까.

그 질문에 답해줄 이는 아무도 없다. 어차피 알 수 없는 일이기에 담담하게 받아들일 수밖에 없다.

하지만 그가 얼마나 더 '그'로 살아갈 수 있을지에 대해서는 불안하다.

그 안에 도사리고 있는 또 다른 어둠이 언젠가는 그를 집어삼키고, 나에게서 그를 빼앗아 갈 것이다.

그것만큼은 일어나서는 안 된다.

그가 아니었다면 난 20여 년 전 봉인의 자물쇠로 생을 마감할 운명이었다.

그가 나를 구해주었고, 지금까지 살 수 있도록 이끌어줬다.

이제는… 내 차례다.

그를 위해서라면 난 기꺼이 내 모든 것을 바칠 것이다.

그것이 운명이라 할지라도.

*　　　*　　　*

베르시아 신성력 1052년 5월 23일.

잔잔한 파도 소리와 돛대 주변을 맴도는 갈매기의 울음소
리가 잔잔하게 울려 퍼졌다.

해를 가린 구름 아래 그림자가 카일의 머리 위에 드리워졌
다.

선수에 홀로 서 있는 그의 오른손에는 낡은 일기장이 펼쳐
져 있었다.

새로운 대륙으로 떠나는 배에 올라탔던 그날, 제럴드는 그
에게 두터운 한 권의 일기장을 건네주었다. 굳이 그의 설명을
듣지 않아도 카일은 일기장의 주인이 누구인지 알 수 있었다.

카일은 일기장의 내용을 한꺼번에 몰아 읽지 않고 조금씩
나누어서 읽었다.

어쩔 때는 한 달 분량을, 또 다른 날은 한 줄만 읽은 적도
있었다.

3개월에 걸친 항해가 끝나는 오늘, 마지막 페이지를 읽은
카일은 일기장을 덮었다.

"카트리나……."

눈물 자국이 남아 있는 페이지를 넘길 때마다 가슴이 아려
왔고, 공백으로 남아 있는 수십여 페이지가 안타깝게만 느껴
졌다.

그녀가 얼마나 그를 생각했는지.

그녀가 얼마나 그를 기다리며 괴로워했는지.

그리고 얼마나 그를 사랑했는지 알 수 있는 일기장이었다.

"저곳이 프라디나스 대륙인가."

그녀가 생전 카일과 함께 가고 싶어 했던 그곳이 수평선 너머 조금씩 모습을 드러냈다.

그녀는 둘을 아는 이는 하나도 없는 곳에서 단둘만의 오붓한 삶을 원했다.

하지만 그녀의 소망과 달리, 어둠의 후예가 없다는 점을 제외하면 이곳 역시 전란의 소용돌이에서 벗어나지 못했다.

"미안, 카트리나. 난 역시 이렇게 살아갈 수밖에 없나 봐."

카일은 전란 속에서 살아가야 하는 자신의 운명을 받아들였다.

그를 구하기 위해 두 소녀가, 그리고 카트리나가 그들의 운명을 받아들였듯이.

"여기에 있었군요."

선실 밖으로 나온 제럴드가 카일과 나란히 선수에 섰다.

"이제 거의 다 도착한 거지?"

"네. 그것보다 카일, 혹시 알고 있습니까?"

"뭘?"

"특이하게도 저곳에선 능력의 높고 낮음에 따라 별개의 호칭을 붙인다고 하더군요."

"그래?"

카일은 자신의 이름 앞에 붙어버린 '비운의 검사'라는 아명을 떠올렸다.

석화에서 풀려날 당시엔 농담처럼 느껴지던 아명이 현실이 될 줄은 몰랐다. 그렇기에 새로운 대륙에선 가능하다면 슬픔만이 담긴 아명 대신 다른 칭호가 붙길 바랐다.

"너라면 어떤 칭호가 붙을 거 같아?"

"저는 흐음… 아크메이지?"

"뭔가 있어 보이는 호칭이군. 그러면 난?"

"당신이라면… 그랜드 마스터?"

"뭐야, 그건."

카일은 피식 웃으면서 제럴드의 어깨를 옆으로 살짝 밀쳤다.

제럴드는 그랜드 마스터라는 칭호가 저 넓은 대륙에서도 몇 안 되는 이에게만 주어진다며 나름 설득했지만, 카일의 취향에는 영 맞지 않는 어감이었기에 실소만 자아낼 뿐이었다.

"나, 오래간만에 웃어보는 거 같은데… 맞나?"

"한 달 만에 보는 것 같군요. 되도록 자주 웃는 편이 좋습니다. 항상 슬퍼하는 모습은 그녀도 원치 않을 겁니다."

"그래, 카트리나라면 그랬을 거야."

그의 미소를 볼 때마다 가슴이 두근거렸다는 일기장의 내용을 떠올리며 카일은 다시 한 번 웃었다.

하지만 가슴에 가져간 손에서 느껴지는 빛에 애써 지은 미소가 옅어졌다.

"그런데 제럴드, 굳이 날 따라오지 않아도 괜찮았는데 말이야. 나야 떠도는 인생이라 쳐도 제럴드, 너는 아니잖아? 제이스 님의 마탑을 대신 물려받을 줄 알았거든."

제럴드가 쉘리나에게 마탑을 넘겼다는 이야기를 듣긴 했지만, 홀로 배에 올라탄 자신을 따라올 줄은 카일도 미처 예상하지 못했다.

"단지 당신을 돕기 위해서만은 아닙니다."

"이번엔 또 무슨 꿍꿍이속인데?"

"검과 마법, 두 가지를 융합해 보고자 합니다. 다행이도 프라디나스 대륙에 그런 경지에 도달한 자가 있었다고 하더군요."

"너무 욕심내는 거 아니야?"

"어차피 전 마법에 관해서는 나름 통달했다고 생각하니 다른 방향으로 한눈파는 것 정도야 괜찮지 않습니까?"

제럴드는 미리 만들어 놓은 검을 카일의 얼굴 앞에 불쑥 내밀었다. 검집 표면에 새겨진 룬문자에 카일은 고개를 갸우뚱거렸다.

"역시 준비성 하나는 철저하네. 그런데 이거 뭐라고 읽는 거지?"

"프로스트 엣지, 입니다. 제 예전 아명이죠."

"프로스트 엣지라, 아크메이지도 그렇고 왠지 멋있는 이름은 네가 다 가져가는 것 같아. 그런데 진짜 목적은 이런 게 아닐 텐데?"

"절 좀 믿어주십시오. 제발."

카일의 집요한 추궁을 제럴드는 투덜거리며 넘어갔다.

'그것만큼은 절대 말할 수 없답니다.'

제럴드는 속내를 들키지 않기 위해 프로스트 엣지의 검집을 어루만지며 입을 다물었다.

"뭐, 어차피 나중에 알게 되겠지."

카일은 등 뒤에 걸친 다크블로우의 검자루를 어루만졌다.

슬픔을 떠올리는 엘트리안은 더 이상 그에게 필요하지 않았기에 원래 있던 자리에 돌려놨다.

두 사람의 침묵이 이어지는 가운데, 바다를 가로질러 가던 배는 프라디나스 대륙에 도착했다.

배가 정박하자 카일과 제럴드를 초청한 왕국의 대표가 호위병들을 대동하고 둘을 맞이했다.

"전 크루이드 왕국의 제3왕자 쉐이오르 A. 크루이드라고 합니다. 제럴드 만델 님, 맞으십니까?"

"네, 그렇습니다. 저희를 위해 이런 자리까지 나와주셔서 황송할 따름입니다."

인사를 나눈 제럴드는 쉐이오르 왕자를 따라 항구 안쪽으로 걸어갔다.

새로운 대륙에 발을 디딘 카일은 고개를 들어 하늘을 쳐다
봤다.

　구름에 가려 있던 태양이 모습을 드러내면서 그의 뒤편에
그림자가 자리 잡았다.

『카트리나, 지켜봐 줘. 너의 몫까지 나는… 살아가겠어.』

『흑암의 귀환자』 완결

흑암의 귀환자를 마치며

이번에도 글을 마치면서 바라본 창문 밖에선 새벽이 찾아오고 있습니다.

매번 글을 마칠 때마다 느끼는 감정은 이번에도 똑같은 것 같습니다.

좀 더 재미있고, 잘 쓸 수 있지 않았을까 하는 아쉬움에 반성하게 되더군요.

이번에 마무리 지은 흑암의 귀환자는 개인적으로 힘들었던 글이기도 합니다. 모두 제가 부족한 탓이었지요.

하지만 부족한 제 글을 끝까지 읽어주신 독자 여러분들의 힘 덕분에 완결에 다다를 수 있었습니다. 정말로 감사드립니다.

앞으로 더 재미있고 더 좋은 글로 독자 여러분과 다시 만날 것을 약속드립니다.

—이성현

Special Thanks to

청어람
담당자 박가연 님
Fancug 동료 작가분들
아버지, 어머니, 그리고 여동생
Caffe Tiamo 방화점
던전&파이터 카인 서버 FANCUG 길드
진에어 그린윙스 소속 프로게이머 잭선장 님
복스핏 복싱&피트니스
영웅전설 섬의 궤적2 OST
외사촌동생 우현이

김현석 현대 판타지 소설
전능의 팔찌
THE OMNIPOTENT BRACELET
「신화창조」의 작가 김현석이 그려내는
새로운 판타지 세상이 현대에 도래한다!
삼류대학 수학과 출신, 김현수
낙하산을 타고 국내 굴지의 대기업 천지건설(주)에 입사하다!
상사의 등살에 못 견뎌 떠난 산행에서, 대마법사 멀린과의 인연이 이어지고......
어떻게 잡은 직장인데 그만둘 수 있으랴!!
전능의 팔찌가 현수를 승승장구의 길로 이끈다!
통쾌함과 즐거움을 버무린 색다른 재미!
지.구. 유.일.의 마법사 김현수의 성공신화 창조기!
Book Publishing CHUNGEORAM
유행이 아닌 자유추구 -
www.chungeoram.com